A MILD NOBLE'S
VACATION SUGGESTION

優雅貴族的休假指南。

13

著 岬 圖 さんど
譯 簡捷

◆ Contents ◆

A MILD NOBLE'S
VACATION SUGGESTION

CHARACTERS

人物介紹

利瑟爾

本來是為某國王效命的貴族，不知為何掉到了與原本世界十分相似的另一個世界，正在全力享受假期。嘗試當上了冒險者，不過常常有人不敢置信地多看他一眼。

劫爾

傳聞中的最強冒險者，可能真的是最強。興趣是攻略迷宮。

伊雷文

原本是足以威脅國家的盜賊團的首領。蛇族獸人。別看他這樣，親近利瑟爾之後作風已經比先前收斂許多了。

賈吉

商人，擁有自己的店舖，擅長鑑定。看起來很懦弱，其實與人交涉時頗有魄力。

史塔德

冒險者公會的職員，面無表情就是他的一號表情。人稱「絕對零度」。

雷伊

負責統領憲兵的王都貴族，位階為子爵。性格明朗的中年美男。

魔物研究家

鳥族獸人，對魔物懷抱的無限熱情都寄託在她的尖聲大笑當中。最近熱中於實地考察。

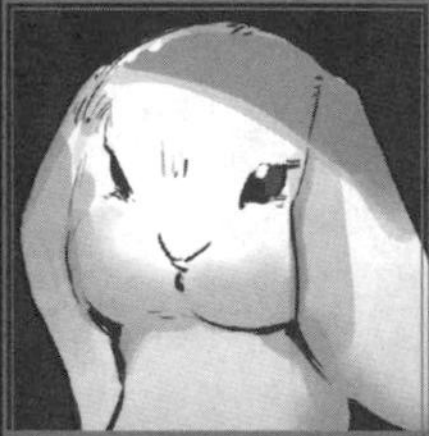

？？？

鼻子抽抽。

143

有時候身在夢境之中，你會忽然察覺那是一場夢。

思緒變得清晰，能以自己的意願活動四肢。視角在俯瞰和視線高度之間曖昧地游移，慢慢地可以透過自己的眼睛視物，接著是雙腳踏上地面的觸感。

利瑟爾眨了一次眼睛。甚至感覺得到上下眼瞼相碰的觸感，他讚嘆地環顧周遭。

「這裡是……」

聽覺適應得比視覺更慢，他發出的聲音還顯得有點陌生，聽起來帶點延遲，彷彿隔著一道水面般帶著回音。他踏出一步，鞋跟敲擊地面的聲響聽起來也一樣，柔和地落在一片寂靜的空間當中。

他重新觀察周遭，眼前是一片近似王都的街景。

「（佈景？）」

走近櫛次鱗比的家屋，才發現那些全都是過於精緻的佈景。

伸手一摸，表面觸感光滑，帶有陶器般的光澤和厚重感。雖然是一整面光滑的牆壁，各個區塊卻有著不同色彩，有如在黃銅外框中灌入彩繪玻璃那樣，憑藉細微的凹凸效果呈現出整片街景。說是實物大小的陶藝蠟燭屋，或許比較接近吧。

太美了，看著它精緻的工藝，利瑟爾點點頭，接著仰望天空。

「（是晚上……）」

這是清朗無雲的夜空嗎？

或許那是天花板，只是一片黑暗中看不見頂部；又或許真的是黑夜也不一定。之所以無法斷定，是因為夜空中以細得幾不可見的金線，吊掛著無數的星星。它們不時反射光線，在遠方閃閃發亮，像流星一樣美麗，令人好奇它們的真面目。

那麼地面上呢？利瑟爾往腳下一看，地面雖然是茶色，看起來卻和泥土地完全不同，彷彿鋪滿了揉碎的紅糖，映照著遠方的星光閃閃發亮。

夢幻的風景，猶如掉入了陶瓷娃娃的世界。利瑟爾心裡有了底，儘管他從來沒見過一模一樣的街景，也沒聽說過這樣的世界，可是以利瑟爾的立場，他怎麼可能不知道呢？這種連細節都無比講究、對品質一絲不苟的堅持，簡直就像……

「迷宮。」

不知何處傳來「砰」一聲，像木板倒下的聲音。

利瑟爾這才發現自己不小心察覺了真相──假如這真是一場夢，那麼只要他沒意識到這是迷宮，「它們」說不定真的不會出現。聲音逐漸接近，利瑟爾趕緊往近處的巷子裡跑。眼前的街道雖然是佈景，但並非只有一條路直行到底，仔細觀察寬敞的幹道，可以發現路面拐了幾處彎形成巷弄。噪音不斷擾動這片寂靜，利瑟爾躲進其中一條巷子，探頭往發出聲音的方向看去。

砰、砰、砰。

像紙板一樣摺疊起來的軌道一段段拍在地面上，一輛玩具般渾圓可愛的礦車隨之出現。礦車上方飄浮著三尊山羊頭骨，黑布頭紗披在蒼白的骨骼上，隨著頭骨環視周遭的動作飄動。

頭骨下方沒有身體，只有長著四根指頭的手骨飄浮在頭紗前方。

「（武器……是魔物？）」

看見白皙手骨裡握著銀弓，利瑟爾縮回探出的腦袋。

「（如果這裡是迷宮，當然有魔物出沒了。）」

居然在夢裡變出從沒見過的魔物，自己的想像力還真豐富。利瑟爾邊想邊躡手躡腳地離開當場，既然不清楚敵方強度，最好還是不要隨便動手。

摺疊軌道的聲響逐漸變小，魔物應該拐進哪一條岔路了吧。和現實中一樣，利瑟爾順利喚出魔銃，讓它飄浮在身邊，一面思考接下來該怎麼辦，一面確認背後的情況。

下一秒，近處響起「砰」一聲。

利瑟爾連忙往前方一看，一輛礦車佇立在小巷中央，三顆頭骨全數面向著他。三對四指的手骨架弓拉弦，他清楚聽見弓弦繃緊的吱嘎聲。

「——！」

利瑟爾反射性蹲下，三支箭矢自他頭頂掠過。

劫爾平時就告訴他「遇到遠程攻擊只要蹲下大多都會沒事」、「萬一蹲下了還是被射中，那就當作運氣差放棄吧」，實際面對陷阱時頭部屢次被往下按的經驗派上用場了，好高興。

「（總之先解決一隻……）」

聽著箭矢劃破空氣的風聲，他連開數槍，魔物頭骨在魔力衝擊之下劇烈晃動。在鍥而不捨的連續射擊之後，三隻魔物的其中之一終於骨骼散架，陷入沉默。

觸碰地面的雙手一使勁，地面上隆起一道土牆。

「（好硬啊。）」

土牆擋在再度搭箭的魔物和利瑟爾之間，阻礙了牠們的視野。不等土牆完全成形，利瑟爾立刻起身往回走。此時走為上策，這等同於迷宮深層，或是深層附近的魔物強度，他不認為自己能獨力戰勝。

「（雖然不知道有沒有阻擋效果……）」

畢竟剛才，牠們毫無預兆地突然出現在他眼前。

利瑟爾獨自苦笑，夢裡發生什麼事都不奇怪。

「……」

沒錯，一點也不奇怪，即使撤退前被箭矢擦過腿部，他卻感受不到痛也沒什麼好大驚小怪。

當時利瑟爾確實感受到皮肉被挖開，但也僅限於那一瞬間。這種感覺雖然奇妙，不過正好允許他不受傷勢影響，以最快速度跑離現場。他在下一個十字路口拐進轉角，轉動視線環顧周遭，靠到冰冷的牆面上，緩緩呼出一口氣。

「…………」

利瑟爾垂下雙眼，等待幾秒。

那些聲響沒有追來，周遭沒有礦車的影子。迷宮裡會執拗追逐冒險者的魔物反而還比較少見，只要成功躲藏一次，基本上就算逃過了一劫。

「（感覺不到痛。）」

低頭往被箭矢擦傷的腿部一看，皮膚連著冒險者裝備被劃出了破口。

這是以最上級素材打造的裝備，無法被一般的斬擊破壞才對。這麼看來，裝備幾乎失去了功能，也可能是他先前一直沒有把意識集中在裝備上的關係。利瑟爾彎下身，捲起裂開的布料。

「（還納悶怎麼沒流血，原來是這麼回事……）」

暴露在空氣中的傷口內部一片漆黑，就像空間魔法一樣。

那片黑暗像夜空一樣點綴著細碎光點，光點取代血液，從傷口溢流出來。利瑟爾伸出手指碰了碰傷口，指尖直接沉入其中，感受不到任何阻力，有點嚇人。

「呼……」

他呼出一口氣轉換心情，接著挺起背脊。

接下來該怎麼辦？利瑟爾仰望天空，一一數著金線懸掛的繁星，想藉此從夢中醒來，卻徒勞無功。

「（看來只有通關，或是死亡才能離開了嗎？）」

不清楚這座迷宮的規模，通關對他來說恐怕有難度，不過還是盡可能努力看看吧。利瑟爾鼓起幹勁，直起斜倚在牆邊的身體。畢竟他是冒險者，攻略迷宮是他的本分。

他習慣性地把頰邊的頭髮撥到耳後，順手撫過耳環。飄浮在身邊的魔銃增加為兩把，再多的話短時間雖然沒有大礙，但一直保持召喚狀態就太累人了。

「好。」

他喃喃說完，獨自在迷宮裡邁開腳步。

照進室內的晨光促使他睜開眼睛。

受到夢境影響，利瑟爾一時間不明白自己身在哪裡。他放鬆了不知不覺間緊繃的肩膀，看向枕邊自己的手掌，試著把手指彎曲，又重新伸直。手掌抬起到半空，又重新落回床鋪，靜靜過了一會兒，那隻手緩緩撐起上半身。

低頭一看，自己身上理所當然還穿著鑽進被窩時那套輕便服裝。

「我進去了。」

門外的人察覺他已經醒來，因此在敲門之後沒等他回應，直接打開門。

劫爾出現在門口，一見到利瑟爾就蹙起眉頭。

「怎麼了？」

利瑟爾愣愣地看著他走近，劫爾臉上詫異不解的神色更濃了些。

他伸出手，乾燥的指尖探進利瑟爾瀏海底下，大手輕撫過額角，覆上利瑟爾的額頭。手掌幾乎蓋到眼睛，利瑟爾稍微垂下眼瞼，享受他手心微涼的溫度。

誰也沒說什麼，就這麼過了幾秒。感覺到劫爾收回手，利瑟爾抬起低垂的目光。

「該怎麼說……」

雙唇微啟，流洩而出的嗓音帶著點初醒的嘶啞。

「我好累。」

「啊？」

終於從迷宮回來，現實中的一天卻才正要開始。

或許是夢境太過逼真所造成的弊害，他實在打不起「好，今天也要加油」的精神，只能淺淺露出苦笑。視線另一端的男人低頭看他，一臉莫名其妙。

「隊長，你說的那個應該是『渡夢迷宮』吧？」

「咦？」

今天，他們本來就打算外出接委託。

雖說在夢裡累得半死，但畢竟沒有勞動到現實中的身體，因此利瑟爾還是按照原訂計畫，和劫爾、伊雷文一起造訪公會，接了個不必潛入迷宮的委託。現在他們已經順利完成委託，又回到了公會大廳。

這一次挑選委託，利瑟爾難得加上了「不要迷宮」的條件，伊雷文好奇地問他為什麼。一聽見利瑟爾對夢境的描述，伊雷文好像聽到什麼難得的消息似地，說出了那個迷宮的名字。面對這出乎意料的反應，利瑟爾也眨了眨眼睛。

「最近在王都沒有聽說渡夢迷宮出現的消息。」

史塔德正在替他們辦理委託結案手續，邊忙邊看向利瑟爾這麼說。從他平靜無波的神情，看不出那道視線是出於好奇還是關切。

「所以你才不想接迷宮相關的委託啊。」劫爾說。

「不愧是隊長欸，該說你運氣很好嗎……」

他們三人似乎一聽就知道怎麼回事，利瑟爾恍然大悟地回想夢中情景。

關於夢境的記憶沒有淡化，他能夠鮮明地回想起迷宮裡的美景。身在夢裡的時候，他還感嘆自己想像力豐富，居然能創造出這樣的風光，結果原來不是這麼回事。那似乎真的是如假包換的迷宮。

「是很有名的迷宮嗎？」

聽見利瑟爾這麼問，三人一臉意外地看向他。

「隊長，你沒聽說過喔？」

「是的。」

「明明最愛到處打聽奇怪情報，居然沒聽過這個？」劫爾說。

怎麼被你說成這樣？在利瑟爾鬧彆扭的時候，手續也辦完了。

三人從史塔德手中接過公會卡，往公會大廳的桌椅移動。他們避開同樣結束了委託、閒來無事在那裡休息的冒險者們，找了個空位，在圓桌旁圍坐下來。利瑟爾繼續聊起剛才的迷宮。

「原來那是公會方面也承認的迷宮呀。」

「說承認好像也有點怪欸。」

「畢竟它沒有實體。」劫爾說。

伊雷文看向劫爾徵求同意，後者敷衍地點點頭。他們倆都沒作過那個夢，甚至對於渡夢迷宮的存在半信半疑。這一次聽說利瑟爾的經歷，他們才終於傾向於相信。

利瑟爾眼神中帶著毫不掩飾的好奇，劫爾見狀環起雙臂，無奈開口：

「這個傳聞從以前就有，說冒險者作了潛入同一個迷宮的夢，也不知道是從誰開始的。」

「沒錯沒錯，仔細一問會發現，他們夢到的都是同一座迷宮、同樣的魔物。大家開始傳說，『這是冒險者才會作的夢，是一座穿梭在夢境之間的夢幻迷宮』……」

伊雷文愉快地瞇細雙眼，以講故事般戲劇化的語調這麼說。

不過，迷宮的具體詳情似乎沒有在外流傳，或許就像一般的夢境一樣，清醒之後能記得細節的人並不多。即使記得內容，多數人也只覺得自己作了怪夢，不會放在心上。

「不久之前啊，好像聽說撒路思有冒險者夢到渡夢迷宮欸。」伊雷文說。

「那是誤傳吧。」劫爾說。

「欸——真假？」

利瑟爾聽著他們倆的對話，尋思似地將手抵在唇邊。

「我作的會不會也只是普通的夢呀？」

「是什麼樣的迷宮啊？」

嗯……利瑟爾一一回想。

攻略迷宮的只有他一個人，內部看起來是美麗的市街。礦車上承載著山羊頭骨，長著時鐘頭顱的傀儡娃娃們在月下跳舞。轉動門把觸發陷阱，碎裂的星辰像雨點般從夜空落下，利瑟爾把他記得的所有情景和魔物情報一一告訴隊友。聽說內部細節如此講究，劫爾他們更加確信那是真正的迷宮，因此聽得津津有味。

然而，聽見利瑟爾接下來這句話，兩人的態度陡然轉變。

「傷口不會流血，而是像沙子從黑色縫隙裡流出來那樣……」

「是喔。」

空氣肅然緊繃。

伊雷文應了一聲，劫爾則保持沉默，瞇細雙眼。所有冒險者的視線頓時集中到他們身上，那是冒險者的本能，為了在危及性命的時刻及時反應，而長年養成的反射動作。所有人都忘了眨眼，目不轉睛地緊盯絕對強者的一舉一動。

「不過，可能就像出血過多一樣吧，每次流出那種像沙子的東西，身體都越來越虛弱無力，最後我好像因為腳步不穩被殺掉了。」

利瑟爾完全感受不到殺氣，但也知道劫爾他們聽了感到不快。

他早已料到兩人的反應，明知他們會耿耿於懷，還是不以為意地說出實情。因為冒險者之間交換的迷宮情報必須精確無誤，假如顧慮他們的感受而隱瞞細節，這些情報將無法在劫爾他們掉入同一座迷宮時派上用場，那麼說這些就沒有意義了。

「你講得不太肯定啊。」

「當我發現自己被殺死的時候，眼前已經一片黑了。」

利瑟爾最後看見的是逼近的劍尖，緊接著在貫穿胸膛的衝擊力道之下睜開眼睛。

「單人攻略失敗了呢。」

利瑟爾惋惜地苦笑。見狀，劫爾嘆了口氣，伊雷文咯咯笑了起來。

緊繃的氣氛隨之消散。他們倆即使面對龍族也能控制自己的情緒，這點程度的心態轉換不在話下。我行我素的三人組恢復了正常氣氛，周遭的冒險者紛紛碎唸著「搞什麼嘛」，一一轉開目光。

史塔德還看著這裡，利瑟爾朝他搖搖頭，表示沒什麼事。
「也很難說喔，說不定還沒有失敗。」
伊雷文抓住自己垂在椅背後擺動的長馬尾，輕佻地把它往旁一撥，說：
「我聽說這個夢會連作好幾天喔。」
「是這樣呀？」
「要看運氣吧，有人只夢見一天，也聽說過有人連續夢見一個禮拜。」劫爾說。
令人不禁好奇為什麼會有這種差異，不過迷宮嘛，也可能是完全隨機的。沒辦法，迷宮就是任性，冒險者只有認命被耍得團團轉的份。
「有人成功通關嗎？」利瑟爾問。
「沒聽說過。」
「通關不知道能拿到什麼欸，一個好夢？」
「這種獎勵還不錯呢。」
利瑟爾露出溫煦的微笑，神情中沒有對死亡的恐懼。
劫爾和伊雷文確認了這點，內心鬆了一口氣。聽說傳聞中的夢境相當真實，與現實難以區分，甚至有冒險者因為每晚都夢見自己慘死，心靈受創而導致失眠。雖然這件事被人當笑話講，可信度並不高就是了。
假如這說法屬實，表示利瑟爾遠比那位不知名的粗野冒險者還要強韌大膽得多。
「是什麼魔物把你殺掉的啊？」
「是傀儡娃娃系的無頭軍人。身材非常高大，就像空洞的黑色軍服自己在走動一樣。」

如果利瑟爾認真掩飾自己的恐懼，劫爾他們看穿的機率大約只有一半。

不過兩人的結論，依然是利瑟爾不太需要他們操心。之所以這麼說，並不只是因為他們自認能看穿利瑟爾的情緒。

「假如今晚也能夢到，我就有機會雪恥了呢。」

而是因為，利瑟爾毫不掩飾地說他期待夢見後續。

在現實中，利瑟爾會選擇避開不利的戰局。不過這一次是夢境，難得能體驗平時沒有機會嘗試的事情，他看起來鼓足了幹勁，一副萬一夢不到後續反而傷腦筋的樣子。

利瑟爾這句話好戰得令人意外，或許是受到劫爾他們的影響。

「需要陪你睡嗎？」劫爾說。

「一起睡就能組隊一起挑戰嗎？」

「不知道欸，好像沒聽說過這種事。」伊雷文說。

三人打趣地這麼聊著，很有默契地站起身來。差不多到了冒險者結束委託的尖峰時段，冒險者們等待發放報酬的時候，桌椅區也會人滿為患，於是他們趕在那之前走向門口。

穿過大門之前，伊雷文忽然放緩腳步，與劫爾並肩，小聲呢喃：

「真的很不爽欸。」

他依然面向著利瑟爾低聲這麼說，劫爾僅僅轉過視線作為回應。

劫爾明白他想說什麼，也有同感。在迷宮裡，他們哪時候讓利瑟爾傷過一根寒毛？兩人感到些許憤慨，並不是因為他們善良好心，也不是出於夥伴意識，只是單純的自尊心作祟。

即使那是在夢裡，他們還是忍不住感到不快。

「哎唷……能不能想辦法潛進去啊——」
「規定只能單人攻略的話，不可能吧。」劫爾說。
「是沒錯啦。」
一反剛才微小的音量，伊雷文大聲抱怨，利瑟爾聽了回過頭來。
嘴角帶著淺淺笑意，向伊雷文表達感謝。三人就這麼一邊閒聊，一邊離開了人潮漸增的公會。

看來迷宮願意讓他繼續作夢。
利瑟爾低垂著目光，緩緩眨了幾次眼睛，讓自己融入夢境當中。一抬眼，星光照耀的優美街景，以及遠處吊掛著星星的夜空躍入眼簾。
「（這裡是……）」
看見熟悉的景色，他回頭看向後方。
背後是座雕飾華美的鐘塔。假如迷宮裡沒有兩處一模一樣的風景，這無疑就是利瑟爾昨晚遭到刺殺的地方了。雖說是不可抗力，但迷宮替他準備的這座墓碑還真是奢華，他有點感慨地想。
往胸口一摸，沒有傷口，看來是從前一天的進度重新開始。
「……」
周遭沒看見魔物。
利瑟爾先轉進旁邊的巷子裡躲藏起來，回想與劫爾他們的對話。

『如果不是分階層推進的迷宮，從起點一直往深處走就對了。』

『有寶箱的話，找找看比較好喔。既然是夢嘛，實體的東西沒有意義，那寶箱應該會開到有助於攻略的東西吧？』

從起點開始，他的進度應該還算順利。儘管無法保持直線前進，但他確實在往隱約能夠辨認的「前方」推進，先前走過的路線也全都記得。

然後是寶箱。昨晚一個也沒發現，說不定這座迷宮裡沒有寶箱。不過如果真有寶箱，裡頭的內容物讓人相當好奇，他決定一邊往前推進一邊尋找。

「（巷子裡容易錯過的岔路……）」

雖然伊雷文沒有到過這座「渡夢迷宮」，但在利瑟爾把自己所記得的迷宮風景告訴他之後，他還是給了幾個建議。應該是憑經驗多少猜得到寶箱容易出現的位置吧，他的隊友非常可靠。

「（看似佈景的門板內側……）」

他昨晚也注意到了，那些看起來幾可亂真的門扇大多無法推動，門把看起來好像能轉動，其實只是佈景板上些微凹凸造成的錯覺。但其中混有極少數真正的門把，和實物一樣可以觸摸得到。

昨晚他開過一扇門，結果裡面是陷阱，後來他就沒再嘗試了。

砰，某處傳來鐵軌往地面拍擊的聲音。

不過距離很遠，應該不會被發現。保險起見，利瑟爾還是往聲音的反方向前進。

他挑選星光稀微、封閉感強烈的巷子前進，每一次發現岔路都拐進去尋找寶箱。沿途中找到了一個能握住的門把，他一把手放上去，鎖孔裡就射出箭矢。幸好他早就留意不站在射擊線上，才沒有遭殃。

利瑟爾也相當努力克服自己的弱點，每天都在學習應對陷阱。

「（寶箱……）」

一直找不到呢，他邊想邊探頭往不知第幾條岔路裡看。

就在這時，響起軍靴摩擦地面的沙沙聲。聲響逐漸接近，利瑟爾趕緊躲進那條岔路裡。雖說要雪恥，但通關迷宮還是第一優先事項，畢竟無法確定明天能不能再作同樣的夢，最好盡可能避免戰鬥。

他豎起耳朵，腳步聲戛然而止，魔物似乎在他眼前不遠處的十字路口停下了腳步。魔物行走的方向垂直於他的前進路線，希望牠不要轉彎，繼續直走。

堅硬靴底踩踏地面的聲響逐漸遠離，看來成功避開了戰鬥。等到腳步聲完全消失，利瑟爾才重新展開行動，呼出剛才屏住的氣息，無意間往岔路深處一看。

「啊。」

在那條死路裡，有著他一直尋找的東西。

每一座迷宮的寶箱形狀和尺寸都各不相同，而眼前孤零零擱在地面上的這個寶箱，是利瑟爾至今見過最小的一個。一般來說，無論內容物的尺寸多迷你，都會用豪華的寶箱包裝才對，這也不知該說是迷宮愛面子，還是對冒險者的體貼。

利瑟爾跪下來，撿起寶箱。它只有手掌大小，幾乎沒有厚度，難怪他昨晚一個也沒找到。打開盒蓋，裡頭裝著一枚卡片。

「（『陪伴你同行的人，正等候你的邀約。』）」
小小的卡片上燙著金字，這麼寫道：
「『——call（呼喚吧）。』」
如果這是夢……
剛這麼想，一陣腳步聲便從利瑟爾背後傳來。遮蔽月光的陰影落在他手邊，他沒有回頭，直接把魔銃掉頭，瞄準概略位置，越過肩膀連開幾槍。寶箱掉落地面，撞出輕響。連吃了幾發槍擊，失去平衡的魔物仍然揮出佩劍，極近處響起劍刃切削壁面的聲音。
「——！」
響起刺耳聲響的同時，劍尖與牆壁之間爆出火花。
不愧是迷宮，近似陶藝材質的牆面上沒留下任何傷痕。利瑟爾邊想邊緊急拉開距離，清楚知道自己退開的方向只有死路一條。這下糟了，他露出苦笑，回過頭去。
身穿漆黑軍服的無頭魔物近在眼前，高舉著粗礪的劍，擋住他的去路。繁星灑落光粉，鮮麗的街景和軍服布料都在星光下閃閃發亮，美不勝收。
「（找空隙逃跑。）」
身體狀況萬全，對手只有一隻魔物，他可以反擊，然後趁隙逃跑。這種魔物很結實，他不確定能否完全打倒，牠甚至沒有頭，不知該攻擊哪裡才能給予致命一擊。事實上，剛才連開幾槍全都打在牠巨大身軀的胸口，魔物卻完全沒有倒地的跡象。
「好羨慕劫爾他們，揮兩刀就能結束戰鬥啊。」
緊盯著魔物空無一物的眼睛部位，利瑟爾喃喃說。缺乏決定性的攻擊手段，在這種時候相當不便。

「（『陪伴你同行的人』……）」

魔物手中的劍高舉過頭，劍尖指向夜空。

在無處可逃的死巷中，利瑟爾看也不看朝他揮下的劍刃，只是低頭看著手上那張小卡。陪伴你同行的人，指的是誰？說不定呼喚什麼人都可以，畢竟這裡是夢境，即使在迷宮當中，仍然強烈受到利瑟爾的自我意識影響。

所以，他腦中浮現了一抹純白。不是黑衣也不是紅髮，而是基於壓倒性的、絕對的、命定的職責，理所當然為了守護利瑟爾而存在的「白」。

「　　」

懷著由衷的親愛之情，他唸出那個名字。

卡片瞬間發熱，化為光沫，消散於空氣當中。聽著劍刃揮下的聲音，利瑟爾的視線從未離開由指尖落下的泡沫，因為他知道，那把劍已經不可能傷到自己。

「在。」

傳來劍刃相擊的聲音。

黑軍服和利瑟爾之間站著一名男子，利瑟爾默默看著那道背影。白色的軍服一晃，斬向與其對峙的漆黑魔物。魔物的身軀被斬成兩截，像平凡無奇的衣物般輕飄飄塌落地面，接著化為隱約的光點消散不見。利瑟爾目不轉睛地目睹全程。

此刻的感受或許是安心吧，同時也有懷念。他不認為自己本來有多緊張，現在卻有種肩膀微微放鬆的感覺。放鬆下來那瞬間，利瑟爾自覺臉上少了幾分笑意，不過在男人回過頭的時候，他已經恢復了一如往常的笑容。

「屬下來遲了，非常抱歉。」

男人毫不猶豫地跪下，利瑟爾俯視著他。

男人之所以沒有表現出任何久別重逢的動搖，是因為這只是一場夢嗎？只是利瑟爾在腦海中描繪、想像出來的夢中人物？他早有預期，但還是感到些許落寞。

「抬起頭來。」

男人抬起低垂的臉，相貌在他眼前一覽無遺。

這些守護者身穿高潔的白色軍服，在以利瑟爾為首的公爵家負責保衛領地。說得難聽點就是私軍，坐擁一定領地的貴族大都擁有這樣的軍隊。眼前這名男子，正是那支私軍的統帥，領頭的總長。

然而，男子臉上卻沒有強者的威嚴，而是長著一張陽光青年開朗和善的面孔。

「好久不見。」

「是呀，真的好久不見了。」

利瑟爾率先開口，男人也露出親切的笑容回應。

真是老樣子，利瑟爾有趣地笑了，雖然在自己的夢裡說對方老樣子，或許也有點奇怪吧。不過現在就別管那些了，他以手勢允許男人起身，說出自己的要求。

「請你和我一起攻略這座迷宮。」

男人驚訝地瞠大雙眼。

結束拘謹的問候、利瑟爾允許他起身之後，兩人之間的氣氛就比較輕鬆了。當然也視

場合而定，不過場合方面若沒有要求，死板嚴肅的互動方式就此告一段落，是他們之間的默契。

「這就是迷宮嗎？還真是……」

男人稀罕地環顧周遭，事實上他真的沒見過這樣的景色。

利瑟爾原本的世界並不存在冒險者。迷宮由國家管理，只有國家的正規軍隊會進到迷宮內視察，除此之外就是進去賺零用錢的傭兵了。國家對於迷宮也僅有最低限度的關注，只求不引發大侵襲就好，眼前的男人恐怕一次也不曾踏入迷宮。

「真是？」

「不，沒什麼。」

男人垂下視線笑了笑，退開一步，為利瑟爾空出面前的道路。

利瑟爾毫不在意地往男人引導的方向前進，男人也跟在後頭。

「這裡有魔物和陷阱，請小心哦。」利瑟爾說。

「是，我知道了。」

鐵軌「砰」的聲響猝不及防地傳來，利瑟爾回過頭去。

然而，一切已經結束了。男人手中握著前一刻還收在鞘裡的劍，不可思議地看著利瑟爾；他身後是一輛空蕩蕩的礦車，山羊頭骨滾落在一旁的地面上，還微微晃動。

「怎麼了嗎？真難得。還以為您會像平常一樣繼續前進，不會回頭的。」

男人的語調聽起來像發自內心感到疑惑，利瑟爾露出苦笑。

利瑟爾的領民都相當尊敬眼前這名男人，然而鮮少有人知道他為什麼能夠登上這個率領守護者的職位。或許是因為他相貌平易近人，脫下軍服就能輕易融入人群之中；又或許是因為他那種好好先生的個性吧。

「我不是說一起攻略嗎？」

「即使如此，守護您仍然是我的職責。」

人們懷抱敬意的眼光正確無誤。

男人確實像外表看上去那樣好說話，看到有人遇到難處也無法袖手旁觀。然而他之所以立於當今的地位，原因不僅止於此。為了他自懂事以來就決心效命的那位主君，男人不顧生死地取得了力量，將自身所有傾注於「守護」之上。正因如此，他才有資格在人稱「守護者」的這支軍隊當中成為總長。

所以無論多說什麼，在這點上他想必不會讓步，利瑟爾面露苦笑。

「這點你從來不願意退讓呢。」

「是的。」

「你其實很頑固吧。」

「就像利瑟爾大人您一樣呀。」

朝夕共處，兩人日漸相似也沒什麼好奇怪。

兩人對彼此露出在迷宮裡顯得不合時宜的和緩笑容，重新邁開腳步。

「我才不像你說的那麼死腦筋。」

「利瑟爾大人。」

沒走幾步，男人就語帶勸阻地喊了他的名字。

利瑟爾毫無悔意，打趣地讓飄浮於身邊的魔銃在半空轉了一圈。

「現在的我是冒險者。」

「屬下不清楚那是什麼意思，不過您說話這麼粗俗，雙親聽了會傷心的。」

「回去我會改掉，不必擔心。」

「利瑟爾大人。」

男人露出沒轍的笑容，從斜後方凝視著利瑟爾。

「叫我利瑟爾。」

嗓音彷彿勸誡孩童那樣溫柔。

利瑟爾停下腳步，回頭看向男子。身為同乳兄弟的他，在記憶中從來不曾對利瑟爾大聲說話，當利瑟爾做錯事，他總是像哥哥一樣，用溫柔的語氣教導他。小時候，利瑟爾甚至真的叫過他一次哥哥。

雖然在男人拒絕之後，他再也沒有這麼叫過。

「如果說現在的您不是貴族，那麼我也沒有必要表示敬意囉？」

「那當然。」

「即使不再是主從關係也無所謂？」

「是的。」

男人臉上不帶任何責備色彩，神情和往常一樣溫柔。

利瑟爾筆直凝視著他，愉快地瞇細雙眼開了口。

「因為即使如此，你還是會保護我呀。」

男人睜大眼睛。
「哈哈哈！」
接著，他愉快地笑了起來，笑聲響徹寂靜的街道。
不知哪裡隱約傳來鐵軌拍擊地面的聲響，軍靴踩踏地面的聲音也逐漸接近。然而利瑟爾和男人完全不在乎，只是為了對方的反應一如預期而欣喜。
「啊，我本來還擔心您怎麼變得如此謙遜呢。」
男人笑得開懷，眼角甚至滲出淚水。他以拇指抹了抹眼尾，拔劍出鞘。
「您真是一點也沒變。」
眼見男人把手放在胸前，露出陶醉的笑容，利瑟爾也不禁綻開沉穩的笑。
假如這只是利瑟爾的夢，眼前這男人只是存在他記憶中的空想，那自己真的很想念他呢，利瑟爾不禁這麼想。不，該說是很依賴他嗎？
召喚外人進入這座迷宮不知會造成什麼影響，而且攻略迷宮完全是他的私事，他不可能斗膽呼喚自己的王；如果召喚並肩作戰的夥伴，又不想在隔天見面時，發現對方沒有這一晚在夢中的記憶。願意包容他的任何作為，守護他不需要理由，整個人任他予取予求……這樣的人，利瑟爾只認識這一位。
鐵軌不斷鋪展的聲音。
軍靴踏碎砂礫的聲音。
兩種互不重疊的聲響，一聲一聲落在安靜得使人耳鳴的空間中。天空幽暗深邃，金線懸吊的星星在遠處閃耀，有如掉進了音樂盒裡一樣。無頭黑軍服從十字路口出現在視野當中，利瑟爾側耳靜聽。

身後傳來鐵軌的聲音，身為守護者的男人應該凝視著那個方向吧。

「黑軍服這邊就交給我吧。」

「不，全都由我來……」

「一次就好，只是我自己想報仇雪恥。」

利瑟爾拿出絕不退讓的態度，聽見身後傳來拿他沒轍的笑聲，輕得宛如吐息。

「我果然和您很像。」

聽見這句話，利瑟爾瞇細雙眼，笑著在頭頂上召出最大數量的魔銃。

只要自己稍微落入劣勢，背後的男人想必會立刻出手斬殺黑軍服，這麼一來復仇就失敗了。換言之，他唯有取得壓倒性勝利一途，這場戰鬥某種意義上來說，比起單獨作戰的難度更高。反過來說，把後背交給這男人，在原本的世界是不可能發生的事，原本不可能擁有的體驗讓他暗自期待。

利瑟爾鼓足幹勁，朝著出現在眼前的軍服魔物扣下扳機。

利瑟爾漂亮地報了一箭之仇，在那之後也和熟識的男人一起在迷宮中前進。

來到優美城區的最深處，兩人看見一座莊嚴的教堂。那是棟巨大的建築物，必須抬頭仰望才能看清全貌，門扇敞開，上頭華麗的雕飾與建築本身的格局相襯。利瑟爾伸手去摸，和周遭的房舍一樣，觸感類似陶器。牆上精緻的雕刻很美。

男人率先進門，利瑟爾也跟從他的引導走進教堂。緩緩環顧室內，教堂裡瀰漫著澄澈的氣氛，與這片寂靜相襯，毫無疑問是座入夜的教堂。

「這裡就是終點了嗎？」利瑟爾說。

「迷宮的終點都是這樣的嗎？」

「不，一般會有頭目，或是報酬之類的。」

話雖如此，這裡是夢境內部，從迷宮的性質看來多半沒有頭目，即使終點放著報酬，也無法帶出夢境。如果說獎勵只有「盡情探索了一座特別的迷宮」，似乎也說得通。

「或許到這裡就結束了呢。」

「這樣啊。」

兩人筆直往教堂中央走去。

腳步聲在寬敞的空間中迴盪。兩人穿過等間隔排列的椅子，來到供奉著龍與處女雕像的祭壇前。大理石切削而成的石像腳邊，擺滿了五顏六色的花朵，看上去和真花並無二致，不過觸感和沿路上的屋舍一樣堅硬，是假花。

「利瑟爾大人，這裡有東西。」

聽見男人喊他，利瑟爾收回觸碰花朵的手，站起身來。

男人似乎找到了什麼藏在花叢裡的東西。他略顯警戒地靜靜將它拾起，那是個信封，拆封一看，裡面放著一張小卡。男人在徵求利瑟爾准許之後，取出那張卡片。

他的視線掃過卡片，緊接著看向利瑟爾走了過來。利瑟爾從他手中接過小卡，瀏覽刻印在上面的墨跡。

「『祝福穿梭於夢境之間。』」

卡片的內容簡單扼要。

「『——wake up』」

唸出訊息的瞬間，光粉飛舞而上，宛如妖精舞動之後留下的殘跡。

教堂裡沒有一絲微風，卻連髮絲都飄在半空翻飛起來。利瑟爾眨眨眼睛，讚嘆地看向光點輕拂的右肩，感受到一綹頭髮碰觸臉頰，又看了看左手，然後笑著看向正前方的男人。男人驚訝地看著腳邊飄出的光粉，察覺利瑟爾的目光，他抬起視線。

那張臉上，浮現出利瑟爾習以為常，卻又無比懷念的慈愛笑容。

「好像要從夢中醒來了呢。」

男人的雙腳化為光點，逐漸變得透明。

「利瑟爾大人。」

戴著與軍服同色白手套的手朝利瑟爾伸來，撫摸他的臉頰。

男人抽開手，展開雙臂，把利瑟爾緊緊擁入懷裡。一個擁抱，傳達了他毫無保留的愛與信任，以及些許的悔恨與寂寥。利瑟爾靜靜接受他的擁抱，感受到一點抱歉，以及更多的安心感，覺得這樣的自己幼稚得不得了。

「您平安無事真是太好了。」

滿溢而出的情緒化作微啞嗓音，傳入利瑟爾耳中。

「儘管聽說您一切平安，那一天不知讓我懊悔了多少次……」

「你完全沒有必要懊悔。」

「儘管如此……」

男人頓了頓，顫抖的吐息中斷了話語，利瑟爾並未插嘴，靜待他說下去。

「雖然只是在夢裡，還是非常慶幸能見到您。」

男人的聲音從肩口傳來，蘊含著強烈的感情。最近很少見到這樣的他了，利瑟爾邊想邊把額頭埋進眼前的肩窩。如果把此刻高興的心情說出口，是不是顯得很不知輕重呢？

隨著兩人一同成長，主從之間明確的界線也將他們劃分開來。但那只是有其必要而為之，單純是關係的形式有所改變，絕不代表兩人的關係因此疏遠。無論從前或是現在，兩人並沒有特別做什麼，卻一直保持著彼此最舒適的距離。這樣的對象表達的親愛之情自然令人欣喜，所以利瑟爾也回以發自內心的親愛。

「我也一樣。」

既然這不只是自己的空想，那就更不必說了。

男人知道利瑟爾不可能知道的訊息，說出了利瑟爾不希望他說的話；利瑟爾從沒告訴他這是夢境，他卻確信不疑。僅憑利瑟爾自己，不可能編織出這種夢境。

「利瑟爾大人。」

男人退開一步，那雙手臂也溫柔地、恭敬地鬆開。

「希望您每一天都過得幸福。」

「你也是。」

利瑟爾看著男人在他面前跪下，像立下誓言，又像衷心祈願。男人腰部以下已經消失在光點當中，儀態卻依然端正得無可挑剔，如此優美，世上沒有比這更好的獻禮。小時候，為了看看這副完美儀態被擾亂的樣子，利瑟爾還曾經威脅他，不過從沒成功過。

利瑟爾腦中忽然靈光一閃，露出惡作劇般的笑容。既然這只是場夢，這麼說一定也無傷大雅。

「願你過得安穩順心，兄長大人。」

男人倏地抬起臉。

他微微瞠大雙眼，語氣困擾無奈，臉上綻開的笑容卻滿是憐愛。

「不是告訴您不能這樣叫我嗎？」

「這只是一場夢呀。」

「即使是夢也一樣。」

光點逐漸覆蓋兩人，現在他們只能越過柔和的光芒看見彼此。

很快就要醒來了。夢中人無從抵抗，利瑟爾垂下眼簾，將己身託付給迷宮。男人摻雜笑意的無奈嗓音，無比清晰地傳入耳中。

「否則我會忘卻自己的立場、不顧旁人的眼光，寧願捨棄一切也想守護您的。」

殘餘的光點在半空零星飄舞。

夜色籠罩的教堂重歸寂靜，祭壇上的龍與處女像是唯一見證。

這裡是歷史悠久的大國，擁有眾多友邦，坐擁傲人的廣闊領土。

在大國一隅，有個人稱「逆鱗都市」的和平城市，城市裡一間宅邸的房間裡，躺在床上的男人睜開眼睛。外頭天光微明，他坐起身，在隱約照進窗戶的光線中低頭看著自己的雙手。總覺得剛才似乎作了一場幸福的夢，似乎碰觸到了重要的人，取回了理當存在於此的事物。然而，男人這輩子從來不記得自己作過的夢；他回溯不久前的記憶，希望能記起些什麼，卻一如往常完全想不起來，只好垂下肩膀。

這一天，男人的生活也即將開始。他會披上高潔的白軍服，持續守護主君的歸處。

144

利瑟爾對「非人之物的書庫」很有印象。

那是座嶄新的迷宮，事前沒有任何情報，他們在裡面發現初次見到的陌生魔物，一邊嘗試錯誤一邊摸索前進，討伐守在迷宮最深處的頭目，取得通關報酬。而且迷宮裡還有好多書。

「劫爾，在王都沒有你沒去過的迷宮嗎？」

「啊？」

事到如今，利瑟爾突然對於冒險者的代名詞「攻略迷宮」很感興趣。

「拜託隊長，大哥可是迷宮狂欸，怎麼可能有啦。」

「劫爾會避開比較麻煩的迷宮，我想說不定真的有呀。」

在公會的委託告示板前面，利瑟爾他們當著劫爾的面毫無顧忌地這麼說。

劫爾沒出聲，只是無奈地瀏覽著委託單。一刀也很習慣了啊，在王都待久了的冒險者們一起看著委託單這麼想，和平常一樣豎起耳朵聽著一旁傳來的對話。

「跑遠一點確實是有。」

「多遠呀？」利瑟爾問。

「要搭兩天馬車。」

新迷宮通常出現在距離城鎮恰到好處的位置，因此從王都能夠當天來回的迷宮相當多。

原因至今仍然成謎，不過冒險者們以類似大侵襲的邏輯推論，覺得「迷宮還真愛強調自己的存在感啊」。這和「最會見機行事」並列為迷宮七大不可思議之一，至於七大不可思議是哪七大，沒有人說得齊全。

考量到大侵襲的風險，迷宮出現在城鎮附近確實相當便利，不過還是有遠離人煙的迷宮存在。

「兩天好遠呀。」

「中間要在外面野營，就一下子覺得好遠喔……啊，隊長，那個怎麼樣？」

「那個嗎？不了，我對礦石不太瞭解。」

「喔——」

伊雷文找到的委託是【南方草原發現新種礦石？】。

伊雷文原本認為利瑟爾應該會喜歡，可惜沒有打動他的心。或許正如利瑟爾所說，他現在比較想潛入迷宮吧。

「夢到『渡夢迷宮』的時候，你明明說不想去迷宮啊。」劫爾說。

「那不是因為我討厭迷宮本身。」

他們從原本瀏覽的D階委託，走向張貼C階委託的區塊。

「該怎麼說呢，就像是以為自己早上已經漱洗完畢準備出門，結果發現是一場夢，又要重新做一次一模一樣的事情。」

「這樣啊。」

「我懂我懂——」

站在利瑟爾後方的冒險者從他肩膀上方伸長手臂，想撕下委託單，利瑟爾於是往旁邊讓開半步。委託告示板前方每天早上都十分擁擠，雖然背部碰到了劫爾的手臂，兩人仍然毫不介意地繼續瀏覽委託。

「不好意思啊。」

「不會。」

後方的冒險者跟利瑟爾打了聲招呼，撕走中意的委託單。

利瑟爾的目光跟隨著那張單子移動，然後又立刻轉回委託板上。劫爾低頭看著他，忽然開口問：

「對了，上次那座迷宮的報酬呢？」

「最近作了很多好夢，我想那應該就是報酬吧。」

「隊長明明是在通關迷宮那天笑得最開心。」

伊雷文有點賭氣地喃喃說道。利瑟爾從劫爾身上退開，劫爾在這時把手伸向伊雷文，往他後腦勺揍了一拳，伊雷文不滿地皺起臉來。利瑟爾跟他們說過順利通關迷宮的事，而他們也接受了，這一拳是「不要遷怒」的意思。

「因為伊雷文你就算面對家人，感情也比較淡薄嘛。」

利瑟爾側眼看著這一幕，有趣地笑了出來。

雖然存在個人差異，不過大多數獸人在離家獨立之後，對於親人的執著都會逐漸淡化。利瑟爾和情同手足的友人久別重逢的喜悅，對伊雷文來說難以理解；而且別看伊雷文這樣，他其實滿喜歡跟隊友一起攻略迷宮的。

也就是說，他無法接受利瑟爾攻略迷宮的時候找了隊友以外的人，更別說隔天利瑟爾看起來還比平常更開心。利瑟爾靠近背過臉的伊雷文，挽回似地湊過去看著他。

「如果是非得通關不可的迷宮，我就會呼喚你們了。」

「……我知道啦。」

那雙眼睛終於看向利瑟爾，瞇成兩道笑弧。

看來伊雷文終於願意讓他過關，太好了，利瑟爾露出微笑。劫爾事不關己地問：

「報酬是夢？」

「是呀，夢境都非常真實，很有趣哦。像是騎在龍背上俯瞰王都，還有從迷宮寶箱裡開出傳說中的寶劍。」

看來利瑟爾獲得了只有在夢境裡才能實現的、如夢似幻的體驗。

劫爾他們理解了這是怎麼回事，同時也感到同情。就連迷宮給他的報酬，都把騎在龍背上空中散步，還有從寶箱開出充滿冒險者風情的迷宮品視為同等的奇蹟，利瑟爾今後的寶箱運也可想而知。

「在現實中果然什麼報酬也沒有嗎？」劫爾說。

「就算是迷宮，要在現實中憑空變出東西還是很難吧。」

利瑟爾邊說邊瀏覽委託告示板，對於【採集生長在石巨人頭部的苔蘚】有點興趣。依據不同的迷宮環境，石巨人身上會長出茂盛的植被，或是產生礦石附著。

「啊，大哥，那你去過那個迷宮嗎？」

伊雷文想起什麼似地說。

原本正要指向某張委託單的指尖，在半空打了個圈轉換了方向。

「那個一直壞掉的迷宮。」

「你說那裡啊……」

伊雷文露出了一個不懷好意的笑容，劫爾則嫌棄地皺起臉來。有這樣的迷宮嗎？利瑟爾不知道他們說的是哪裡，便疑惑地看向伊雷文。後者偏了偏頭避開其他冒險者的手臂，回答他說：

「正式名稱叫『偏愛獸人迷宮』啦。」

「有夠鬼扯的名字……」

劫爾低聲啐道，周遭悄悄聽著這段對話的唯人冒險者也在內心深表贊同。至於獸人冒險者，則是不知為何露出尷尬的笑容。偏愛這種事情，受偏愛的一方確實容易感到尷尬，不過他們的反應看似又有些不同。

這個正式名稱利瑟爾也聽過，他別開視線，回想記憶中的情報。

「大哥，那邊你應該沒辦法單人攻略吧？」

「啊……」

若只是難度上升，劫爾反而會積極挑戰。

既然如此，表示那座迷宮在其他方面特別麻煩吧，利瑟爾這麼猜測。他繼續往旁邊移動，準備瀏覽B階的委託，到了這一區人潮也比較鬆散，可以挑得悠閒一點。

「我去是去了。」

「哇——大哥不是都嫌那種迷宮麻煩嗎？」

「所以馬上就出來了。」
一進門立刻展現獨家特色的迷宮，往往特別刁鑽，充滿了這裡獨有的機關。利瑟爾對這類迷宮非常感興趣，但劫爾能避則避，因為太麻煩了。
「伊雷文，那你去過嗎？」
「沒有欸——」
聽見他立刻給出意想不到的答案，利瑟爾眨眨眼睛，伊雷文則揮了揮手。
「那個迷宮在獸人之間，也沒聽過什麼好評啦。」
「明明獸人是受到偏愛的一方？」
「對啊。」
這恐怕就是大家說那座迷宮「一直壞掉」的原因吧。
寶箱開出完全不符合階層難易度的迷宮品，或是碰上意味不明的機關，迷宮給予的待遇太好或者太無理取鬧。總之，在迷宮裡遇到莫名其妙的現象，冒險者就會說這個迷宮「壞掉了」。
「我越聽越好奇了。」
「你的個性就是這樣。」
自己身為不被偏愛的唯人，迷宮本身的風評也模稜兩可，利瑟爾卻還對這種迷宮感興趣，所以才不像普通冒險者啊。劫爾這麼想著，不過沒說出口，積極攻略迷宮這件事本身絕對沒有錯，最好還是不要說什麼多餘的話。
「可以嗎？」

「隨你高興。」

「隊長開心就好喲。」

既然隊伍內達成了共識，利瑟爾迅速瀏覽了一下A到S階的委託。今天S階的委託單依然一張也沒有，假如高難度委託氾濫，那就世界末日了。

「看起來也沒有那座迷宮的相關委託，我們直接過去吧。」

「隊長，你聽說過那座迷宮喔？書上說的？」

「是《魔物圖鑑》。」

《魔物圖鑑》上記載了每一種魔物的出沒地點。

當然，利瑟爾也沒有全部背起來，只記得委託單上常見的魔物，以及各個迷宮的特有魔物。至今沒有造成什麼不便，畢竟除此之外的魔物也很少在委託中出現。說到底，會特別去翻閱《魔物圖鑑》的冒險者也是少之又少。

「我在阿斯塔尼亞看過介紹迷宮的書籍，在王都倒是沒見過呢。」

「沒有需求吧。」劫爾說。

「倒不如說，為什麼阿斯塔尼亞會有那種書啊？」伊雷文說。

就這樣，三人沒接委託，直接走出公會，迅速前往馬車乘車處。

一行人搭上擠滿了冒險者的馬車，眼看著車上的乘客一站一站陸續減少，在搭乘一個多小時之後請馬車伕停車。中途下車之後又走了大約三十分鐘，利瑟爾他們終於抵達目的地的迷宮。

「這裡就是『偏愛獸人』……」

利瑟爾仰望狀似城門的迷宮門扉。

石造的門扉上方突出了兩個三角形。雖說不是什麼特別奇怪的形狀，但事前聽說過這座迷宮的情報，現在這怎麼看都像一雙獸耳。

「今天我們可能要常常依賴伊雷文了。」

「好喲瞭解！」

凡是隊伍交辦的工作，伊雷文都會好好完成。他愉快地吊起唇角，看見這副可靠模樣，利瑟爾露出微笑，接著踏進大門開啟之後的那片黑暗。

「嗯？」

迷宮入口處是一條石磚打造的通道，算是尋常的迷宮入口，沒什麼好驚訝。

腳下則是尚未點亮的魔法陣，畢竟劫爾也還沒攻略過這座迷宮，這也沒問題。

兩扇門並排在眼前，一踏進迷宮就遇上第二扇門也沒什麼稀奇。

「上次我也看到了這個。」

「這才剛開始，我就可以被迷宮偏愛喔？」

只是那兩扇門的上面，居然貼著「唯人用」和「獸人用」的兩塊牌子，這倒是第一次見到。

才剛進門就要接受迷宮規矩的洗禮了嗎？三人走向那兩扇門。乍看之下，兩扇門完全相同，三人首先一同站在那扇「獸人用」的門前。

「啊，打開了。」伊雷文說。

「很普通呢。」

不必伸手，門扇便發出聲響打開。伊雷文探頭往裡看，門的另一側仍然是同樣的通道，和隔壁的另一扇門之間沒有牆壁或任何東西區隔，從哪一邊進門都通往同一處，讓人忍不住納悶設立兩扇門有什麼意義。是迷宮的自我介紹嗎？

「那我可以走這邊嗎？」伊雷文說。

「我們不能一起走嗎……」

「這是迷宮啊。」劫爾說。

迷宮的法則是絕對的，或許有漏洞，但絕對不可能作弊。

利瑟爾接受了劫爾的說法，乖乖走向唯人用的那扇門。伊雷文似乎已經跑到了門板另一側，正打趣地敲著門。兩人聽著敲門聲，一同站到門前，過了幾秒。

「門不開呢。」

「是啊。」

伊雷文那一邊明明一下子就開門放行了，到底缺少了什麼呢？

聽著叩、叩、叩的敲門聲，利瑟爾這麼思考著。他身邊的劫爾不抱希望地將手伸向門板，把手掌按在沒有門把也沒有任何抓握處的門上，放空腦袋直接往前推。門打開了。

「原來我們這一邊要手動呀。」

「嗄，搞什麼？隊長那邊的門不會自己打開喔？」

門扇緩緩打開，可以看見伊雷文從另一側探頭往門縫裡看。

不僅不會自動打開，劫爾無法立刻把門推開，表示門板本身也很重吧，利瑟爾看著逐漸變寬的門縫這麼想。到了空間足以容納一人通行的時候，他在劫爾的敦促之下跨出腳步，這時候……

鈍重的「鋼」一聲，開到一半的門應聲卡住。

「上次我在這時候就直接回去了。」

「原來如此。」

這種絕妙的破爛程度，跟獸人用的差別待遇未免太明顯了。

「推到這就打不開了喔？」

「嗯。」

伊雷文從另一側伸手過來拉，說並沒有任何東西把門卡住。顯然迷宮要他們直接鑽過門縫。

「過得去嗎……啊，好像沒問題。」

利瑟爾側過身，摸索著從要開不開的門縫慢慢鑽過去。劫爾把手掌墊在他的頭部和門板之間，利瑟爾道了謝，平安來到另一側。

「劫爾，你過得來嗎？」

「……勉強可以吧。」

「大哥好像很難過來啊……」

眾所周知，迷宮最懂得見機行事，多半不會讓他再怎麼努力都過不去，不過似乎精準地把門開到了最小的寬度。劫爾下了這個結論，解下腰上的大劍。

「拿著。」

「好的。」

「手放開，會被夾到。」

劫爾說著，要利瑟爾放開拉著門板的手，轉而把自己的劍塞到他手上，然後把身體擠進門縫。一如預期，非常勉強，劫爾過到一半就停了下來。

「好痛……肩膀卡住了。」

「大哥加油──」

「感覺鈕釦都要掉下來了。」利瑟爾說。

「啊，皮帶勾到啦。」伊雷文說。

這是耐用度超群的最上級裝備，應該不會真的破掉或扯壞才對。

利瑟爾和伊雷文毫不客氣地開始替他拉扯卡住的衣服和皮帶，肩膀還卡在門縫的劫爾有點痛，但還是默默忍耐。門扇吱嘎作響，縫隙卻一毫米也沒變寬，最後劫爾仍然只能硬擠過去。

「要不是穿著裝備，衣服早就破了。」劫爾說。

「以第一層來說相當惡質呢。」

「可能脫掉衣服才是正解吧？」

脫了還得了？劫爾邊抱怨邊拉好皺巴巴的領子和夾到衣服的皮帶，聽見伊雷文這句話嘖了一聲。要是情況演變成那樣，他就要打道回府了。

「好了，那我們出發吧。」

「受到這麼惡劣的歡迎，你還真有興致。」

「哎呀，隊長就是這樣嘛。」

一人意氣風發，一人已經滿臉疲憊，一人哈哈大笑，三人就這麼展開了「偏愛獸人迷宮」的攻略。

第一層。

釘在牆上的牌子寫著「對獸人應懷抱敬意」。

「伊雷文大人，您累不累呀？」

「大人?!」

「喂，那裡有陷阱。」

「呃我知道啊……是說你們也玩得太開心了吧！那個表情！」

第二層。

釘在牆上的牌子寫著「不可讓獸人拿重物」。

「重物……指的是劍嗎？」

「劍要是被拿走，我就不能打鬥了欸。」

「你手上是空的啊。」

「大哥好不講理喔。」

「有空間魔法，這也沒辦法呢。」

第三層。

釘在牆上的牌子寫著「不可讓獸人戰鬥」。

「隊長後面，啊，旁邊旁邊！不要發呆，把槍、哎唷不對啦，先打那邊的話……」

「吵死了。」

「只能在旁邊看我就好想出手啊！」

第四層。

釘在牆上的牌子寫著「唯人每說一句話就要讚美同行的獸人一遍」。

「這裡還是走右邊那條路吧。伊雷文是乖孩子。」

「那方向有東西在。頭髮很長。」

「我們還在淺層，應該沒問題吧。是很漂亮的頭髮呢。」

「做好準備啊。很紅。」

「我好尷尬……是說大哥你那幾句真的是讚美？」

第五層。

釘在牆上的牌子寫著「獸人至高無上」。

「？」

「？」

「？」

第六層。

「哇，好暗喔。」

周遭有著零星的微弱燈光，不過照亮的範圍很小，想必是迷宮刻意不讓光線擴散開來。

黑暗占據了光源以外的地方，暗得幾乎看不見牆壁和地面的交界。

也沒看見先前每一層開頭都有的牌子，看來他們終於突破了迷宮的淺層部分。

「與其說適合獸人……這種環境應該說是適合伊雷文吧。」利瑟爾說。

「先前那幾層也不算特別適合獸人。」劫爾說。

「我快累死啦。」

今天伊雷文學到一個教訓：世界上除了讓人高興的偏愛，也存在著讓人敬而遠之的那種偏愛。先前幾層碰到的全部都是後者，難怪獸人冒險者對這座迷宮沒有好評。

一行人讓伊雷文帶頭，在看不見盡頭的通道上前進。

「之前我們好像也遇過類似的狀況喔？」伊雷文說。

「是呀，在『限制玩具箱』。」

「不過那時候黑暗中沒有魔物。」劫爾說。

「這裡有嗎？」

「好像有喔。」伊雷文說。

面對黑暗，三人並未加強警戒。一路上他們差點掉進地洞，雖然不是光線太暗的關係；被突然出現的魔物嚇了一跳，還差點誤射同伴，不過最後仍然突破了這一階層。

第七層。

這一層隨處可見高低差，需要上下移動，在立體空間中交錯的通道宛如迷陣。

「高低差好累人呀。」

「獸人在這種地形很靈活。」

「隊長，你還好吧？」

「你們把手撐在上面，一下子就翻身上去的那招是怎麼弄的呀？」
「（怎麼弄？）呃，也沒什麼特別的……」
「（怎麼弄……）習慣就會了。」
第八層。
這一層魔物特別多，而且全都往利瑟爾和劫爾撲來。
「我怎麼有被排斥的感覺！」
「伊雷文到處跑來跑去呢。」
「魔物不自己衝過來，很難砍到啊。」
第九層。
「這麼說來，這座迷宮沒有出現野獸系呢。」
「你說魔物？」
「是呀。」
通道上四處盤踞著樹根，三人一邊注意腳下，一邊前進。
路上不時可見花朵盛開，經過時會聞到隱約的花香。許多獸人都不擅長應付錯綜複雜的迷宮，不過如果能憑藉優秀的嗅覺循著氣味前進，那就不一樣了。利瑟爾他們由伊雷文帶頭，一路沿著花香走，目前沒有碰過死路，看來的確選到了正確的路。
「我以為會有魔狼之類的魔物出沒。」
「要是迷宮偏愛牠們才麻煩吧。」劫爾說。
「這裡是『偏愛獸人』迷宮啦，又不是『偏愛野獸』。」

聽見伊雷文不高興地這麼說，劫爾事不關己地跨過粗大的樹根。他側眼瞥向利瑟爾，後者正以彷彿聽得到一聲「嘿咻」的動作跨過樹根。利瑟爾沒有絆倒就算是有所成長了，看來他的身體也慢慢學會了如何在路面顛簸的地方行走。

「不是差不多嗎？」

「哇——大哥一句話惹到了所有獸人——」

伊雷文用開玩笑的語氣說。利瑟爾聽了忽然有個疑問，於是抬起臉來。

日常生活中，沒有人會意識到唯人與獸人之間的差別，出生地不同反而還是比較好聊的話題。在利瑟爾原本的世界也是如此，兩者之間除了種族名稱之外沒有區別；不過在學術上，還是有學者研究獸人的起源。

伊雷文會這麼說，想必也只是不喜歡被人視為野獸而已吧，但利瑟爾聽了還是覺得有點好奇。

「之前我在這一邊讀到的書上提到，有一說是獸人很久以前原本是野獸呢。」

「真假？我第一次聽說欸。」

「果然不是這樣呀。」

牆面上覆滿了植物，擬態躲藏在其中的魔物朝利瑟爾伸出藤蔓，被劫爾一劍斬斷。只見一部分植物開始扭動，在魔物完全解除擬態之前，大劍往牆上一刺，給了牠最後一擊。

「嗯——我也不知道那個說法對不對啦，只是我也沒在乎過那種事。」

大多數唯人不會在乎自己的種族起源，獸人也是同樣的道理。

伊雷文把玩著短劍，嗅了兩下追蹤氣味，然後繼續往前走。

「那你那一邊呢？」劫爾問。
「在我那一邊，這幾乎是定論了。」
不過，也不知道這種說法在這一邊是不是正解，利瑟爾補充道。也是，劫爾在表示贊同的同時，忽然想起一件事。小時候在故鄉，他曾聽母親在睡前說過這樣的故事。
「對了，有個最普遍的說法吧？某個島國的故事。」
「嗯？什麼樣的故事呢，我好像沒聽過。」利瑟爾說。
「我也沒有欸。」
「你為什麼沒聽過……」
這又不能怪我，伊雷文小聲抱怨，利瑟爾開始安撫他。劫爾一邊看著這一幕，一邊回想故事的概要，眉間的皺摺皺得更深了一點。有些細節記不太清楚，不過大致上居然都還記得，他暗自驚訝。
「……某個島國出現了只有唯人會得的傳染病，陷入存亡危機，藉著把人與獸融合戰勝了疾病。大概就是這樣。」
原本是更奇幻、更溫暖的故事，卻被劫爾省略了不少。
「那麼，現在的獸人就是那些島國子民的子孫了呢。」
「前提是這個故事屬實。」
「所以世界上有個住滿了獸人的島喔？」
「如果真的存在，那麼故事的可信度就一口氣增加囉。」
就是因為沒有發現類似的島嶼，所以目前這個說法只算是空想吧。

是很有浪漫情懷的故事呢，利瑟爾微微一笑，從不知第幾朵花旁邊走過。純白的花瓣散發微光，彷彿隨時會滴出花蜜一樣豐盈飽滿，在迷宮之外也有這樣的花嗎？

「隊長，你們那邊的說法也是這樣喔？」

「不，我們的主流學說還要更……愉快一點。」

「啊？」

「愉快？」

這形容詞太出乎意料，兩人納悶地看向利瑟爾。

一條樹根爬過他們腳邊，伊雷文往那上頭狠狠一踹，暗藏在鞋底的刀刃刺入樹根，它猛跳了一下，縮回通道深處消失不見。

「啊，糟糕，可能是樹人欸。」

「迷宮壞得太誇張了吧。」

樹人這種樹木型的魔物，有著顯著的個體差異，共通點在於攻略難度全都相當高。

雖然不知道這座迷宮一共有幾層，但這種深層級的魔物應該還不會在這一帶出現才對。或許迷宮像劫爾說的那樣壞掉了，又或者是鎧王鮫那種特殊魔物吧。

「情況怎麼樣？」利瑟爾問。

「……還很難說。」

「因為那些傢伙都沒有味道嘛。」

三人在原地站了幾秒，靜觀其變。

看起來不像有陷阱，現在只能繼續前進了，於是他們再度邁開步伐。

「然後呢？」
「嗯？」
「那個愉快的故事。」
聽見劫爾低沉的嗓音這麼問，利瑟爾「哦」了一聲點點頭。
關於獸人起源的故事，利瑟爾一開始是從他敬愛的國王的兄長口中聽說的。一反平時語氣給人的印象，那位王子以優雅卻不過分陰柔的儀態享用著下午茶，一邊跟利瑟爾說了這個耐人尋味的故事。
「據說在很久很久以前的某個國家，有一位擅長魔術，又很有人望的國王。」
「那傢伙聽起來超可疑的啦。」
「不是說是愉快的故事？」
聽見伊雷文毫無根據地說人家是幕後黑手，利瑟爾有趣地笑了出來。視野一角好像有什麼東西動了一下，他看向牆上的藤蔓，不過似乎只是錯覺。
「國王的魔術修練到了足以稱作奇蹟的境界，有一天，他設計出一個魔術。」
飄浮在利瑟爾身邊的魔銃俏皮地飛過半空，來到他的另一側。
「那個魔術能賜予所有國民加護，在現代已經失傳了。那是古代語言仍然有人使用的年代，奇蹟的國王一定是想實現那個神祕魔術吧。」
那只是微小的加護。東西丟了很快就能找回，料理會變得好吃一點；為重要的人祈求旅途平安的願望能夠傳達到對方心裡，收到祈願的人內心會感受到一股暖意，就是這麼微小的奇蹟。然而這正是國王所希望的，因此國民也紛紛祈禱——

「如果說祈禱能夠迎來加護，那麼但願國王也得到幸福。」

聽著故事的伊雷文應了一聲，在十字路口前停下腳步。目前為止聽起來跟獸人完全沒有關聯，不曉得故事會怎麼兜回主題？他對艱澀難懂的話題沒有興趣，唯有這點讓他好奇。

「到這裡為止，是十年前發現的石碑上記載的內容。那座石碑是為了讚頌國王而留下來的。」

「是很近期發生的事啊。」劫爾說。

「對吧？」

伊雷文蹲下身來，姿勢看起來不像備戰，而是發現了什麼東西。

「怎麼了嗎？」

是陷阱嗎？利瑟爾和劫爾跟著看向他手邊。

「喏。」

利瑟爾邊問邊在他身邊蹲下，伊雷文伸出指尖，指向盤踞地面的樹根。

仔細一看，乾燥脆裂的表皮被刮除了一部分，碎片掉在地面上。刮傷的痕跡從這裡往通道深處延伸，看起來類似繩索摩擦過的痕跡。

「可能是剛才那個樹人？」

「一路上一直都有看到痕跡欸，這個也一樣。」

「花香味呢？」

「是往那邊。」

伊雷文說著，臉轉向通道深處，也就是痕跡延續的方向。

利瑟爾把落在頰邊的頭髮撥到耳後，站起身來，以眼神詢問劫爾的打算。意思並不是問他要不要前進，反正花香指向那個方向，他們只能往前；問題在於，假如前方真的有樹人，他們倆是否希望交手。

「看了再決定。」劫爾說。

「那伊雷文呢？」

「我也一樣。」

隨興蹲在地上的伊雷文也站起身，三人決定不繞道，繼續前進。

「樹人的個體差異有這麼嚴重呀？」

「外表和能力什麼的都完全不一樣喔。」

「樹根能延伸到剛才那裡，體型可能很大。」劫爾說。

樹人的根系長短影響牠們的攻擊範圍，粗細影響到力量大小，數量影響到招式多變性。利瑟爾也遇過幾次樹人，只體驗過樹木種類的不同而已。所有樹人都是定點不位移的魔物，除非靠得太近，否則牠不會主動攻擊，但一旦與牠敵對，就得承受連續不斷的猛攻。

樹人本來就屬於深層等級的魔物，如果又是特殊魔物的話，一定相當強大。假如重視通關效率，還是不要正面敵對比較保險……不，為了劫爾和伊雷文的探索動力著想，不如刻意迎戰……

「然後咧隊長，那個石碑怎麼啦？」

「啊，對哦。」

伊雷文一句催促，沉浸在思考中的利瑟爾這才回望看著自己的兩雙眼睛。

強敵近在眼前，兩人卻表現得像平常一樣冷靜。和自己絞盡腦汁思考對策的反應天差地遠，他們泰然自若的姿態令人佩服。

「目前為止根本沒出現獸人嘛。」

「快說到了，別急。」

聽見伊雷文鬧彆扭的語氣，利瑟爾瞇起眼笑了。該怎麼解釋才好呢？他邊想邊開口：

「發現那塊石碑的，原本是獸人研究領域最頂尖的學者。經過長年的研究，他提出獸人發祥於那個滅亡王國的學說，實際調查王國遺跡之後又發現了那塊石碑，學者之間因此出現各式各樣的說法。」

「明明上面沒寫到獸人？」

「學者就是這樣呀。」

其實陛下的兄長向他解釋過石碑年代、該學者研究內容等等的細節，不過利瑟爾也不是這方面的專家，理解並沒有深入到能向別人解說。反正簡單易懂最重要，他堂而皇之地以學者歧視論一筆帶過。

「有一說是善良的國王發了瘋，用魔術把國民都變成了獸人。也有類似劫爾剛才提到的說法，當年可能發生了某種人民必須變成獸人才能生存的事件。發現石碑之後，最主流的就是這兩個說法了。」

「一點也不愉快啊。」

「根本陰沉得要命好嗎！」

利瑟爾仰望著幽暗的天花板，邊說邊回想。劫爾他們以「愉快」的前提聽著這段話，聽到這裡忍不住吐槽。一開始講述神話般柔和的語調都到哪去了？

「當然，這些說法都不正確。」

忽然，利瑟爾驕傲地否定了前言。

兩人見過這種笑容。紫水晶般的眼睛中甜美沉穩的色彩變得更加濃郁，嘴角缺乏戒心地微微流露笑意，利瑟爾唯有談起一個人才會露出這樣的神情。他在原本世界效命的君王。

「在我來到這裡大約半年之前，陛下聽說了那塊石碑，抱著觀光心態去看了一趟，結果發現石碑底下藏著死去國王的日記，揭開了真相。」

「等一下等一下，這太急轉直下了啦！」

「你們國家也該學著自重一點吧……」

利瑟爾的王去看石碑的那天，找到了能夠催生奇蹟的古代君王嚴密藏起的日記。在周遭進行調查的學者面前，他毫不猶豫地繞到石碑背面，解除了經過悠久時光仍然存續的隱蔽魔法，破壞石碑挖出了日記，在所有人目瞪口呆的時候翻閱日記，哼笑一聲，把日記往其中一名學者的手上一扔，就好像什麼事也沒發生似地回王宮去了。

「陛下太強啦。」

「背面遭到破壞的石碑現在還留在原址哦。」

「學者沒有生氣？」劫爾問。

「有一點。」

可是石碑沒有整面被破壞掉，就表示陛下控制了力道，而且也帶來好的結果，那就沒什麼關係吧，這是利瑟爾的想法。雖然作為賠償，王宮方面還是提供了研究資助，以及保存石碑的資金。

「所以真相呢？」

「那位死去的國王，似乎非常喜歡動物。」

「啊？」

通道地面覆滿了樹根，感覺會有陷阱，三人小心前進。

這種地方常有地洞，由於樹根覆蓋而不容易發現，一踩下去才發現踏空，他們可不想要這麼驚悚的體驗。利瑟爾他們該嚇到的時候還是會嚇到。

「日記裡寫到，國王飼養了各種動物，而且非常疼愛牠們，幾乎到了溺愛的程度。」

「內容比我想的還要私人欸。」

「這不是公開處刑嗎？」

「該說幸好當事人已經掛了嗎？」

國王應該也沒想到自己的日記會被後世子孫公諸於世吧。

日記這種東西總是不希望別人看見，可是又不捨得輕易丟棄。或許是這種矛盾心理，才使得國王藉著只有自己能夠解開的魔術封印了日記，可是這位奇蹟魔術師的祕密，卻被我行我素的前不良國王毫不留情地攤在大眾眼前。

「喂。」

「嗯，謝謝你。」

劫爾保持著一貫的步調，往地面指了指。利瑟爾遵從他的指示往旁邊避開，經過時往地面一看，樹根縫隙之間原本該有地面的地方只有一片空洞，側耳細聽，可以聽見風從洞底吹起、通過樹根間隙的細微聲響。

「說到這裡，終於要說回奇蹟的魔術了。」

掉下去不知道會通往哪裡呢，利瑟爾邊想邊說下去。

「國王終於完成了加護魔術，就在他正要發動魔術的時候，集體逃跑中的寵物們剛好從他眼前跑過去。」

「……」

「等一下。」

「國王忍不住多看了兩眼，魔術就在這瞬間發動了。」

「……」

「隊長等一下。」

「帶來微小幸福的加護，就這麼變成了獸之加護，把國民全都變成獸人了。」

劫爾帶著「這傢伙真厲害」的眼神看過來。利瑟爾自己也深感遺憾，不過搞砸的不是他，希望劫爾不要用這種眼神看他。

伊雷文嘴角抽搐，不知道該大笑還是該震驚才對。雖然是發生在其他世界的事，但他身為獸人，聽到種族的起源是這個樣子還是有點意見吧。利瑟爾只能替他祈禱，希望這個世界的獸人發源自一個嚴肅又壯闊的故事。不過利瑟爾原本世界的獸人，倒也沒有因此感到多悲觀。

「據說日記中寫滿了多看寵物兩眼的後悔、對國民的懺悔，還有對於自己為什麼就是忘了關寵物籠子的哀嘆。」

由於是私人日記，聽說裡面真的是字字嘆息、充滿懊悔。利瑟爾沒有親自讀到原文，不清楚詳情，不過據他讀過日記的前學生所說，國王已經準備好挨家挨戶去對全體國民下跪致歉了。後來這個致歉計畫被周遭制止，讀到最後還是不知道是否真的實行，令人有點好奇。

「不要跟我說那個國家最後因此滅亡了。」

「才沒有呢。」

聽見劫爾嫌棄地這麼說，利瑟爾有趣地笑了。

「雖然形式有所改變，不過加護仍然是加護，國民懷著對國王的感謝接受了祝福，國王也深愛著自己的百姓，一如往常繼續治理著國家。」

要是沒有那段日記的插曲，這故事本該是一樁美談，怎麼會變成這樣？

劫爾他們一瞬間這麼想，不過立刻放棄了思考，這種事想破頭也沒用。說故事的利瑟爾還帶著一臉稀鬆平常的微笑，特別令人一言難盡。

「確實是個愉快的故事，對吧？」

「不是吧，我覺得很有搞砸了的感覺欸。」

「咦？」

伊雷文忍不住吐槽，利瑟爾納悶地看向他。下一秒，走在前方的劫爾停下腳步，而伊雷文也同樣注意到了氣息，心領神會地握住雙劍劍柄。

「有東西。」

劫爾平淡地說。

樹人不具備聽覺，依靠地面震動偵測敵人的位置，因此沒有必要壓低音量。

「是樹人嗎？」

「嗯。」

利瑟爾也跟著凝神看向前方。通道越往深處越陰暗，前方似乎通往一個寬敞空間，內部缺乏光源，只看得見蠢動的黑影。層層疊疊的影子映在地面上，像大蛇扭動身軀那樣波動。

「哇靠，感覺好大。」

「一定很大吧。」劫爾說。

三人緩緩走近黑影，隨著距離縮短，他們逐漸看清房間的全貌。

整個空間宛如巨大鳥籠，挑高的天花板覆蓋著圓形大廳，聳立於中央的巨木正是變異樹人。粗大的樹幹在近處足以擋住整片視野，光禿禿的樹枝幾乎要撐破天花板，蠢動的樹根覆蓋了整間大廳，發出雷鳴般低沉的聲響四處蠕動。

「這……」

「唔哇……」

「……」

三人看見牠只有一個感想。

「（好恐怖。）」

樹幹上有三道歪斜的裂口，看起來就像雙眼和嘴巴。

眼睛那兩道裂口裡塞滿了無數的眼球，每一顆都有人頭那麼大，像剛挖出來一樣鮮活，各自不規則地滴溜溜轉動。嘴巴那道橫長的裂口位於根部，像嘗試砍倒巨木留下的斧痕，裡面有無數的異形，異形的巨大毛毛蟲塞滿裂縫，在裡面不停蠕動。

「我們略過牠吧。」

就算是利瑟爾他們，也有不想交手的魔物。

沒有人反對利瑟爾的提議，三人於是快步前往下個階層。

第十層。

釘在牆上的牌子寫著「獸人至高無上」。

「第二次了呢。」

「壞掉了吧。」

「這樣也樂得輕鬆啦。」

第十一層。

怎麼回事？伊雷文嘴角抽搐，低頭看著那東西。他們剛抵達這一階層就發生異常狀況，利瑟爾和劫爾消失不見，伊雷文趕緊回過頭，卻只看到一頭巨大的狼。他的思考瞬間停止，雖然難以置信，但眼前這匹狼不必想也知道是……

「…………大哥？」

難以接受的現實讓他沉默了好一會兒，但還是戰戰兢兢地這麼問。

銀灰色的雙眼，和劫爾的眼睛顏色完全相同。野狼瞥了伊雷文一眼，從鼻子哼了一聲。身軀龐大的牠，四足著地仍然有伊雷文的胸口那麼高，站立起來能輕易超越他的身高。

「為啥會變成這樣啊？迷宮真的有在偏愛我嗎？」

伊雷文在劫爾（狼）的面前蹲下，扯了扯抖動的狼耳朵，他對動物沒什麼博愛精神。不出所料，狼皺起鼻子對他低吼。

「大哥變成狼倒是還好啦，也有魔狼系的魔物嘛，該怎麼說，反正看起來很有你的風格？很好啊，雖然一點都不好但也還過得去嘛？」

宛如逃避現實般的高語速，伊雷文好像被逼上絕境一樣喃喃自語。

他確實在逃避，首先看見的是劫爾（狼）就是最好的證據。他明明還有應該盡早確認安危的人，卻裝作沒注意到某件事。

這時，劫爾（狼）忽然垂下鼻尖，看向身邊，伊雷文也跟著僵硬地往那邊一看。

「隊長變成兔子啦～～～～～」

他做好覺悟看過去，一團毛茸茸的兔子坐在那裡。

伊雷文唉聲嘆氣，一臉苦惱地低頭看著那團絨毛。劫爾（狼）的體型有多大，就顯得利瑟爾（兔）有多小又多平凡無奇。

「為啥變成兔子啦?!這裡不是迷宮嗎?!迷宮的、地板上、兔子！超級無敵普通的、兔子!!」

由於腦袋一團混亂，語氣異常激動的伊雷文面前，利瑟爾（兔）只是一個勁地抽動著鼻子，眼睛不知道看著哪裡，也看不出喜怒哀樂。牠保持蹲坐在地上的姿勢不動，在原地不停抽著鼻子。

「站在大哥旁邊看起來就只是個獵物！有夠恐怖！這個體型差太恐怖啦！」

利瑟爾（兔）抽動著鼻子。

「隊長，你還活著嗎？不，你有在聽嗎？不要再抽鼻子了啦，你也有點表示吧，隊——

長——」

伊雷文往利瑟爾（兔）的兩隻垂耳朵中間戳了戳。利瑟爾（兔）抽抽鼻子。

「………………這真的是隊長？」

伊雷文越說越沒自信，於是看向劫爾（狼），後者正保持原本凜然的姿態低頭凝視著利瑟爾（兔），不時動動鼻頭。感覺牠隨時會撲咬上去，好恐怖。

「看這毛皮的確很像隊長啦。」

伊雷文小心翼翼地朝兔子伸出手，笨拙地試著把牠抱起。

他把雙手放在兔子前腳腋下，整隻抱起。兔子的後腳脫力似地垂下，毛茸茸的前腳碰到他的手臂，爪子隔著衣服掐進肉裡，有點痛。

「沒有自我意識？真的變成兔子啦？你有辦法回應一下嗎？」

伊雷文這麼問道，和劫爾（狼）一起觀察了幾秒。兔子一直沒反應，果然是完全變成普通兔子了吧……就在他這麼想的時候，兔子垂下的後腿在半空中踢了踢。

「……隊長？」

踢踢。

「大哥。」

「…………嗷。」

儘管明顯不情願，劫爾（狼）還是應了聲。牠慢悠悠地走近伊雷文，把鼻尖湊過去，看著他懷裡的利瑟爾（兔）。

這兩隻果然是劫爾和利瑟爾，伊雷文確信地點頭。但他們意識中動物的比例顯然比較高，又或者是人類的小動作也會自動轉換成野獸的動作嗎？至少他們還聽得懂人話，這是唯一的救贖。

「哎，他們應該察覺不到哪裡不對勁吧……」

他們大概沒有變成動物的自覺。假如有所自覺，多半沒辦法好好協調四隻腳的動作，而且也會主動嘗試用某些方法溝通吧，這點程度迷宮還是懂得見機行事的。

伊雷文放棄抵抗，把鼻尖埋進利瑟爾（兔）的額頭，往蓬鬆柔軟的毛皮吸了幾口，然後離開。

「隊長，你會自己走路嗎？可以嗎？」

最壞的情況，伊雷文必須一邊保護他們一邊戰鬥。

為了以防萬一，他試著把利瑟爾（兔）放到地面。布偶一樣的小身體在地板上慢吞吞動了起來，往前跳幾步之後停了下來，然後直起上半身回過頭看向伊雷文，不曉得是在炫耀「我做得不錯吧」，還是由於離開他而感到不安。伊雷文堅定地點點頭。

「我抱你走吧。」

利瑟爾（兔）仍然像失去所有情緒一樣抽動著鼻子。

「我獵到的那些兔子根本不是這樣欸，牠們長得那麼無害，但是有夠狂暴，又很有力氣……哎，不過這樣也比較像隊長啦，你是附帶血統證明書的家兔。」

伊雷文把利瑟爾（兔）一把抱起，指尖玩弄著牠的耳朵，側眼瞥向自己身邊一同邁開腳步的劫爾（狼），可以看出包裹在毛皮底下的骨骼和肌肉隨著牠的步伐大幅波動。

「不知道隊長能不能坐在大哥背上欸——是說大哥之前不是也曾經變成狗嗎？」

伊雷文半開玩笑地把兔子嬌小的身軀放上狼背，劫爾（狼）豐滿的尾巴輕輕晃了一下。狼的步伐穩健，不過背上晃動的幅度意外地大，利瑟爾（兔）的後腳一滑，差點跌下去，同時劫爾（狼）停下腳步。伊雷文立刻一把抱起兔子。

「不行嗎……大哥你不要吼啦。」

劫爾（狼）低吼了一聲，伊雷文再度邁開腳步，跟牠保持一步的距離。

伊雷文雖然不清楚牠為什麼生氣，不過生氣的對象顯然是自己。儘管變成了一匹狼，劫爾也不是他敢推打笑鬧著說「怎樣啦，吼什麼吼」的那種對象，畢竟眼前這頭狼怎麼看都不像弱者，反倒像新種的魔物，而且還是頭目級。鐵定很強。

「這樣好像我一直在自言自語，好討厭喔。」

伊雷文一邊碎唸，一邊往通道深處前進。這一層的通道平順很多，上一層的路面上佈滿樹根和藤蔓，果然是受到樹人的影響吧。

一人一狼沒發出半點腳步聲，剩下的一隻小兔子被抱在懷裡，抽動著鼻子跟大家一起前進。

「喔，是岔路欸。」

走了一小段之後，通道分成了左右兩邊。

伊雷文低頭看向懷裡的利瑟爾（兔）。平時碰到岔路，擁有選擇權的都是隊長利瑟爾，他不清楚其他隊伍是否也一樣。

「隊長你看得出來嗎？走哪一邊比較好？」

他把利瑟爾（兔）放在地上，退後一步。

他們還沒走多遠，應該看不出哪一條才是正確的路；不過這種時候負責做決定，也是隊長的職責之一。利瑟爾（兔）一動也不動，在原地抽著鼻子，是在思考嗎？劫爾（狼）和伊雷文低頭看著牠圓圓的尾巴。就在這時，「砰」一聲，利瑟爾（兔）的後腿用力往地上踩了一下，伊雷文嚇得肩膀一跳，劫爾（狼）也驚訝地揚起尾巴。

「隊長怎麼啦?!生氣了?!怎樣?!身體不舒服嗎?!對不起對不起啦，你怎麼了?!」

伊雷文立刻跑過去，把利瑟爾（兔）抱起來，劫爾（狼）也把鼻頭湊近利瑟爾（兔）的鼻子，好像在觀望牠的臉色。可是從利瑟爾（兔）的神情當中看不出任何訊息，牠只是一個勁抽著鼻子。

「沒有生氣嗎……」

低頭看著兩隻動物鼻頭對鼻頭，一隻抽抽、一隻嗅嗅，伊雷文鬆了一口氣似地垂下肩膀。要是生氣了，即使是兔子也會表現出不高興的樣子吧，而且仔細一想也找不到利瑟爾生氣的理由。

「大哥？」

忽然，劫爾（狼）抬起一隻前腳，放在伊雷文抱著利瑟爾（兔）的手臂上。絕對不是握手，牠稍微伸出爪子，使勁往下按，應該是要他把利瑟爾（兔）放下來。

「你是說放牠下來？是嗎？好啦好啦。」

伊雷文把利瑟爾（兔）放在地上，利瑟爾（兔）開始小步移動。

牠往右邊那條岔路走，剛才跺地板的也是右腳。

「啊，原來你是想叫我走右邊喔。」

利瑟爾（兔）往前跳了幾步，停下來回頭看著伊雷文，抽動著鼻子。

伊雷文也跟上去，正要抱起利瑟爾（兔）的時候，劫爾（狼）走到他身前，停在利瑟爾（兔）的身邊，凝視著通道前方。牠保持平視，微微低下頭，喉間發出低鳴，但還沒有伏下上半身。這是狼的警戒。

「有東西過來了嗎？」

伊雷文拔出其中一把雙劍，站到兩隻動物前方。

這時候，他才終於察覺有魔物正往這裡逼近。劫爾雖然是唯人，但本來就對氣息特別敏感，變成狼之後五感又更敏銳了吧。至於利瑟爾（兔）就別提了，根本看不出牠到底有沒有察覺到不對勁。

「大哥不需要我操心，不過隊長該怎麼處置才好啊……我一邊抱著你也是能打啦。」

話雖如此，迷宮到這個階層，難度也差不多該上升了。

目前以伊雷文的實力還游刃有餘，但難保不會發生什麼萬一，畢竟大家都說這座迷宮經常壞掉。剛才的樹人就是一例，不能掉以輕心。聽見伊雷文這麼說，劫爾（狼）發出低吼，像在說「你不要對一頭普通的狼期望太高」。

「隊長，你想怎麼……」

他說到一半打住。

一回頭，伊雷文就看到圓滾滾的兔尾巴在劫爾（狼）的前腳之間動來動去。劫爾注意到牠的舉動，在地板上坐了下來，利瑟爾（兔）於是動著身體把頭轉向前方，堂而皇之地窩在狼腹下方，彷彿那是牠的巢穴。伊雷文和利瑟爾（兔）四目相對。

「……隊長開心的話我是沒意見啦。」

伊雷文一言難盡地點點頭，萬一發生什麼緊急狀況，劫爾（狼）會想辦法吧。

他放棄似地這麼想著，聽著魔物逐漸清晰的腳步聲，舉起雙劍。劫爾（狼）的尾巴戒備地拍打地面，利瑟爾（兔）仍然抽著鼻子。

「是鎧甲系喔……」

盔甲踏上地面的沉重聲響傳入耳中，伊雷文嫌惡地喃喃說。

毒液對這種魔物無效，牠們身上也沒有可以挑斷的筋骨，行動遲緩，但非常硬，和伊雷文的相性極差。雖不至於陷入苦戰，但打起來還是很麻煩，而且他也不喜歡拖長戰鬥時間。

「大哥明明很擅長對付這種魔物的說……」

擅長與否也沒有太大差別，但他還是哀怨地看向那個變成狼的男人。

豎起的狼耳仍然正對著通道前方，牠的鼻尖卻朝著蹲在雙腳之間的利瑟爾（兔），不曉得是不是對牠愜意窩在那裡的舉動感到無奈。當然，狼的視線完全被無視了。

「唉，加油吧。」

伊雷文垂下肩膀，雙劍跟著垂在身側，下一秒，他不做任何準備動作就衝了出去。

魔物已經接近到可以目視的距離。銀白的甲冑，會動的鎧甲，「鎧甲系」是這類魔物的統稱。牠們的盔甲設計五花八門，可以看出不同國家或階級的特徵。冒險者公會認證的最高級鎧甲魔物被稱為「將軍級」，是某座迷宮的頭目。

「關節處、穿什麼、鏈甲啦！」

金屬摩擦的尖銳聲響一閃而過，下一瞬間，空洞鎧甲的手肘部分哐啷一聲掉落地面。

もひ〜
もひ〜

在鎧甲系當中，這一隻算是中階魔物。但對付這種魔物，必須把牠們支解到無法動彈的程度才行，憑藉伊雷文的臂力和本領，才好不容易能一擊斷開一條手臂。現在他得一個人同時對付好幾隻這樣的魔物，難度比原本階層高出許多。

「我不是應該被偏愛嗎?!這哪叫偏愛啊，根本相反好嗎！」

他一腳踢下盔甲的頭，從腰包裡掏出魔石扔進開口。魔石掉進鎧甲裡，發出在內部彈跳的哐噹聲。伊雷文向後退開，下一秒鎧甲在他面前從內側爆裂。

「而且都沒有魔物要攻擊隊長和大哥！看都不看你們一眼！這樣是很好啦！我不用保護你們是很輕鬆啦！」

利瑟爾（兔）和劫爾（狼）在一旁看著伊雷文的英姿，沒有任何鎧甲對牠們揮劍。爆炸聲響徹整條通道，劫爾（狼）微微皺起鼻頭，利瑟爾（兔）抽動鼻子，一對垂耳朵似乎垂得更低了。

「可是那個！喂你不要給我靠近牠們！住手！」

一隻鎧甲走到兩隻動物面前。

從剛才開始，伊雷文已經見過幾次同樣的情景了。劫爾（狼）剛開始還會低吼威嚇，現在只是保持警戒，不做任何反應。回想起來，劫爾（狼）打從一開始就對魔物沒有戰意，考量到牠是劫爾變成的，這很異常吧。

鎧甲在兩隻動物面前跪下，從鎧甲裡面掏出某種東西，輕輕放在利瑟爾（兔）面前。這場面真是莫名其妙，伊雷文忍不住用發自丹田的力氣吶喊。

「不要隨便餵食牠們啦雜魚!!」

鎧甲放在利瑟爾面前的是小小的樹果。

利瑟爾（兔）動了動，往樹果探出身子，劫爾（狼）伸出前腳靈巧地擋住牠。兔子不滿地扭動小小的身軀，劫爾（狼）從鼻子哼了一聲，輕咬住牠的後頸，就這麼把牠叼起來，慢悠悠往牆邊走去。

在牠們身後，伊雷文踢向鎧甲連接處的金屬部件，再往固定盔甲的皮帶上狠狠一砍。

「這裡偏愛的根本不是獸人！是野獸！剛剛不是才一直說野獸和獸人不一樣嗎？迷宮給我看場合辦事啊！」

他把劍柄砸向鎧甲，失去原形的空鎧應聲崩落。

「而且都把野獸和獸人一視同仁了，幹嘛不好好偏愛我啊！」

聽著他悲痛的吶喊，劫爾（狼）在牆邊把利瑟爾（兔）放下。和剛才一樣，牠在兔子上方蹲坐下來，確認利瑟爾（兔）磨磨蹭蹭地把身體轉回了前方，兩隻動物繼續悠哉旁觀伊雷文殲滅鎧甲。

「啊——累死我了。」

把無處宣洩的憤怒發洩在魔物身上之後，伊雷文的心情也舒暢了一點，把利瑟爾（兔）抱了起來。此時的利瑟爾其實擁有兔子能夠表現的人格，他盡己所能地試著慰勞伊雷文，但還是只能像平常一樣抽動鼻子。因此很可惜，這慰勞的心意沒能傳達給伊雷文。

第十二層。

終於變回人類了！伊雷文歡天喜地地回過頭。他眼前站著曾經見過的幼年利瑟爾，以及正值青春期的少年劫爾。

「不行了我要回去了。」

他真的回去了。

歐洛德無法認可血緣上相當於他弟弟的那個男人。

這不是很奇怪嗎？為什麼一個沒受過訓練的小孩子，能夠打贏從小咬牙苦練劍術的自己？而且還是在短短不到兩個月的時間內。這事實太過難以置信，又以敗北的形式突然攤在他面前，彷彿否定了他所有的努力，彷彿在他身上押下烙印，昭示著他不可能背負起家族率領騎士團的職責。他覺得自己失去了所有價值。

在歐洛德心目中，才華和天才這種詞彙一向是怠於努力的人給自己找的藉口。

只有不願意努力的人，才會用這種蔑稱來形容經過不懈努力而取得成就的人。歐洛德自己也被這樣說過，他一點也不高興，甚至感到憤怒。然而直到那一刻，他才知道天才真的存在。要承認這一點，當時他的心智還太過幼小了。

如果對方是從小一起長大的弟弟，情況或許會有所不同。

然而，那是個突然憑空出現的庶子。面對眼前毫無道理的處境，歐洛德做出正當的反抗，自然而然對弟弟產生了嫉妒心，就像所有相同境遇的人一樣，他疏遠了周遭所有拿自己和弟弟相比較的人。先前初次見面的時候，利瑟爾說這樣的情緒是「理所當然」，可是從小他就自我警惕，認為這種嫉妒應該引以為恥。

儘管被逼得走投無路，在厭惡的人物從眼前消失之後，歐洛德的心情已經逐漸回歸平靜。直到那個男人毫無預兆地再次出現在他面前，讓他調適好的心態瞬間崩壞。

對面坐在沙發上，以公事公辦的口吻交談。

「你就是太高潔了。」

「這才是身為騎士應有的姿態。」

歐洛德平心靜氣地這麼回應。

在他眼前，雷伊露出揶揄的笑容，照進窗戶的夕陽把那頭金髮染上耀眼的茜色。兩人面對面坐在沙發上，以公事公辦的口吻交談。

「侯爵怎麼說？」

「……只提到對客人的無禮這點。」

歐洛德稍稍垂下目光。

他回想起建國慶典最後一天的那場宴會。貴族們藉著這個場合炫耀自己籠絡的強大戰士，冒險者在那裡無疑是受招待的客人。歐洛德的父親僅針對這點責備他，完全沒有提及關於劫爾貝魯特的一切。

父親並沒有命令他「不要和那個人有所牽扯」，這樣的舉措卻含有更加強烈的訣別意味。言下之意，他們已經斷絕了一切關係，抹除了原本該有的感情，無論好壞都回歸虛無，回到素昧平生的陌生人。

「只是我太不成熟了。」

歐洛德筆直望著前方這麼說。

「哎呀哎呀，你對自己真的好嚴格呀。」

雷伊聳聳肩膀，像演員一樣誇張的動作。

他們一人負責率領騎士，一人率領憲兵，時常像今天這樣見面談話，每一次歐洛德都有同樣的感想。這男人從過去到現在都是這副德行。

「說『都是那傢伙的錯』，明明要來得輕鬆多了。」

總是藉著親切的態度和快活的語氣接近別人，用那雙深不見底的眼睛凝視對方，像在尋找什麼樂趣一樣。怎麼可能信任這種人呢？歐洛德一絲不苟的坐姿又端正了幾分。

「您這是在愚弄我嗎……！」

「不是哦？」

即使歐洛德皺起臉，低吼著這麼說，雷伊也毫不退縮。

那男人只是加深了笑意，微微舉起雙手，像在叫他冷靜。

「我只是說，你可以再放鬆一點。」

「……請您別再玩這種文字遊戲了。」

「我倒覺得你應該多享受一下文字遊戲的樂趣。」

他實在跟這種人合不來。

歐洛德短短呼出一口氣，讓自己冷靜，接著緩緩站起身。

「客人準備回去了。需要我送你出去嗎？」

「不必。」

在一旁待命的年老執事長替他打開門。

背後傳來雷伊的笑聲。歐洛德忍著想皺起臉的衝動，穿過開啟的門扉。整潔的走廊一片安靜，只聽得見走在身後的執事長和自己的腳步聲。把視線微微偏向兩旁，立刻就能看見掛在牆上的眾多畫作。

「（迷宮品嗎……）」

由冒險者帶回城裡，世上獨一無二的畫作。

由於這種特性，許多貴族喜歡迷宮畫作，雷伊是其中最投入的那一群。

「（冒險者……）」

現在的自己還恨他嗎？歐洛德捫心自問。

如今的歐洛德，已經不是不懂世間殘酷的小孩子了。世上確實存在這樣的人，不費吹灰之力，就能抵達常人花費十年才千辛萬苦搆著的境界。雖然能夠達到人類絕對無法涉足的領域，還是讓他非常不解就是了。

「（不過，也不可能再見面了。）」

歐洛德本人也沒有意識到自己的變化。

然而，他緊繃的神情緩緩放鬆下來，彷彿卸下了肩上一塊大石。

『你選吧。』

直到現在，歐洛德偶爾還是會想起那道沉穩的聲音，和高潔的眼瞳。

當時的他無法回答，但現在的他一定可以給出答覆。他會斷絕和劫爾貝魯特的一切關係，這麼一來自己肯定也會輕鬆許多。他可以不必再逼迫自己了。畢竟他本來就不可能選擇失去侯爵家，這是他渴望背負的責任，是他的目標，也是他的驕傲。

「（那麼，那個問句就是對我的……）」

想到這裡，他不禁自嘲，心情卻從來沒有這麼輕鬆過。

執事長走到他前方，替他打開玄關的門。夕陽照進門內，歐洛德瞇細雙眼，掩飾剛才自嘲的神情。這也只發生在短暫的一瞬間，在那之後，他立刻邁開騎士應有的毅然腳步往前走。

「（事到如今。）」

再想下去也沒意義。他下了這個結論，走向等待他的馬車。

這時，他忽然看見一輛馬車停在雷伊的宅邸門前。是客人嗎？歐洛德心想，邊走邊稍微理了理自己的衣襟。儘管只是擦身而過，也不能讓人看見自己鬆懈的模樣。

「……？」

下一刻，歐洛德詫異地蹙起眉頭。

從馬車車廂走出來的那些人，看起來一點也不像會到子爵家登門拜訪的客人。一名青年帶著兩個孩子往這邊走近，相貌打扮看起來也有點突兀。雙方繼續走近，即將擦身而過的時候……

看見迎面而來的人，歐洛德震驚得說不出話。

「什……」

「嗯？」

紅髮獸人看向這裡。歐洛德記得那張臉，是那一晚面帶嘲諷，把香檳一口飲盡的獸人。獸人懷裡不知為何抱著一個年幼孩童，畫面實在太令人起疑，身為騎士的歐洛德一瞬間思考自己是否該拔劍。

「我好像見過你……對啦，是大哥的哥哥。」

獸人恍然點頭，目光轉向身邊。

循著他的視線看去，一名少年走在他旁邊，年齡大約十幾歲前半，理應是還帶點稚氣的可愛年紀，那名少年卻只給人兇神惡煞的印象。歐洛德瞪大眼睛，剛伸向劍柄的手僵在原處。

「啊，不過你們斷絕關係了喔，所以不算哥哥了。」

「啊？」

那名少年眼神煩悶地看向歐洛德，然後……

「劫爾貝魯特————————！！」

沒有錯，完美踩中歐洛德的痛腳。

距離歐洛德發出生平第一聲慘叫的幾小時之前。

從迷宮回城的馬車總是熱鬧，滿載著身上沾著血跡和泥巴、渾身髒兮兮的冒險者們。有人炫耀今天的戰果，有人為了自己的疏失垂頭喪氣、遷怒到別人身上，對方不甘示弱地回擊，周遭有人搧風點火、有人怒罵他們太吵，總而言之，喧鬧聲總是不絕於耳……只有今天例外。

「伊雷文，你累了嗎？」

怎麼會發生這種事？冒險者們交頭接耳，但沒人真的敢問。他們對眼前的情況充滿困惑，想要別開視線，又下意識往那邊偷瞄。三個人並肩坐在他們面前的座椅上。

「正常來說啊……出了迷宮不是應該變回來嗎？」

三人之一帶著自暴自棄的眼神這麼說，冒險者露出這種表情很正常。

「嗯——」

一個特別面善的幼童坐在他的大腿上，他把臉埋進幼童肩口。年齡大約四、五歲吧，冒險者們不常接觸小朋友所以不太確定，但總之看起來年紀很小。

「……」

在旁邊，隔著一人份的空位，坐著一個特別眼熟的少年，氣質特別像個身經百戰的強者，一臉不高興。年紀看起來大概十五歲左右，或是發育比較早的十幾歲前半吧。肌肉增長速度趕不上他快速抽長的身高，儘管經過鍛鍊，體態仍然和這個年紀的小夥子差不多，可是渾身散發的氣場讓人完全不覺得他弱小。

「……所以不是跟你說了嗎？直接攻略就好了。」

少年以這種絕妙的平衡醞釀出一股強者風範，他依舊看著車窗外，喃喃這麼說。

「嗄？」

伊雷文微微抬起埋在幼童身上的臉，轉過視線往身邊一瞥，喉間漏出的嗓音低沉。幼童忽然動了動，他把手掌環在幼童腹部，緩緩抬起低垂的頭。

「帶著一個不聽話的小鬼？饒了我吧。」

「啊？」

少年皺起臉看向伊雷文，馬車內的氣氛瞬間緊繃。

冒險者們天天賭上性命和魔物搏鬥，對這種氣氛司空見慣，但這可不是平常那種出了事有人能制止的尋常糾紛。假如坐在眼前的真的是他們猜測的那兩個人，那麼一旦打起來，誰也無法阻止。事情果真是他們想的那樣嗎？

能制止他們的人只有一個，周遭的視線自然而然集中到坐在伊雷文腿上的幼童身上。

「？」

然而，幼童只是一臉困惑地看看伊雷文，又看看少年。這也難怪。

「劫爾。」

幼童似乎察覺哪裡不太對勁，從伊雷文腿上探出身來，朝著少年伸出小手，想去抓他的衣服。

「別碰我。」

少年用手背一撥，擋下他的手。

動作有點粗暴，幼童的身體晃了一下，差點往前栽到座椅上。不過在晃動的視野中他還是看見了，少年一時間張開嘴唇，好像想說些什麼。

但下一秒，嬌小的身軀被往後一抱，少年也不悅地撇撇嘴，閉上雙唇。

「喂。」

伊雷文的聲音從幼童身後傳來，看不見他臉上的表情。

一隻大人的手越過幼童肩膀伸出去，往粗魯的少年身上打。少年抬起剛才還沒放下的手，嘖了一聲，狠狠把伊雷文的手撥開，尖銳的「啪」一聲讓幼童嚇得肩膀一跳。

伊雷文伸過去打少年的那隻手轉而揪住他的領口。

「小鬼，你不要給我太囂張了。」

「……啊？」

為什麼維持大人模樣的不是利瑟爾呢？臉色發青的冒險者們這麼想著，努力從那兩個互瞪的人身上轉開視線。馬車能不能緊急煞個車，改變一下這個氣氛？但很可惜，他們現在搭乘的這輛馬車是由今年六十五歲的資深車伕駕駛的，不管車上有人打架還是車外有魔物衝過來，這位備受肯定的優秀駕駛都會快活地繼續駕馬勇往直前，不可能為了體貼他們而煞車。

「……」

「「「（啊——啊——啊——啊——）」」」

氣氛轉眼間變得險惡，不安的幼童把頭越垂越低。

他這副模樣，害得冒險者們一直忍不住往那邊看。冒險者們平常完全沒有和小孩相處的經驗，也都不算特別喜歡小孩，卻不知為何燃起一股坐立難安的心情，或許比較接近看到小朋友被父母親板起臉怒罵的那種感覺吧。

這時，不曉得是上天聽到了他們的祈禱，又或者只是時機湊巧，馬車在些微晃動之後停了下來，車門被人猛力打開。

「啊——累死我……唔喔?!」

那是四名年輕冒險者，嘴上說累，卻吵吵鬧鬧地進了車廂。

「這氣氛是怎樣……啊，有小孩耶！」

「什麼？哇，好小喔——」

「欸，趕快讓開讓我看啦……喔喔，好有教養的小孩！」

上車的正是傳聞中最近發展得還不錯的艾恩隊伍。

雖然一開始注意到氣氛和平常不太一樣，但他們立刻就興奮得忘了這回事，看也沒看其他人一眼，就興味盎然地湊近那個在迷宮路線的巡迴馬車上顯得非常突兀的幼童。

「我身上是不是有糖果啊，喔，有巧克力。你要不要吃這個？很好吃喔——」
「弟弟你怎麼跑到馬車上來啊，是來看冒險者大哥哥的嗎？」
「怎麼樣，冒險者很帥吧！」
也沒注意到座椅附近特別乏人問津，艾恩他們痞痞地在幼童面前或蹲下、或彎下腰，開始逗著他玩。笨蛋真勇敢啊，目擊現場的冒險者們這麼想。不顧車廂內發生什麼情況，馬車繼續往下一站行駛。
「來，手伸出來！」
艾恩捏著包有糖果紙的巧克力，咧嘴一笑，幼童依言朝他伸出雙手。
這時候，落在小手上的巧克力忽然從旁被奪走。幼童愣在原地，艾恩認為自己遭到挑釁，皺著臉抬起視線。下一秒，他嚇得站起身。
「不准用這種便宜貨餵食他，雜魚。」
「你……」
是什麼意思……話剛說到一半，坐在旁邊的人映入視野。
「……哈？」
艾恩不禁張著嘴往那邊看，一名少年臭著一張兇神惡煞的臉看著這裡。不悅的眼神，眼熟的五官，把弱者釘在原地不敢動彈的強者氣息。最重要的是，艾恩他們也是明白「迷宮不講道理」的冒險者。
因此，他們自然就想到了某種可能性，隊伍裡的四個人毫無意義地面面相覷。
「……也就是說……」

低頭一看，幼童睜著一雙納悶的眼睛，直直仰望著艾恩。

「…………利瑟爾大哥？」

「嗯！」

稚嫩的臉龐露出軟綿綿的微笑，雙頰染上一點紅暈，看起來很高興。

那是因為兩位同行者不吵架了。伊雷文注意到這點，心虛地捏著掌中的小手，坐在隔壁的少年嘖了一聲，別開視線看向窗外。艾恩他們則因為真相的衝擊力道太過巨大，根本沒注意到這些小動作。

「唔哇唔哇！真的假的！」

「難怪看起來這麼有教養。」

「好小——！」

幾個年輕人立刻圍著利瑟爾吵鬧起來，其他冒險者又喃喃說了一次：「笨蛋真是天不怕地不怕啊。」畢竟伊雷文已經有點生氣地罵他們不知分寸，劫爾則瞪著他們，不悅的表情全寫在臉上。

時間來到現在，伊雷文在雷伊宅邸裡光明正大地接受招待。

「我一到王都立刻攔了馬車，直接跑到認識的道具商人店裡，結果誰知道他不在。到底是誰准他這時候出去的啊，時機也太不巧了吧。」

「所以你才到這裡來找我呀。」

店主外出批貨，請改天再光臨——寄放小利瑟爾最安全、照顧得又最無微不至的那間商店門口，貼著這樣的公告。伊雷文回想著不久前的事，一邊吃著人家準備的餐點一邊抱怨。

雷伊則笑得無比愉快，彷彿在說這是他的榮幸。小利瑟爾雙手握著杯子，乖乖坐在他大腿上，雷伊的大手不時撫摸小巧的腦袋，手勢看起來非常熟練。

「你變得真可愛呀，利瑟爾閣下。」

雷伊收走利瑟爾喝完的空杯，輕輕握住他小小的手掌。

利瑟爾不可思議地抬頭，看著雷伊的臉。那張臉上快活的神情沉潛下來，帶著親切柔和的笑容俯視著他。小利瑟爾眨了眨眼睛，雷伊那雙金黃眼瞳冷不防轉向另一邊。

「相比之下，你正值最叛逆的年紀吧？」

「啊？」

少年劫爾同樣吃著桌上的食物，聽了這句話瞪向雷伊。他的體型比一般少年結實，但仍然是正值發育的年紀，他一口接一口吃著端上桌的料理，而且都挑肉類下手，看這掃空盤子的速度，一時半會大概停不下來。

「哈——吃得好飽。」

伊雷文忽然摸著肚子站起身來。

料理一端上桌就立刻被他吃個精光，空盤在他面前堆成一疊。盡可能填飽了肚子，伊雷文心滿意足地走近正朝餅乾碟伸手的利瑟爾，半開玩笑地撈起那雙小手。

「那隊長，我去一趟迷宮就回來唷。」

「……對不起。」

「你怎麼道歉啦？」

伊雷文有趣地瞇細雙眼，彎下身從盤子裡拿起一片餅乾，放到利瑟爾的小手上。眼見利瑟爾睜著大眼睛仰望過來，他吊起唇角。

指尖敲了敲自己的下巴，他把臉往利瑟爾湊近。

「要是你真的很介意，餵我吃我就原諒你。」

說完，他張開嘴巴，利瑟爾高興地笑了開來。

伊雷文開心地輕輕含住利瑟爾放進他嘴裡的餅乾，接著直起身，心情極好地咀嚼，指尖梳過利瑟爾的頭髮。嚥下之後，雙岔的舌頭伸出嘴巴，舔舐殘留甜味的嘴唇。

「伊雷文，路上小心。」

「嗯，你要乖唷。」

伊雷文依依不捨地看著露出綿軟微笑的利瑟爾，然後終於回頭看向另一個人。

「你也一樣。」

毒蛇爬上背脊般令人膽寒的視線，貫穿坐在距離利瑟爾最遠那張沙發上的歐洛德。

歐洛德不動聲色，靜靜垂下雙眼。他完全錯失了回去的時機。

「我沒有理由傷害他。」

「是喔。」

這是理想中的答案，伊雷文卻百無聊賴地這麼回答，邊說邊調整腰間的佩劍。接下來他要再次潛入迷宮，與其帶著變小的劫爾和利瑟爾探索迷宮，還不如先回王都一趟，自己一個人回去攻略還比較輕鬆。因此這一趟，伊雷文會獨自出發。

「是『偏愛獸人迷宮』對吧？你一個人挑戰或許比較輕鬆呢。」雷伊說。

「那根本是鄙視唯人迷宮吧。」

說不定就是因為這名字太難聽，這座迷宮才有了現在的稱呼咧。伊雷文失禮地這麼想著，朝利瑟爾揮揮手，走向門口。

「不過說起來是比較輕鬆沒錯啦。」

畢竟迷宮偏愛獸人，要有唯人在場，才有所謂的偏愛可言。一旦挑戰迷宮的只有獸人，就沒有偏愛的問題了，它會變回平凡無奇的正統派迷宮。對伊雷文來說，那種莫名其妙的偏愛他寧可不要，而且以一般迷宮的難度，這種階層也不足以使他陷入苦戰。只需要攻略一層的話，他用不著多久就能回來了。

「你不帶未來的最強冒險者一起去嗎？」

「我不喜歡那種規規矩矩的劍法。」

伊雷文拋下這句話，便消失在門後。

坐在雷伊腿上的利瑟爾目送他離開，然後看向剛才那句話的主角。劫爾端著一盤烤牛肉默默進食，這下也停下手邊動作，回望利瑟爾。

「他說規矩……」

「那又不是讚美。」

劫爾皺起臉說道，咂舌一聲，利瑟爾毫不介意地抬頭往上看。

「子爵？」

「不知道呢，我對劍術也不太瞭解。」

金黃色的眼眸閃耀著濃郁色澤，含笑俯視利瑟爾。這雙美麗眼睛的主人伸手觸碰孩童的下顎，溫柔地使力，引導仰望著自己的利瑟爾轉向正面，撫摸下巴的指尖悠然指向歐洛德。

「你問問他吧。」

「喂。」

劫爾忽然出聲，語調帶著不悅、不滿、不情願，像抱怨，像帶著威嚇意味。他這樣毫不掩飾的牽制還真少見，雷伊見狀笑了。

利瑟爾坐在他大腿上轉過身，賭氣地抬眼看向劫爾。

「明明是劫爾自己不告訴我的。」

「就算是這樣，你也不准問那傢伙。」

「我要問。」

「不准。」

啊，太有趣了。雷伊把手肘撐在扶手上，肩膀顫抖。

同一時間，歐洛德的目光不知所措地在利瑟爾和劫爾之間游移。

「我沒關係……」

「沒問你。」

話剛說到一半，就被劫爾不屑一顧地打斷。

歐洛德五味雜陳地閉上嘴。令他自己驚訝的是，他一點也不憤怒，內心只對這樣的自己感到困惑，還有不理解這兩人為什麼年紀變小了的困惑，還有變成小孩的沉穩貴人充滿期待地看著自己的困惑，總之全是困惑。簡而言之，他跟不上眼前的狀況。除非是對迷宮習以為常的冒險者，否則一般人的反應都差不多。

「那劫爾就跟我說呀。」

「不要。」

劫爾不耐煩地皺著臉，一字一頓地說。利瑟爾微微低下頭。

「……害羞鬼。」

「喂，你再給我說一次。」

聽見利瑟爾喃喃說出侮辱之詞，劫爾額角浮現青筋。這強化了他天生的強者氣場，臉色顯得更加兇惡，即使是和少年劫爾同齡的孩子，見到這副模樣也不敢再吭聲，一溜煙跑得不見蹤影。

然而，利瑟爾卻像博得關注的小孩一樣笑了開來。他把後背往抱著自己的雷伊身上貼，臉湊到一旁支在扶手上的手臂後面，把自己藏起來。

「嗯……呵呵。」

感受著大手撫摸自己的頭，利瑟爾覺得很癢似地笑出聲。

「喂。」

「好了好了，冷靜一點吧，劫爾。」

劫爾沒有真的生氣，只是差點要大聲兇他，雷伊看時機差不多了，於是出言制止。

「……幹嘛這樣叫我，我跟你很熟嗎？」

「哎呀，這還真是抱歉。」

雷伊一瞬間意外地睜大眼睛，不過立刻加深了笑意。

雷伊一直以來都這麼稱呼他，劫爾對貴族也沒什麼顧忌，假如真的不喜歡這個叫法，他一開始就會拒絕了，不可能事到如今才嫌雷伊裝熟。

雷伊想起從前在宴會上聽說的劫爾身世，再看看坐在眼前的少年，恍然大悟。這是他被歐洛德的家族收養的年紀，也就是說，現在的他是「劫爾貝魯特」。

「你不想說，但利瑟爾閣下想知道。那麼，也就只能拜託除了你之外唯一有能力說明的人了吧？」

「所以說——」

「你看歐洛德閣下不順眼，和這孩子沒有關係。」

聽見雷伊悠然這麼說，劫爾把所有反對意見寄託在一聲響亮的咂舌當中作為答覆。他執起手邊的叉子，往色澤鮮美的歐姆蛋捲上一刺，沾著番茄醬塞進嘴裡。雖然臉臭到了極點，但這應該是隨他們高興的意思吧。

「劫爾，那個好吃嗎？」

「……普通。」

儘管表現得不太情願，劫爾還是回答了他。利瑟爾開心地笑了，接著坐直身子轉向歐洛德，表現出滿滿的好奇心，稍微偏著頭問：

「那個，規矩是什麼意思呀？」

「呃、嗯……」

歐洛德不斷來回看著利瑟爾和劫爾，困惑地開了口。他至今找不到回去的時機，已經不懂自己為什麼會待在這裡了。

「因為指導劫爾貝魯特劍術的，是退休的騎士。」

收養他的是代代統領騎士的侯爵家，讓他接受這種訓練合情合理。

身為父親的侯爵是否認真想把劫爾培養成一名騎士，至今已不可考，但劍術在這個家族無疑是必要的教養，劫爾也就順理成章地拿起了劍。

「騎士受訓的時候，首先會徹底練習固定的招式。」

「招式？」

「就是消除所有不必要的成分，最完美精鍊的動作。」

只有不曾接觸武術的人，才會說招式在實戰中不實用。

不用說，最有效率的動作，在實戰中表現當然最優秀了。經過反覆練習之後，這些招式會進入潛意識，能夠憑直覺將它們使出來。

「配合受到的攻擊，以最適合的招式迎擊……說得極端一點，戰鬥就只是這樣而已。」

當然，許多技能還是必須透過實戰訓練，例如出招時機，以及戰術上的爆發力等等。聽起來很簡單，但能達到這種境界的人卻是少之又少，劫爾是其中之一。他就是辦得到。

「那個獸人或許是想說，這種劍法缺少玩心吧。」

歐洛德謹慎挑選著措辭解釋完，有點尷尬地垂下視線。

他不知所措地挪動交疊的十指，他原以為自己早已改掉了這個習慣動作。

「你不生氣嗎？」

「……咦？」

歐洛德倏地抬起頭。

坐在雷伊懷裡興味盎然地聽講的利瑟爾，此刻正不可思議地看著這裡。

「被他說不喜歡。」

伊雷文那句話絕不是讚美，甚至帶有嘲弄意味。用這種一板一眼的方式戰鬥有什麼樂趣？用對人的框架去限制對魔物的戰鬥，又有什麼意義？

當然，那是伊雷文個人的好惡。歷經長久的歲月淘洗、無數先人代代改良而成的招式動作，絕對是優美而精妙的。正因如此，利瑟爾才會這麼問。

「那個……」

利瑟爾說著，把頭偏向一邊：

「你不說『區區的冒險者』了嗎？」

聽見這句話，歐洛德的頭越垂越低。三人的目光集中在他身上，一人納悶、一人覺得有趣，一人則嫌煩似地臭著臉。在眾人的注目之下，歐洛德的頭終於低得能碰到他交疊在腿上、閒得發慌的雙手。他把額頭抵在手上，抬不起臉來，就這麼過了幾秒。唯一露出來的耳朵蒼白得可憐。

雷伊終於忍俊不禁，也不想再忍下去了，快活的笑聲響徹整個空間。

「看到這場面還真是難得！」

「好遜。」

「你沒事吧？」

「嗯……沒什麼。」

歐洛德本來是不會藐視冒險者的。

騎士專精於對人的戰鬥，冒險者則是對付魔物的專家，歐洛德一向對他們給予正當評價。當然，冒險者不良的品行也曾經使他不快，但在冷靜的狀態下他絕不會說出那種話，也就是說當時的他實在太激動了。眼前稚嫩的孩童，是他身為一名騎士應該抱有好感的對象，卻如此精準地一語道破他的不成熟，讓他有點承受不住。

歐洛德吸了一口氣，又深深呼出，做好了覺悟。

「那天的事，我非常抱……」

下一秒，劇烈的撞擊聲撼動空氣。

「不需要。」

劫爾啐道，剛才踢了桌子的腳還沒收回。

歐洛德在聽到聲音的同時抬起臉來，面對強烈的敵意，他瞠大眼睛茫然看著劫爾。

「不是請你冷靜嗎？你嚇到利瑟爾閣下了。」

利瑟爾頻頻眨動眼睛，雷伊抱住幼童的肩膀，語帶責備地勸誡。

劫爾聽了，嫌煩似地皺著眉頭，卻瞥了看著他的那雙紫水晶眼眸一眼，把腳放了下來。

「……過來。」

「劫爾。」

利瑟爾伸出雙手，劫爾也回應似地伸出一隻手。

雷伊把利瑟爾抱向他，劫爾粗魯地揪起幼童的衣領，在自己身邊把利瑟爾放下。他側眼瞥著孩童，笨拙地撥亂那頭柔軟的細髮，徬徨的視線掃過桌上的水果拼盤，然後端起那個盤子。

「喏。」

「謝謝你。」

劫爾這麼做是為了安撫孩童，但利瑟爾剛才只是嚇了一跳而已，一點也不在意。沒有注意到對方取悅他的意圖，利瑟爾開心地接過水果。

「你不讓他坐到你腿上嗎？」雷伊說。

「他想坐自己會過來。」

「劫爾剛剛說過的，不要碰你。」

「你也真是糾纏不休啊。」

歐洛德茫然看著這情景。

他所認識的劫爾貝魯特，和眼前的劫爾貝魯特截然不同，完全無法聯想在一起。還待在侯爵家的時候，少年從來不曾對歐洛德投以敵意，更別說是怒火、嘲諷了。今天這段短暫時間內展現出的所有情緒，過去幾年間歐洛德一次也不曾見識過。

現在這副模樣，不如說更接近長大成人的劫爾。

「（相差太多了。）」

除了最低限度的義務之外，他所知的劫爾貝魯特把所有時間都傾注於磨練劍術之上。當時的少年彷彿經過磨礪的一柄利刃，是武藝的化身，對於劍術以外的一切毫不關心。歐洛德幾乎不具備任何迷宮相關的知識，見到這副模樣卻自然而然明白過來。

劫爾並不是回到少年時代，而是維持著現在的狀態變成了少年。

「（…………改變他的是——）」

歐洛德的視線，轉移到啪答啪答拍著劫爾的腿，要求劫爾分他一口的利瑟爾身上。僅僅如此，那雙銀灰色的眼瞳就牽制似地一瞬間朝他瞥來，原因不用想也知道。

劫爾隨口敷衍著利瑟爾，直到剩下最後一口，才終於把湯匙塞進那張小嘴。看著兩人的互動，歐洛德垂眸，思緒平靜得不可思議。

「（我的忠誠為吾王存在。）」

這點無可動搖，然而……

「（那樣的形式，或許也是另一種可能。）」

眼前那杯紅茶從端上桌之後從沒動過，已經涼了。歐洛德端起茶杯，緩緩飲盡。

差不多可以打道回府了，他想。

又過了三十分鐘之後，歐洛德終於找到返家的時機。利瑟爾想去送行，因此滿臉苦澀的劫爾以及抱著利瑟爾的雷伊，都一起來到了玄關。真是奇妙的光景，歐洛德懷著些許困惑站在大門前。

這時候，雷伊懷中的利瑟爾動了動身體，雷伊察覺他的意思，將他放了下來。幼童正想走向歐洛德，卻被劫爾的指尖勾住後領，小小的身軀被迫停下腳步。

「……我只想請教一個問題。」

歐洛德說著，主動走近利瑟爾。一步、兩步，他單膝跪下，與幼童面對面，孩童太過嬌小，即使保持跪姿，歐洛德還是得低頭看他。

直直凝視著那雙清澈的眼睛，歐洛德做好覺悟這麼問：

「那天的那個問句，同時也是對我的救贖嗎？」

這麼說，幾乎等同於承認自己受到了救贖。

他不確定幼童有沒有那天的記憶，但還是想得到答案。那雙紫水晶般的眼眸眨了眨，柔軟的細髮似乎快扎到眼睛了，歐洛德下意識伸出手想替他撥好，卻又在即將觸碰到孩童之前悄然收手。眼前的幼童緩緩張開嘴唇。

「應該，不是。」

「這樣啊，原來不是嗎？」

歐洛德肅然點頭。

「那麼，送行是為了就此別過吧。」

「？」

「沒什麼。」

歐洛德的雙唇染上淺淺笑意。

他們多半再也不會見面了。把毒藥一口飲盡的紅髮獸人也好，沉穩高潔的貴人也好，讓他受盡自卑感折磨的最強戰士也好。他的心情明朗得不可思議。

「先前說過要斷絕一切關係，今天卻像這樣見了面，我很抱歉。」

歐洛德說著，正要起身，動作卻在半途停住。稚嫩的小手抓住了歐洛德的袖子，他維持半蹲的姿勢往下一看，對上利瑟爾愣愣仰望自己的小臉。

「喂。」

劫爾一直勾著孩童後領的指尖更用力了些。

但利瑟爾不加理會，只是納悶地開口：

「你為什麼要道歉呢？」

「為什麼？你的意思是……」

不明白這麼問的意圖，歐洛德重複了一次他的問句，利瑟爾露出軟綿綿的微笑。

下一秒，一陣濃煙將利瑟爾和劫爾團團包裹。不知什麼原理，那煙霧閃閃發亮，還散發出七彩的虹光，歐洛德嚇得倒退半步，雷伊則是雙眼放光地往前探出半步。

「雖然要求代表侯爵家的您斷絕往來，但您若是以個人身分從零開始交流，我不會說什麼的。」

稚嫩的嗓音消失，轉變為沉穩的語調。那一夜他所見到的，充滿貴族風度的利瑟爾出現在煙霧當中，身後則站著一臉詫異的劫爾。

利瑟爾面帶微笑說完，忽然閉上嘴，露出不可思議的神情，像剛察覺什麼似地看向歐洛德，這才發現自己的手還抓著他的袖子，於是眨了一次眼睛，放開手中衣料。

「我剛才是不是說了什麼話？」

怪了，利瑟爾輕觸自己的嘴唇。劫爾也皺著臉，不懂自己為什麼勾著利瑟爾的衣領。他放開指頭，看見歐洛德的身影，眉間的皺摺微微加深，不過立刻又失去興趣似地別開視線。

歐洛德嘴角抽搐。

「………以朋友身分往來，還是恕我婉拒吧。」

歐洛德好歹也有權利選擇自己想交什麼樣的朋友，最好是正經耿直、能夠彼此切磋砥礪的人。

他和他們，果然不太可能再見面了。在完全轉暗的天幕之下，歐洛德搭上馬車，在車廂的顛簸中踏上歸途。自從這天以後，周遭開始交頭接耳地說他「表現得更游刃有餘了」、「這還是第一次看見他笑」。

在那之後，伊雷文平安歸來，和利瑟爾他們一起接受雷伊的晚餐款待。

「哎呀，迷宮真是太美妙了！」

「唉，累死我啦……要搭那麼久的車，麻煩死了。」

「辛苦你了，伊雷文。」

從頭到尾，雷伊都喜形於色，對於不可思議的迷宮品深感興趣的他，這一次親眼見證了迷宮的奧祕，感動得不得了。家裡那些能拿來招待高層貴族的極品好酒，今天都被他毫不吝惜地拿出來大放送。

至於利瑟爾，則是不停替伊雷文斟酒，好表達感謝與慰勞之意。

「隊長居然變成了兔子。」

「我也想變成更帥氣一點的動物……」

「大哥也變成狼了。」

「又不是我願意的。」

利瑟爾和劫爾都還保有變成動物時的記憶。

無論想表達什麼意思，都只能抽動鼻子的兔子。想指向右邊，不知為何右後腿卻「咚」地往地上跺的兔子，以下省略兔子，莫名其妙兔子，鼻子抽抽。

劫爾則因為已經是第二次變成動物，所以放棄了，主要也是因為狼在一定程度上有辦法溝通的關係。

「沒有這場面的畫作嗎？」

「想要的畫作哪有那麼容易開到啦。」

雷伊一副現在就想不計代價買下畫作的樣子，伊雷文煩悶地揮揮手。酒喝了一杯又一杯，大口吃著料理，他正在全力犒勞辛苦的自己。

「而且大哥變成小鬼也不可愛。」

「你沒資格說我。」

少年劫爾那個年紀，和伊雷文簡直水火不容。帶著變小的兩人直接攻略那個階層或許比較省時，但即使算上搭馬車往返的麻煩，伊雷文也不想這麼做。他們就是如此合不來，這也是沒辦法的事。

順帶一提，由於先前有過各種經驗，劫爾聽說自己變小的時候一瞬間眼神死。

「而且我這次根本就沒有時間跟小隻的隊長相處。」

「請你拿大隻的我將就一下吧。」

利瑟爾露出苦笑，切下一塊舒芙蕾歐姆蛋遞給伊雷文。

有點份量的歐姆蛋被他兩口吃個精光，活動量那麼大，一定餓了吧。

「你想想看，我都這麼努力了欸——」

伊雷文說著，忽然停下用餐動作，雙手往腰側的腰包掏了掏，拿出一件東西。那是個大小適中的畫框，雷伊期待的雙眼閃閃發亮。伊雷文把畫框豎在自己大腿上，故意吊人胃口似地，從背面慢慢轉到正面。

「要是你出價太小氣，我是不是很虧本啊——」

「儘管說，你出價多少就多少!!」

那幅畫裡有一頭巨大的狼，一隻兔子窩在牠前腳之間。除此之外還畫著一隻鎧甲魔物，跪在狼與兔子面前。不像迷宮內部的珍奇畫面能提升畫作的稀有價值，雷伊激動難耐，立刻開始跟他商談收購事宜。

這場交易對伊雷文未免太有利了吧。同一時間，利瑟爾和劫爾則看著那幅畫，感到困惑不已。

「牠為什麼餵食我們？」

「誰知道。」

「偏愛獸人迷宮」的謎團不斷加深。

146

儘管平常我行我素，利瑟爾他們有時候還是會體貼彼此的。

咕嚕、咕嚕，厚重泡泡破裂的聲響此起彼落。灼熱的岩漿漫流，彷彿大地正蠢蠢欲動。這些紅黑交雜的熔岩光是靠得近一點，不必觸碰到它，熱度就足以燒灼肌膚。其中蘊含著強大的力量，如實體現大地的生命力。

「之前來的時候我就在想，這一旦掉下去就完蛋了呢。」

臉龐暴露在蒸騰的熱氣之中，利瑟爾和伊雷文俯瞰著眼下的岩漿。

這是利瑟爾第二次來到這座迷宮，第一次是隊伍中還只有他和劫爾兩人的時候。

「其實也不至於啦。」

伊雷文把腳邊的小石子往下踢。石塊撞上存在於熔岩各處的踏腳石，彈跳幾次之後被赤紅岩漿吞沒，撲通水聲傳入利瑟爾耳中。差點掉進岩漿、走投無路的冒險者們，就得靠著毅力跳上這些岩石才能倖免於難。

「岩漿很燙，掉下去會被嚴重燒傷沒錯啦，不過聽說不會死掉。」

「是這樣呀？」

我也沒有掉下去過啦，伊雷文補充。他也是從其他冒險者口中聽說的。

真的那麼燙的話，果然得極力避免掉下去呢，利瑟爾點點頭，再次俯視岩漿。這難道不是真正的熔岩嗎？明明看起來這麼真實。他邊想邊學著伊雷文，以鞋尖把小石頭慢慢撥到腳邊。

「喂。」

「啊，不好意思。」

他不太熟練地把石頭撥到腳尖的位置，還來不及踢，就聽見劫爾喊了他一聲。

他抬起臉，看向站在幾步之外的劫爾，對方的臉色比平常還要兇惡兩成。

「我們還是快點通過吧。」

「嗯。」

利瑟爾面帶微笑這麼說，劫爾回應的聲音似乎比平常更加低沉。

「（嗯……）」

「（大哥心情好差喔……）」

利瑟爾和伊雷文心想，一人露出無奈的笑容，一人則嘴角抽搐地擠出苦笑。

劫爾率先邁開腳步，利瑟爾跟著往前走。伊雷文不著痕跡地來到他身邊，輕輕把肩膀靠了上來。怎麼了？利瑟爾把視線轉過去，看見伊雷文對他使了個「拜託你想想辦法」的眼色。利瑟爾回以苦笑，想著該怎麼做才好，朝著那道黑色背影開了口。

「劫爾。」

劫爾放慢腳步，微微偏過臉來。

「我們走那一邊吧。」

「啊？」

利瑟爾加快步調，並肩走在劫爾身邊，指向前方左側的那條岔路，同時喚起一陣風，就像先前在阿斯塔尼亞那樣。儘管不敵周遭的暑氣，劫爾還是注意到了那陣微涼的風，風籠罩著他，從身邊吹過，稍微撫平了眉間的皺摺。

然而，確認過利瑟爾手指的方向，他再度皺起眉心。

「走右邊才對吧。」

「不，左邊那條路也能通。」

前方的岔路斜斜往左右兩側延伸過去，左邊那條上坡，右邊則是下坡。劫爾通關過這座迷宮，知道原則上往下方走才是正確路徑。他想盡快通過這裡，因此難以認同利瑟爾的提議。

「（對於隊長的決定提出異議，就代表他真的很那個啊……）」

不過就算是伊雷文，也不會在這種時候多嘴。心情不好的劫爾還是交給利瑟爾安撫才是上策。

「……」

「好嗎？」

「……知道了。」

利瑟爾悠然微笑，劫爾咂舌回應。這聲咂舌並不是針對利瑟爾，而是因為他察覺自己無法保持冷靜，因此心虛地別過臉，撇開視線。

不愧是隊長，伊雷文從旁看著這一幕，在心裡默默鼓掌。

「這時候如果有實用的魔道具就好了呢。」

「按照迷宮本身的規矩是沒有。」

利瑟爾他們漫無目的地聊著，往左邊的岔路前進。

「如果開發這方面的魔道具……」「匠人的工作現場有類似的東西……」他們邊說邊爬上平緩的斜坡，這時，伊雷文忽然察覺到什麼似地回頭往後看。

「好像有東西在接近欸。」

「知道是什麼嗎？」

「嗯……」

三人停下腳步。

回頭一看，沒看見伊雷文所說的影子。不過，既然他沒有說是自己搞錯了，並邁步繼續往前走，那肯定是有什麼魔物在。全場只聽見岩漿沸騰的聲音，彷彿隱約透露出其中內藏的強大力量。

「喔。」

「嗯？」

岩漿的冒泡聲中，忽然混雜了細小的水聲。

水聲越來越響亮，將利瑟爾他們團團包圍。看來他們已經被鎖定，不可能逃過這一戰。

三人拔出武器、喚出魔銃，緊接著，幾道影子從岩漿海中飛出，滾燙的熔岩四濺。

「是骨魚，集群規模中等。」

「開打了。」

「好嗆好嗆——」

飛躍半空的魔物一隻接一隻降落地面，骨骼碰撞的聲響此起彼落。牠們只有骨頭，無論在水中還是陸地上都不必煩惱呼吸問題，毫不猶豫地朝這裡發動猛攻，骨骼隨動作劇烈波動。

利瑟爾和伊雷文交換了一瞬間的眼神，採取行動迎擊。他們瞄準了落單的個體，以及位於劫爾身側和背後的魔物，前者由伊雷文斬殺，後者由利瑟爾射穿。

「（雖然懶得活動，不過劫爾應該也累積了不少壓力吧。）」

剩下的魔物露出尖牙，朝劫爾猛攻過去。

同一瞬間，劫爾手中的劍光一閃，發出類似爆炸的聲響。隨著這難以聯想到斬擊的聲音，群聚的骨魚全部彈飛出去，被轟得不成原形，灰飛煙滅。撲向劫爾的所有魔物，都在一瞬之間粉身碎骨。

利瑟爾佩服地看著這一幕，伊雷文則嘴角抽搐。劫爾把大劍一甩，收入鞘中，撥掉落在自己身上的碎骨，就這麼再度邁開腳步。

「（啊，他看起來稍微好一點了。）」

嚇到倒彈的伊雷文不著痕跡地靠了過來，利瑟爾露出苦笑，跟著黑色的背影往前走。剛才那一戰如果多少能讓他發洩一下壓力，那就太好了。

沒走多久，三人就從充滿熱氣的熔岩通道，來到一座微暗的洞窟。

岩壁彷彿沾了水一樣有光澤，由繁複的地層堆積而成，呈現出不可思議的紋樣。往上一看，天花板意外地高，岩層經過風化，在洞窟各處形成開孔，光線從那裡照進洞窟，形成壯麗的景觀。

「啊——稍微輕鬆一點啦。」

最重要的是，這裡比起熔岩通道涼快許多。

即使是相對比較耐熱的伊雷文，走在岩漿散發的熱氣之中也沒辦法擺出一臉涼快的表情。或許還是很熱，他正把外套脫下、塞進腰包，趁機多貪點涼。

「雖然路途稍微遠了一些，但這條路應該能通到下一階層附近。」

利瑟爾走在劫爾身邊，揶揄地笑著說：

「走這一邊還不錯吧？」

「……是啊。」

劫爾深深呼出一口長氣，拉鬆領口點頭說道。

利瑟爾並不偏好在潛入迷宮之前事先預習，但不難想像他事先查過了這座迷宮的資料，至於是為了誰，不用問也知道。雖然說面對面有難色的劫爾，堅持要走這條路的也是利瑟爾，不過這是隊長的決定，他沒有意見。

「隊長，你看起來好涼快喔，都不會熱嗎？」

「很熱呀。」

「一點也不像。」劫爾吐槽。

略帶緊張感的空氣煙消雲散，三人我行我素地聊著，往神祕洞窟的深處前進。

這裡與火山口的風景截然不同，利瑟爾他們在微涼的空氣中前行。

這是比熔岩通道更深的階層，呈現地下洞窟的樣貌，四周都是裸露的岩層。空間寬敞，空氣潮濕，岩脈中滲出的地下水流過壁面，沾濕鞋底。頭頂上是無數形似冰柱的鐘乳石，偶爾會聽見水滴從上頭滴落的聲音。當中有一些鐘乳石與地面上朝上延伸的石筍相連在一起，特別巨大的則形成石柱，建構出莊嚴的景色。

「走起來很滑呢。」

「好像長了一點青苔，所以不好走啦。」

用鞋底摩擦地面，感覺有點滑溜，長了薄薄一層青苔的岩石沾了水，特別容易滑。利瑟爾他們連鞋子都是最上級裝備，走起來還算好了，否則要在這種環境行走必然需要相應的準備。

「這些青苔，也是受到綠葉石的影響嗎？」

「可是那不是魔物喔？」伊雷文問。

「石頭本身不是魔物。」劫爾說。

利瑟爾他們的目的地，是在這一階層能夠取得的一種礦石，叫「綠葉石」。把植物種子放在這種礦石之上，種子會奇蹟似地在石頭上展開根系、冒出嫩芽。

這裡有許多以這種礦石為核心的植物系魔物，必須打倒牠們才能剝出礦石。

「你為什麼就那麼想要那東西啊。」

「嗯？」

需要綠葉石的是委託，不過選擇這個委託是出於利瑟爾個人的意願。

就是因為利瑟爾聽說在這座迷宮能採到綠葉石，劫爾才會被迫踏進火山，他對利瑟爾投以略帶怨恨的眼神。他不會反對隊長的決定，但看來並非完全沒有意見。正興味盎然地觸摸石柱的利瑟爾回頭看向他，笑著再度邁開腳步。

「因為我想看看呀。」

「我想也是。」

「隊長也是很不願意讓步喔。」

「我一直都對那種礦石相當好奇。」

利瑟爾對於綠葉石的知識來自於書籍，凡是與植物相關的研究書，絕對都會提到這種礦石。由於可以避免植物在生長過程中受到土質影響，綠葉石相當受到研究者重用。

而且最重要的是，利瑟爾在原本的世界從來沒見過這種石頭，不曉得是尚未被人發現，還是在那一邊的世界並不存在。如果能設法發現或重現這種礦石，原本世界的植物研究一定會有飛躍性的進展。

「委託是說需要幾個啊？」

「三十個。」

「哇靠。」

「畢竟這種礦石無論有多少都不夠用呀。」

回想起記載在委託人欄位的「植物學家」字樣，這個數量相當合理。根據委託單上的備註，超出三十顆的部分委託人也願意支付追加報酬，看來這個數量也不一定足夠，以「最少三十顆」理解委託需求應該沒錯。考量委託人的需要，多帶一點回去才是正解。

「（不過，伊雷文好像嫌麻煩……）」

利瑟爾瞥向伊雷文，後者注意到他的視線，衝著他露出燦爛的笑容。

實際上或許沒有那麼排斥，只不過如果要特地尋找魔物、額外多採一些礦石，伊雷文多半就沒那個興致了。在通過這個階層之前能多採幾顆是幾顆，應該是最好的做法。

「那是植物系的魔物素材，對吧？」

「沒錯。隊長，你是第一次到這一層喔？」

「是呀。」

「上次直接跳過了。」

雖然沒有光源，空間裡卻隱約點著朦朧的亮光。光線幽微，再加上歪扭的石柱遮擋，視野並不開闊。裸露的岩石和苔蘚，使得地面也不好走，利瑟爾一行人在沒有明確路徑的洞窟中隨意前進。

不知何處傳來水滴的聲音，間或混雜踏水前進的腳步聲，在寂靜的洞窟裡迴盪。希望水不要滴到頭上，三人漫不經心地邊想邊閒聊。

「石頭可以在植物系的體內隨機找到。」

「魔物還是小小隻的比較多。」

「還有會動的。」

「反正個體差異很大。」

利瑟爾聽著一句又一句的情報，在岔路口停下腳步。一邊是更狹窄的洞窟，另一邊則是現在這個空間的延伸。既然目標是植物系，他選擇避開洞窟，往更寬敞的那一邊走。狹小洞窟裡經常有蝙蝠型魔物出沒，難以避開戰鬥，會花費更多時間。

「植物系真的很有特色呢。」

「很多都帶有奇怪的毒喔。」
「對你有效？」
「這我才想問大哥咧。」
有效、沒效，就在兩人這麼爭論的時候……
「啊。」
利瑟爾忽然看見視野一角有東西在動，於是躲到附近的石柱後頭。劫爾他們也閉上嘴照做，三人一起從石柱後方探頭往外看。在稍遠處的開闊空間，有三隻貌似球根的魔物，輕飄飄地浮在地面上方，圍成一圈，全神貫注地跳著不可思議的舞蹈。這是妖花的幼體。
「那是在做什麼呀？」
「誰知道。」
「呃，應該就像看起來那樣，在跳舞吧？」伊雷文說。
牠們身上一分為二的長葉片像手臂那樣揮動，繞著圓圈跳舞……看起來是這樣。有時候史萊姆也會出現類似的動作，是魔物想要表達什麼嗎？
這方面的真相就期待魔物學家去發掘了，利瑟爾想著，喚出魔銃。
「總之，先下手為強……」
「啊。」
「咦？」
伊雷文發出措手不及的驚呼，同一時間，利瑟爾發現自己的魔銃操作撲了個空。他趕緊回過頭，視野中不見魔銃的影子。怎麼回事？他看向劫爾他們，發現兩個人都抬起頭向上看，利瑟爾也跟著望向天花板。

「啊。」

「剛才它超級自然地飛上去啦。」

「那是什麼……」

魔銃似乎被什麼東西吊起，懸在高高的天花板上搖晃，緩緩轉動。仔細一看，能看見像蜘蛛網一樣細的幾條絲線在反射光線，三人轉動脖子和上半身，變換角度細看。看了一會兒，才發現那些細絲表面帶著黏液般的水珠。

「好像是什麼東西的絲喔？」

「是菌絲嗎？」利瑟爾說。

「這麼說來，從剛才開始不時就會看到。」

「總覺得久違地被陷阱陷害了呢。」

「也不能這麼說。」

忽然，腳邊傳來刺耳的嘰嘰聲。

利瑟爾不以為意，喚出一把新的魔銃，抬頭看著上方，試圖取回被纏住的魔銃。在他身邊響起兩道劃破空氣的聲音，大劍與雙劍揮下，把球根魔物一刀兩斷。是什麼時候被牠們發現的？利瑟爾邊想邊瞄準絲線，開了幾槍。

「技術真差。」

「話是這麼說，但絲線本身很難看見呀。」

「啊——再往上一點、再往上……啊，成功啦。」
魔銃失去支撐掉了下來，劫爾伸手接住它，交給利瑟爾。
利瑟爾向他道了謝，讓魔銃飄在半空，試著操縱它移動了一會兒，點了個頭，看來沒什麼問題。那目標魔物呢？他低頭往腳邊一看。
「都被砍成兩半了。」
「哎唷沒辦法啊，也不知道那個石頭埋在哪裡嘛。」
「運氣夠好的話應該沒砍到吧。」劫爾說。
地上躺著三隻被一刀兩斷的球根，希望綠葉石沒有一起被砍成兩半。
三個人各自在球根前方蹲下，開始翻找起來。牠們的葉片肥厚，黏稠的液體從斷面漏出，位於葉片根部的球根則大概有人頭那麼大，眼睛與嘴巴的部位看起來只有圓形的空洞。把球根翻過來，底下則長著無數相當於步足的根，剛才還在細密地蠕動，現在已經完全垂了下來。
「唔哇，黏糊糊的……」
「有毒嗎？」利瑟爾問。
「可能有喔。」
「你別光著手去碰。」
伊雷文把手伸進球根內部，在牠比外殼柔軟的體內憑著觸感翻找。劫爾認為「既然是礦石應該會有堅硬觸感吧」，於是把小刀刺進球根攪動；利瑟爾也心想「既然是礦石，燒掉殘骸之後應該會剩下來吧」，於是在球根上點了火，在一旁悠閒旁觀。三人以各自的方法尋找綠葉石，就這麼過了幾分鐘……
「居然沒有！」
「這裡沒有呢。」
「該不會是被你燒掉了吧？」
一顆石頭也沒有，雖然知道是隨機，仍然頗令人哀傷。
利瑟爾他們打倒了許多植物系魔物，每一次都在牠們身上尋找小小的綠葉石。似乎只是第一波的運氣特別差，後續的收集過程還算順利，時而剝開球根、時而割開花瓣，他們現在已經集齊委託需求的三十個礦石，正在尋找離開這一階層的路。
「追加報酬有沒有上限啊？」伊雷文問。
「肯定有吧。」劫爾說。
他們沒有理由刻意避開途中遭遇的魔物，按照原訂計畫，他們一邊打倒路上的魔物一邊前進，反正還能拿到追加報酬。
此刻他們也正在跟魔物交手，那是長著大花苞的魔物，看起來像他們一開始發現的球根長大後的模樣。這也是妖花的幼體，根據劫爾的說法，完全成熟的妖花是某個迷宮的頭目。這些成長階段各有不同名稱，就像某些魚類那樣，隨著體型越長越大，也會獲得不一樣的稱呼。
「研究家這種行業，感覺不像能賺很多錢的樣子。」
劫爾的大劍一閃，斬斷魔物攻來的根。掉落的花根在地上彈跳了一會兒，不過已經無力反擊，最終陷入沉寂。

「不過，植物研究算是比較容易受到資助的領域哦。」

「啊？」

「無論毒藥或是藥物，開發成功都能帶來利益，對吧？」

「貴族好恐怖喔——」

聽見利瑟爾不帶什麼弦外之音，光明正大地說出贊助方的意見，伊雷文咯咯笑了。飄浮在半空中的魔銃射出魔力彈，追擊失去平衡的球根。

「能夠獨占這方面研究是最理想的了。」

「搖錢樹？」

「沒錯。」

利瑟爾露出教師般的神情微笑說道，伊雷文在他眼前斬殺了最後一隻魔物。

三人放下武器，走向最近的魔物屍骸，準備尋找綠葉石。

「藥物是可以理解啦，不過原來貴族還會用毒喔？」

「我沒有用來害過人。」

身為貴族，他今後也不打算使用。利瑟爾也只是擔憂毒藥落入他人之手，並不是想要取得毒藥，不過能用作醫藥的話倒是非常歡迎。

劫爾和伊雷文率先動手解體魔物，毫不猶豫地抓起球根上方膨大的花苞。先前打倒的同一系列魔物，綠葉石也大多藏在花苞或花朵當中。

「未知的毒藥確實可以拿來當作王牌啦，有解毒劑的話就更好用了。」

「你的手段也真惡劣啊。」劫爾說。

「大哥冤枉我——」

「原來你不會使用嗎？」

「太弱啦，而且大部分的解毒劑都管用。」

伊雷文的毒液五花八門，效果從肌肉鬆弛到引發劇痛，要什麼有什麼。他口中的「弱」指的並不是毒效，而是作為談判籌碼缺乏分量的意思。

利瑟爾親身體驗過他的毒效，馬上就麻痺了。雖然伊雷文說大部分解毒劑都能見效，但假如對方手上沒有任何解毒劑，以毒威脅仍然是有效手段。伊雷文果然很擅長交涉，利瑟爾邊想邊蹲下，也準備開始解體魔物。從屍體漏出的黏液看起來好毒。

「不曉得什麼時候能發明出萬能解毒劑呢？」

「感覺一定超貴。」

利瑟爾把手伸向球根。

就在那一瞬間，劫爾和伊雷文掰開的花苞縫隙間猛地噴出了某種東西。利瑟爾被劫爾抓住手臂，迅速向後一拉，他踉蹌著退後，勉強站穩腳步之後一抬頭，眼前是兩人被煙霧籠罩的身影。利瑟爾喚來一陣風，將煙霧吹散。

「你們沒事吧？」

兩人在第一時間把魔物拋開，但煙霧還是一度籠罩住了他們。

利瑟爾不太擔心，以劫爾和伊雷文的反應速度，足以在吸入煙霧之前輕易屏住呼吸。不過難保不會產生什麼奇怪影響，於是他還是關心了一句，只見兩人嫌棄地揮著手，驅散殘留的煙氣。看來他們沒事，利瑟爾放下心來。
「不知道那是什麼煙呢。」
被扔到遠處的魔物花苞，還在幽幽冒出殘留的煙霧。利瑟爾看著這一幕，往他們兩人走近。納悶他們怎麼都不回答，他抬頭打量劫爾的臉色。
「……」
銀灰色的眼瞳沒有溫度。劫爾在沉默中別開目光，就這麼獨自往前走。
利瑟爾眨了一次眼睛，視線追隨著他的背影。過了幾秒，鮮豔的赤紅掠過他視野一角，利瑟爾朝那裡一看，發現伊雷文正往另一個方向離開。
「伊雷文。」
他開口呼喚，對方仍不作任何回應。
利瑟爾朝伊雷文的方向追過去。先不論自己為什麼遭到忽視，劫爾和伊雷文還是避免分頭行動比較好。儘管實力上不需要他擔心，但兩人明顯都受到煙霧影響，在效果消退時最好能夠掌握彼此的現況。
「伊雷文，我們還是跟劫爾……」
「吵死了……」
伊雷文嘖了一聲。
「礙手礙腳的拖油瓶別給我跟過來，雜魚。」
百無聊賴的嗓音啐道，看也沒看他一眼。
利瑟爾停下腳步，目送那抹赤紅色走遠。他稍微垂下目光，沉默地往腰包裡翻找，取出一捲巨大的羊皮紙。解開綁住紙捲的繩索，他在地面上攤開羊皮紙，上頭畫著巨大的魔法陣，在紙捲完全打開的瞬間立刻散發出朦朧光暈。

這是以前劫爾從寶箱裡開到的迷宮品，簡易迷宮式魔法陣，當時劫爾把這東西交給他，要他帶在身上。上頭的魔法陣與迷宮內的法陣同樣，能夠單向傳送回第一層的魔法陣，僅限使用一次，是相當貴重的道具，不愧是深層開到的物品。

「…………」

如果只想離開迷宮，不必依賴這個簡易魔法陣，他多半也出得去。

只不過……利瑟爾稍微想了想，直接站到了魔法陣上。他的身影在眨眼間消失不見，把羊皮紙留在原地。而那張紙捲也從邊緣燃燒起來，最後只剩下燒焦的紙片。

馬車當中，冒險者們一臉尷尬地面面相覷。

「貴族小哥為什麼一個人啊？」

「我哪知道，又沒看到他們早上是什麼情況。」

「他不是從來不會一個人潛入迷宮嗎？」

竊竊私語的是個四人組的冒險者隊伍。這個時段從迷宮回城還太早了，因此車廂內只有他們，以及匯集所有目光於一身的利瑟爾。順帶一提，他們運氣不好，在迷宮裡過了一夜，直到現在才回城。

「他好像在發呆……？」

「很少看到他臉上除了優雅笑容以外的表情耶。」

「只是跟平常一樣悠哉而已吧？」

那位貴族小哥一個人孤零零坐在座椅上，不曉得是不是在想事情，茫然望著半空，也不怎麼眨眼睛，好像很少看見他這副模樣……至少他們這些冒險者沒見過。不知怎地，這使得他們坐立難安，還是關心他一下比較好嗎？冒險者們彼此交換眼色，也可以說是在用視線互踢皮球。

不知不覺間，馬車抵達了下一座迷宮。迷宮門口如果沒人等車，馬車就不會靠站了，上車的會不會是替他們打破現狀的人呢？冒險者們屏氣凝神地盯著車廂門看，一名冒險者扛著長槍，慵懶地上了馬車。

「啊……真是的，車廂天花板就不能做高一點嗎？」

「別抱怨啦，你快進去。」

槍尖擦過門板上部，率先踏入車廂的男人「喲」地抬起一隻手，向四人隊伍打了招呼。他們隨口應了聲，緊接著彷彿看到救世主似的，比手畫腳指向車廂後側。這是在做啥？傻眼的男人往那裡一看，瞬間僵在原地。

下一秒，他只是笑了笑，在馬車台階上敲了兩、三次鞋底，抖落泥巴，然後上了車。

「喂——貴族小哥，你怎麼啦？發生什麼事？」

男人把長槍靠在肩上，在他面前蹲下，利瑟爾眨眨眼睛，好像直到現在才察覺他的存在。見到這樣的他還真難得，男人加深笑意，撐著臉頰說：

「憂鬱的表情也這麼有模有樣，大叔我好羨慕啊。怎麼樣，要不要跟我說說看？」

他真的不只是在發呆而已啊？四人隊伍盯著這裡瞧，跟在男人後面進了車廂的冒險者們也看著他。眾目睽睽之下，利瑟爾露出困擾的微笑。馬車猛晃了一下，繼續往前駛去。

利瑟爾也明白是那陣煙霧的關係。

他知道，那道明顯對他沒有半點興趣的視線、投來的嘲諷話語，全都不是出自他們倆的真心。可是理智上明白，並不表示他心裡沒有半點想法，也不可能不以為意地當作這件事沒發生過。簡單來說，他受到了重大打擊。

「啊——你說那座迷宮啊。」

身為資深冒險者，男人進過那座迷宮，也到過同一階層。此刻男人坐在他旁邊，恍然點著頭，利瑟爾偷眼去窺探他的臉色。可以的話，他想知道隊友何時能恢復原狀。

「你有什麼頭緒嗎？」

「當然，畢竟我也吃過那招啊。」

男人哈哈大笑，尋求同意似地看向自己的隊友。

站在附近閒聊的隊友們聳聳肩膀，也有人順便挖苦了男人兩句。其中一位女性冒險者促狹地笑著，指著坐在利瑟爾身邊的男人說：

「中了那招的人，態度都會變得很差，那傢伙也不例外。在突破那一層之前，整個隊伍的氣氛簡直糟透了。」

「離開那一層之後就會恢復了嗎？」

「我們那時候是這樣沒錯。」

利瑟爾道了謝，女人纖細的手指朝他晃了晃。利瑟爾在內心恍然點頭，正常來說應該是像他們那樣，整個隊伍在劍拔弩張的氣氛中往前攻略吧。可是劫爾和伊雷文憑著超常的實力，獨自一個人也能往前推進，所以才會拒絕與人同行。

「貴族小哥，你別介意啊。那種狀態下不論如何，都會覺得自己的夥伴怎麼看怎麼討厭。」

「討厭……」

利瑟爾也猜得到，兩人多半對自己抱持著負面想法。不過，沒想到他們居然沒對他刀劍相向，利瑟爾不禁心想。或許是迷宮動了什麼手腳，以避免冒險者在裡面自相殘殺，又或許是他們倆對人都屬於冷漠多過於嫌惡的類型吧。

「那麼，當時說的也算是真心話了。」

伊雷文說他礙手礙腳，也就表示劫爾和伊雷文要是討厭利瑟爾，就會給予他這樣的評價。考慮到他們兩人的實力，利瑟爾也不得不贊同，而且他也知道平常的兩人覺得「有他待在身邊比較方便」，可是……

見他沉思，男性冒險者問：

「嗯，怎麼啦？」

「你會怎麼評價一個武器突然往正上方飛走的隊友？」

「嗯嗯?!」

利瑟爾帶著嚴肅的眼神這麼問，不僅男人，整車的所有乘客聽了都轉頭看他。

「有時候我發動攻擊也不管會不會打到劫爾他們，反正他們都躲得過，這樣是不是很討人厭？」

「你先等等……」

「在迷宮裡不迷路，是不是也很沒氣氛？」

「等一下等一下等一下。」

利瑟爾一口氣說出一堆難以置信的話，男人抬起一隻手，好不容易制止他。

第一句有夠莫名其妙。下一句實在很過分，不過遭到波及的當事人不介意就沒關係吧。至於最後不迷路的問題，確實不太有挑戰迷宮的感覺，但省事也沒什麼不好——男人這麼想著，理清自己一團混亂的大腦。

「哎呀……」

男人攀著長槍，抬起低垂的腦袋，嘴角抽搐地開口：

「他們跟你抱怨過這些事情嗎？」

「沒有。」

聽見利瑟爾乾脆地答道，男人察覺眼前這人並未感到沮喪。

而且也沒有為了這件事苦惱。看來自己不必替不在場的那兩人說話，利瑟爾也都明白，那麼事情就簡單了……雖然男人還是感到有點意外。

「哎，這也不是講道理就能解決的事，你別太跟他們賭氣啦。」

錯不在劫爾他們，那些舉止並非他們倆的本意，全都是迷宮害的。

這些道理利瑟爾都懂，然而他們兩人在利瑟爾心中的地位沒有那麼無足輕重，他無法完全不介意。他的確可以視而不見，但現在沒有必要做到那種地步，逼迫自己保持表面上的平靜。利瑟爾垂眉苦笑。

「我心裡都知道，只是……」

「哈哈，都是這樣的啦。」

男人笑道。原來貴族小哥在賭氣啊，他的隊友們睜大眼睛，有趣地開口：

「到時候你狠狠賞他們一拳吧，我們那時候就是這樣。」

「當時我被所有沒中招的傢伙揍了。」

「氣氛真的有夠僵，很討厭啊。」

「賞他們一拳……？」

「對啊，像這樣！」

在那之後，馬車沒再停靠，一路駛回王都。

伊雷文面如死灰，獨自回到了迷宮的第一層。

一離開洞窟的涼意，整個人立刻被熔岩通道的熱氣包圍。他沒有餘力因此感受到哪怕是一瞬間的舒適，只是無力地打開大門，走出迷宮。外頭陽光眩目，深陷沮喪的他無法承受地垂下視線，而視線一壓低，就看到一個黑色團塊。

「………哇靠。」

那是渾身戾氣地蹲在地上，垂頭喪氣的劫爾。

很少見到他這副模樣，可是伊雷文現在不僅沒有心思挖苦他，還深有同感。為了等待馬車，伊雷文跟著當場蹲下，垂下頭，深深嘆了口氣。

「……」

「…………」

「……馬車啥時會來啊？」

「不知道。」

現在還不到冒險者們回城的尖峰時段，派出的馬車數量也少。這種時間就連估算時間的沙漏都沒有人動，因此根本不知道要等多久。他一方面希望馬車快點來，一方面又祈禱它永遠不要來。

伊雷文的頭低得都快碰到地面，冷不防低聲哀號：

「大哥你還算好的咧。」

「……啊？」

劫爾抬起臉，臉色兇惡。

「我甚至說他、礙手礙腳、什麼的……、……」

「唔哇。」

伊雷文再也說不下去，只聽見劫爾發出一個嫌棄到極點的聲音回應。

果真很嚴重吧，真的說得太難聽了，伊雷文的眼神越來越絕望。他自己也相當震驚，在恢復正常之後震驚得拿自己的頭去撞牆。他不敢相信自己真的說了那種話，甚至震驚到想逃進夢的世界裡，也可以說他差點失神暈過去。

「不知道隊長是不是在生氣……」

「不會生氣吧。」

「那更恐怖啦——」

兩人作好了各方面的心理準備，繼續等待至今還毫無動靜的馬車。

同一時間，率先回到王都的利瑟爾來到了冒險者公會。

委託所需的綠葉石全都在利瑟爾身上，他打算先辦理委託結案手續。只要隊長先辦完手續，隊員可以事後再補辦，這一方面是體諒冒險者一回到據點就吵著說肚子餓、想喝酒，三兩下就跑得不見蹤影，另一方面也是公會希望避免委託失敗的隊伍成員之間發生衝突。

「其他兩個人呢？」

「他們之後才會過來，麻煩你囉。」

利瑟爾微微一笑，回答史塔德的問題。利瑟爾他們也不是每一次都三人結伴到公會來，有時候是兩個人，偶爾也有一個人的情況，因此史塔德並不覺得奇怪。

利瑟爾把裝在布袋裡的綠葉石交出去，順利辦完手續，收下報酬。史塔德正好有空，因此他們閒聊了幾句，這時公會大門吱嘎作響，昭告又有冒險者走進大廳了。由於冒險者們開關門的動作粗魯，這扇門常常發出怪聲。

「雖然一刀很受矚目，但我們的目標還是獸人。」

平時不太注意他人來訪的利瑟爾，聽見傳入耳中的名號也自然而然回過頭。

走進來的兩名冒險者他都沒見過，多半是最近才把據點轉移到王都的人，看起來是中堅地位的冒險者。他們邊交談邊踏進公會，一對上利瑟爾的目光，就瞪大眼睛停下腳步。

「你是那個，帶著一刀和獸人的……」

「你們好。」

看來他們記得自己，利瑟爾佩服地露出微笑。

兩名冒險者狼狽地面面相覷了一瞬間，立刻在緊張感之下板起嚴峻的神情，緊盯著利瑟爾瞧。史塔德也窺探了一下利瑟爾的臉色，看他沉穩的紫晶色眼眸，應該不打算把事情鬧大，於是採取觀望態勢。

「我們隊上的伊雷文怎麼了呢？」

「……看來也瞞不過你了。」

兩名冒險者尷尬地端正了姿勢，與利瑟爾正面相對。

從態度看來，他們無意挑釁滋事，從剛才那句話也不難想像他們的來意。不過……利瑟爾為難地露出苦笑，對他們來說，這時機實在太糟了。

「我們打算今天去挖角你隊上的那個獸人。」

「我不允許。」

客氣的宣言讓人觀感良好，正因如此，利瑟爾必須拒絕他們。

「我能明白你不想把隊友拱手讓人的心情，不過提出交涉是大家的自由吧。」

「但伊雷文就是不行。」

冒險者們皺起眉頭。

他們也知道隊長不希望優秀的隊員被人挖走，可是無論隊長的意願如何，任何人都沒有權力阻止隊友為了更好的條件而離開，最重要的是當事人的自由意志。利瑟爾這麼說，並不構成阻止他們挖角的理由。

「我是為了你們好才這麼說。」

彷彿看穿了他們的想法，利瑟爾說：
「伊雷文很討厭這種事，他肯定是對這個隊伍最有感情的人了。」
「你是說，他絕對不可能答應？」
「是的。」
面對兩名冒險者嚴峻的視線，利瑟爾仍然保持一貫的平靜，泰然自若的態度當中看不出虛榮心，冒險者們也為難地皺起臉來。既然他斷言至此，挖角成功的可能性相當低，但他們也自認準備了相應的條件。
「我們試著提議看看也不行嗎？」
「明知道他會感到不愉快，還要這麼做嗎？」
聽見利瑟爾偏著頭這麼問，冒險者們也發出苦惱的沉吟。對方都這麼說了，他們實在站不住腳。
「而且，今天伊雷文的心情非常差勁，可能會遷怒到你們身上。」
「什麼嘛，這點小事……」
冒險者說到一半，視野中公會職員的表情卻使他閉上嘴。
面無表情的史塔德倒無所謂，可是坐在史塔德旁邊的職員一聽見利瑟爾那句話，臉色瞬間刷白。周遭三三兩兩的冒險者也紛紛搖頭，一臉「大事不妙啦……」的表情。他們也是飽嘗各種酸甜苦辣的中堅冒險者了，自我防衛的本能強烈。
「……不，那還是算了。」
「這樣呀？那太好了。」

利瑟爾這句伴隨著清靜微笑的「太好了」，冒險者們理解為「幸好隊友沒被人挖角」，但利瑟爾真正的意思其實是「幸好你們不會在不知不覺間遭到抹殺」。當事人雖不知情，卻運氣好逃過一劫。

「那麼史塔德，我就先走了。」

「好的。」

利瑟爾揮揮手，史塔德點頭回應，他還是老樣子。

利瑟爾瞇起眼睛笑了，跟面部抽搐的兩名冒險者打了聲招呼，便走出公會。伊雷文回來的時候心情一定很沮喪，可不能讓人對他做出那種落井下石的事。不過伊雷文也可能根本不會到公會去，直接到旅店找他就是了。

「嗨，你一個人啊？」

「怎麼了嗎？」

利瑟爾走在大街上的時候，突然有個男人出現在他身邊，彷彿一路上都一直與他並肩同行似的。

利瑟爾開口回問，語氣不怎麼驚訝。長瀏海遮著眼睛的男人，是現在被稱作佛剋燙「精銳盜賊」的其中一人，雖然使用這個稱呼的也只有利瑟爾和雷伊而已。利瑟爾第一次這麼叫的時候，精銳們也完全搞不懂他在叫誰。

「好像也有人想挖角一刀喔。」

「今天嗎？」

「是啊。」

想必是聽到剛才的對話，精銳才覺得他或許需要這項情報吧。他到底躲在哪裡暗中觀察呢？利瑟爾懷著這個疑問思索。如果是劫爾的話，應該會像平常那樣加以無視吧。

「對方是能夠冷靜談話的人嗎？」

「不，是一旦被忽視會馬上砍人的類型。」

「那就隨他們去吧，不用干涉。」

「知道啦。」

精銳盜賊二話不說答應，不過心裡還是感到疑惑，短短瞥了他一眼。利瑟爾明明沒看著這裡，卻彷彿察覺目光似地笑了：

「伊雷文是遷怒到別人身上心情也不會變好的類型，劫爾則是遷怒也能達到發洩效果的類型。」

「喔，原來如此。」

同一時間，精銳盜賊也從中推測出劫爾他們心情極差的事實。

他決定今天還是別靠近據點了。他們有好幾個據點，去了也不一定會跟伊雷文碰面，不過這種危及性命的事還是能避則避。其他不知道狀況的倒楣鬼會代為承受伊雷文猛烈的怒火，所以等到自己回據點的時候，伊雷文的心情應該已經恢復了。

精銳盜賊也只能這麼祈禱。利瑟爾補充道：

「我想伊雷文今天應該會在我們旅店過夜，到明天肯定就沒事了。」

「那太感激啦。」

精銳盜賊好好表達了最近對利瑟爾感受到的由衷謝意。

「啊，不過關於劫爾……」
「是？」
「他說最近有可疑人物纏著他。」
「啊——你是說從外地來的那些傢伙。」
由於高知名度使然，劫爾經常被情報販子盯上，從技術精湛的高手到三腳貓都有。劫爾說他早習慣了，但偶爾還是會露出嫌煩的表情。據他所說，厲害的情報販子反而不會讓他那麼在意，因此也就放任他們不管。
其實精銳盜賊早已掌握劫爾所說的那個人。最近有個情報販子在附近鬼鬼祟祟，卻老是抓不到狐狸尾巴，處理起來又麻煩，精銳也沒有義務做到那個地步，於是選擇置之不理。不過，既然利瑟爾願意替他處理心情極度惡劣的伊雷文，那就另當別論了。
「請在劫爾回來之前把他趕跑。」
「要做到什麼程度啊？」
「悉聽尊便。」
下個瞬間，精銳盜賊的身影已經消失無蹤。
動作真快啊，利瑟爾佩服地想著，悠哉走向旅店。
時間到了現在，伊雷文緊抱著利瑟爾的腰不放。
「我真的一點都沒有那樣想！」
「我知道，你已經說過很多次了喲。」

利瑟爾坐在床舖上，一手拿著書本，撫摸著伊雷文滑順的頭髮。他原本坐在椅子上看書，看到一半的時候，伊雷文居然罕有地發出腳步聲，咚咚咚地衝進他房裡來。看見伊雷文呆站在門口，利瑟爾招招手要他過來，結果遭到伊雷文飛撲突擊，差點跌下椅子，於是才拖著牢牢抱緊他不肯放手的伊雷文移動到床上。

「你不生氣嗎？」

「不生氣呀。」

雖然鬧了一點彆扭——利瑟爾這麼想，但沒說出口。

他知道一旦說了，伊雷文一定會耿耿於懷，明知如此還說出口就像刻意識諷一樣，他並不想做出那種事。伊雷文故意裝難過尋求安慰的時候也就罷了，現在的他是真的心情低落，利瑟爾並不想落井下石。畢竟伊雷文也不是有意的。

伊雷文緊抱著他的腹部，抬頭仰望著他。利瑟爾對著那雙眼睛微微一笑，把手中的書本橫放在床上，指尖撫過伊雷文臉頰上紅色的鱗片，放慢語調，溫柔地說：

「你一次也沒有那樣想過，我都知道喲。」

「……可是你當場就跑回來了。」

「只是為了安全考量。」

伊雷文仰望著利瑟爾，打量了一會兒。或許察覺他沒有說謊，伊雷文把鱗片往他手掌上蹭了過來，接著就這麼握住利瑟爾觸碰臉頰的手，原本跪在地上的膝蓋緩緩挪到床上。

「你真的沒生氣？」

「真的。」

伊雷文望進他的雙眼，把上半身倒向他。利瑟爾承受不住地往後傾，對方一手支撐著他的背，讓他倒向床鋪。手掌還被伊雷文握在手心，他回握他的手以示勸慰，把身體沉進床鋪，露出苦笑。看來伊雷文真的很沮喪。

那雙瞳孔試探似地縮成細縫，利瑟爾甜美的紫晶色眼眸含笑回望。

「真的？」

「真的。」

利瑟爾梳過那頭紅髮，表示接納。

伊雷文終於滿足地把臉頰上的鱗片往他的側頸蹭過來，利瑟爾看著天花板，輕撫他的背。兩個人獨處的時候，伊雷文偶爾會以獸人特有的肢體接觸跟他撒嬌，不過很久沒這麼黏人了。

「雖然我是很清楚，隊長一定知道我沒有那個意思啦……」

「對吧？」

伊雷文聽起來心情很好。利瑟爾表示贊同，同時看向敞開的房門。在門外是劫爾倚在牆邊的身影。察覺利瑟爾的視線，劫爾挑起一邊眉毛，轉向這裡。客氣什麼呢？利瑟爾露出微笑，朝他揮揮手。劫爾稍微蹙了蹙眉頭，嘆了口氣，回自己房間去了。

「我今天可以在這過夜嗎？」

「可以呀，晚餐就拜託旅店的女主人吧。」

聽起來簡直像放下心中一塊大石的嘆息呢——明天這麼告訴他吧。揍他一拳利瑟爾是做不到的，至少以此作為小小的報復。利瑟爾一邊想著，一邊安撫正在卯足全力強調自己有多難過的伊雷文。

147

一天早晨，賈吉裹在毛毯裡心想，好暖和哦。

他挪動身體，整個人連著肩膀窩進毛毯。他還想再享受一下半夢半醒間舒適的時光，可是得去開店才行。賈吉渾渾噩噩地把手肘撐在床單上，從枕頭上抬起頭來。自己好像趴著睡了，好少見啊。

他撐著張不開的眼皮，點著頭打瞌睡。過一會兒他想，差不多該驅散睡意了，於是微微睜開眼睛。

「咦……？」

聽見下意識發出的聲音，他連忙按住自己的喉嚨，聽起來好陌生，這不是自己的聲音。在動搖之中，他顫動的雙眼捕捉到躺在眼前的人物，看得他呆愣原地。

「利瑟爾、大哥……」

喉嚨好像被人掉包一樣，賈吉害怕得只敢用幾不可聞的聲音喊他的名字。利瑟爾和他睡在同一張床上，臉朝著另一邊，似乎睡得很熟。

賈吉注視著緩緩起伏的毛毯，困惑地坐在床單上往後退。

「！」

忽然有東西擦過他的手，嚇得他肩膀一抖。

正想伸手向利瑟爾求助，映入視野的鮮豔赤紅卻使他停下動作。賈吉轉動視線往那邊一看，紅色的頭髮披垂在他撐著床舖的手背上。這紅色他見過。

「伊雷……咦？」

賈吉回過頭，但後面沒有任何人在，而且碰觸手背的紅髮隨著他的動作流動。這讓他開始感到恐懼，他眼眶含著淚，忍無可忍地打算叫醒利瑟爾……房門在這時突然被人打開，他唰地抬起臉。

直到這時候，他終於注意到自己身在利瑟爾他們的旅店。賈吉也來過這裡幾次，視野中的房間擺設與記憶中一致，而且站在房門口的人正是劫爾。

「啊……」

平時劫爾的威壓讓他有點害怕，不過此刻看到他，賈吉發自內心鬆了一口氣。劫爾一定會解釋現在的情況，會解決所有問題，最重要的是，會替他叫醒利瑟爾。賈吉緊繃的身體慢慢放鬆下來。

看見劫爾走近，賈吉連忙在床舖上坐正，他得跟劫爾解釋自己不知道為什麼在這裡，也搞不清楚現在是什麼狀況。他開口。

「劫、咦──」

修長的臂膀越過利瑟爾朝他伸來，憑蠻力將他從床上扯下，害他整個人往後倒向地面，幸好他緊急抓住床單，才沒撞到頭。賈吉臉色發青，感覺到腹中一陣冰冷，他無法控制地全身顫抖。

劫爾平常確實有點嚇人，但那是因為絕對強者散發出的氣場使然，劫爾的人格本身一次也不曾讓賈吉感到恐懼。劫爾有時候會開玩笑抓住他的頭，但從來不會像這樣動用暴力迫使人屈服；劫爾會一臉無奈地對他嘆氣，但從來不曾厲聲怒罵。

「……利瑟……」

任憑壓倒性力量擺佈的恐懼久久不散，賈吉顫抖著聲音，死命呼喚利瑟爾。眼前的背影比自己嬌小，卻比任何人都更令他安心。劫爾的視線不帶感情到了異樣的地步，賈吉在恐懼中勉力爬到床邊，顫抖的指尖抓住利瑟爾的襯衫。

賈吉剛才從床上滾落的聲音，或許已經吵醒他了。本應熟睡的利瑟爾回過頭來，在濃濃睡意中隨時都要閉上的眼睛看見賈吉，眼神更柔和了些。

「怎麼了呀？」

語調比平時更慢，利瑟爾朝他露出沉穩微笑，握住他伸出的手。

「有誰欺負你嗎？」

利瑟爾整個身體轉向這裡，像哄小孩睡覺那樣拍了拍身邊的位置。好像在叫賈吉回到剛才躺著的地方一樣。賈吉整個人爬上床，慢吞吞地從腳開始鑽進被窩。他看了看站在原地的劫爾，又看看利瑟爾，在微微殘留自身體溫的純白床單上躺下，小心翼翼地把頭擱上枕頭。躺在床上的利瑟爾把手朝他臉頰伸過來，指尖伸進髮叢裡往上撥，梳過他的頭髮。

「那個……」

利瑟爾碰他的方式和平常有些不同，撫平了他渾身的顫抖。賈吉有點害羞，但更加強烈的安心感將他包圍，使他緊繃的身體放鬆下來。眼前的利瑟爾已完全閉上眼睛，微啟的雙唇呼出規律吐息，梳過賈吉頭髮的手滑過他側頸，落在床單上動也不動。

「……」

就在這時，一直站在床邊的劫爾有了動作。

劫爾目不轉睛地俯視著他們倆，神情冷漠地伸手過來，隔著毛毯碰觸利瑟爾的肩膀，輕輕往這裡拉，要他轉向自己。

「嗯……」

利瑟爾扭了扭身子表示拒絕。劫爾鬆開的手在半空游移了一會兒，猶豫該不該再碰他，不過馬上又把手伸向利瑟爾，力道比剛才更大。

「我還想睡……」

利瑟爾慵懶地說著，翻身仰躺，賈吉只能茫然看著這一幕。

雖然聽說利瑟爾早上起不太來，不過賈吉叫他起床的時候，利瑟爾無論再怎麼想睡總會乖乖爬起來，從來沒聽他賴床說過「再睡一下」這種話。賈吉眨著眼睛，看著眼前罕見的情景，這時利瑟爾微微睜開了惺忪的睡眼。

他仰望筆直站在床邊的劫爾，剛睡醒略微乾燥的嘴唇動了動。

「你今天、好壞心哦。」

劫爾的所有動作瞬間停止，儘管臉上面無表情、看不出任何情緒，賈吉卻感覺得到他大受衝擊，彷彿能看見閃電從他背後劈下的幻覺。賈吉對這反應非常熟悉。

怎麼會，不可能啊——賈吉錯愕地想著，下定決心小聲開口：

「……史塔德？」

「請不要突然叫我名字，太噁心了。」

聽見劫爾用極度淡漠的聲音吐出暴言，賈吉的懷疑轉變為確信。

「原來劫爾大哥的表情意外地豐富呀……」

賈吉混亂到喃喃說出這種莫名其妙的話，張開的嘴巴也忘了閉上，整個人傻在原地。眼前披著劫爾外皮的史塔德，以一種看待奇珍異獸的眼神俯視過來。

他微微蹙眉，接著察覺什麼似地說：

「……是披著白癡皮的蠢材啊。」

「咦？」

聽見這句話，賈吉維持要躺不躺的臥姿，低頭看向自己的身體。

他把雙手舉到眼前一看，骨節分明、手指修長，皮膚上長著硬繭，一看就是長年握刀的手。一握拳，手腕上的筋骨清晰地浮凸起來，肌肉比想像中更有力氣，指甲深深陷入掌心。賈吉有點感動，但還是慌張地鬆開手。他再撈起從剛才不斷進入視野的赤紅色，那是滑順的紅色頭髮，輕輕一扯，頭皮真的會痛。

賈吉感覺得到血色迅速從自己臉上消退，在水氣暈開的視野中，他凝視著利瑟爾的睡臉求救。頭頂上傳來一句非常不愉快的低喃：

「這表情真噁心。」

「好過分……」

在各種意義上精神衰弱到極點的賈吉、不，現在該稱他為伊雷文才對——垂頭喪氣地囁嚅著利瑟爾的名字，試圖叫醒正在睡回籠覺的人。

「這個嘛……」

起床之後，利瑟爾坐在床上，努力驅動剛睡醒的頭腦。

他看著站在眼前的兩人，一邊觀察他們熟悉的外貌與陌生的舉動，一邊開口：

「史塔德。」

「是。」

劫爾淡然回答。

「賈吉？」

「是、是我。」

伊雷文語帶困惑地點頭。

「劫爾的表情原來意外地豐富呀。」

利瑟爾僅道出這句感想，直到現在還有點懷疑這是不是夢。畢竟這場面實在太過詭異，劫爾看起來當然很怪，不過最突兀的還是伊雷文。他眨眨眼，瞇細雙眼打量著伊雷文，後者不知所措地垂著眉問：

「利瑟爾大哥……？」

「沒什麼。」

伊雷文的眼神訴說著強烈的不安，利瑟爾對他露出不動聲色的微笑，不讓他察覺內心的想法。雖然很不搭調，但他的小動作和說話語調確實讓人聯想到賈吉，那麼當然會感到不安了。利瑟爾想著，習慣性伸手想摸摸他的頭，卻有一隻手從旁伸來，抓住利瑟爾的手腕。

利瑟爾循著那隻手臂向上看去，看見面無表情俯視著這裡的劫爾，不禁苦笑。

「劫……史塔德，有點痛哦。」
那隻手立刻像觸電一樣放開他。
「對不起。」
「沒關係的。」
平常的力道套用在劫爾的身體上，就顯得太過火了，利瑟爾知道他不是故意的。眼見史塔德窺探著他的臉色，利瑟爾搖搖頭這麼告訴他，不過那雙屬於劫爾的銀灰色眼眸仍然俯視著利瑟爾，像一對鎖著那個顏色的玻璃珠。
怎麼了嗎？利瑟爾回望，忽然明白了自己該怎麼做。他把手掌往史塔德伸過去，黑髮男子眨了一次眼睛，理所當然地彎下身，又注意到腰彎得還不夠低，於是便在利瑟爾的面前跪下來。
「（這還真是……）」
利瑟爾緩緩撫摸史塔德湊過來的頭部，手指伸進他偏硬的黑髮，輕握享受其觸感，然後梳到髮梢，撫摸他形狀勻稱的後腦勺，拇指隨之撫過額頭，看見面無表情的史塔德背後飛出一朵小花。這副模樣挑起利瑟爾心中一股謎之感動。
在史塔德身邊，外表是伊雷文的賈吉一副坐立難安的樣子。看見他此刻的變化就能明白，平常的伊雷文乍看好像把所有情緒都表現在外，其實都是刻意為之或虛張聲勢。沒有了平時試探般的視線，現在的他看起來直率許多。
就在利瑟爾享受著兩人罕見的姿態時，忽然有人沒敲門就直接把門打開。
「啊。」

利瑟爾正把雙手放在外表是劫爾的史塔德頰邊，感受著瘦削臉頰的觸感，於是露出了小孩子惡作劇被抓到的笑容。在他視線另一端，「賈吉」扶著門把站在那裡，整張臉都皺了起來。

「劫爾？」

「嗯。」

利瑟爾從表情猜出來人的身分，對方對那個名字回以肯定。

以賈吉的表情臭著臉的劫爾嘆了口氣，反手關上門，毫不客氣地走進房內。

「喂。」

賈吉平時彎駝的背挺得筆直，搭配上本來就高人一等的身高，實在很有壓迫感。他嫌棄地撇著嘴，居高臨下地瞪視跪在地板上任人撫摸的「劫爾」。平時老實的嗓音蕩然無存，劫爾用賈吉雙唇所發出的聲音比平常更低、更深沉。

溫柔撫摸臉頰的手遭到沒收，史塔德一臉淡漠、毫無感情地回過頭。在他身邊，賈吉茫然自失地傻在原地，看著那原本該是他的身體，只感覺各方面的衝擊太過強烈。

「你在用誰的身體亂來？」

「不要用那張臉逞兇好嗎？不爽程度增加了五成。」

咦，真正的賈吉不禁看向站起身的史塔德。

「那個……劫爾，你是從賈吉的商店過來的吧？」

「對，我一睜開眼睛人就在那裡。」

劫爾邊說，視線邊掃向一旁的「伊雷文」。

就這麼盯著他瞧了幾秒，接著狐疑地看向利瑟爾，後者也點了個頭回應。

「這是賈吉。」

「……還真不搭調。」

「不、不好意思……」

紅髮的蛇族獸人怯怯地低著頭，視線往上窺探著他的臉色，看得劫爾嘴角抽搐。

「嗯……」

「賈吉沒有做錯什麼。」

「…………」

「賈吉沒有錯。」

利瑟爾的語氣比平常更強烈一些，劫爾默默把剛出口的那個詞倒吞回去。賈吉困惑地來回看著他們倆，利瑟爾對他露出溫柔的微笑，告訴他沒什麼。劫爾又嘆了一口氣，像在說利瑟爾寵他寵過頭了，然後走向坐在床上的利瑟爾。

他邊走邊放棄似地說：

「喂，我把『休息中』的牌子掛上了。」

「啊，謝謝你！」

紅髮獸人高興地笑了開來，劫爾看了後再度沉默。

「賈吉是無辜的。」利瑟爾說。

「…………我知道。」

聲音無比苦澀，利瑟爾聽了，為難地仰望劫爾。

棕髮青年平時客氣謹慎的模樣蕩然無存，正低垂著眉眼，轉動慵懶的目光朝他俯視過來。棕色自然捲的長髮隨意紮起，服裝相當簡素，簡直判若兩人——實際上確實不是同一個人，相同的只有外貌。

在利瑟爾的打量之下，對方微微皺起眉頭。

「請不要用賈吉的臉擺出這種表情。」

「囉嗦。」

「也不要這樣說話。」

「囉嗦。」

對方不留情面地拒絕配合。這明明是很認真的請求啊——利瑟爾邊這麼想著，邊站起身來。

從現場的成員看來，不難推測剩下一人變成了誰、身在哪裡。不知道他現在的情況如何，不過總之先完成能力所及的事吧。

「我們先換衣服吧。劫爾就穿這樣應該沒問題……可以嗎？賈吉。」

「可、可以。」

畢竟是他的身體，利瑟爾心想賈吉或許會介意，所以才出言確認，但頂著伊雷文外表的賈吉卻直接點頭，似乎一點也不在意。看來不同於這具身體原本的主人，賈吉對服裝沒什麼講究，他還穿著就寢時那套衣服，上半身只穿了一件輕便的黑色坦克背心。利瑟爾轉而看向「劫爾」，平時睡覺總是打赤膊的他披了一件衣服，應該是裡面的史塔德無法接受光著身體，所以隨手拿起掛在一旁的冒險者裝備，隨便披在身上。

「劫爾，請你替史塔德準備更換的衣服吧。」
「自己照顧自己到底有什麼意思……」
「就穿成現在這樣我也無所謂。」
「閉嘴，過來。」
嘴上嫌東嫌西，但說到底還是不希望人家披著自己的外皮，卻穿得太隨便吧。劫爾一臉嫌棄地叫上史塔德，離開了房間。黑髮男子看了利瑟爾一眼，才在利瑟爾點頭之後乖乖跟了上去。這情景真是奇妙。
「那、那個，那我該……」
「賈吉呀……我想想。」
伊雷文的空間魔法腰包還在這裡，就丟在利瑟爾的書桌上，不過擅自翻動裡面的東西感覺不太好。而且伊雷文的衣服不少，萬一想隨便拿出一套便服，結果整個房間被衣服淹沒就糟糕了。
利瑟爾轉而看向椅子，伊雷文脫下的冒險者裝備還掛在椅背上。這應該就沒問題了，於是他拿起那件衣服。冒險者往往不懂得如何穿戴他人的裝備，利瑟爾也不例外，他把那幾片布料拿在手上翻來覆去，卻看不出個所以然。
「賈吉，這你會穿嗎？」
利瑟爾問了一聲，賈吉於是走近，湊過來往他手邊看。剛要彎下腰，賈吉就嚇了一大跳似地立刻挺直背脊，睜大朱鷺色的眼睛看著利瑟爾，豎瞳猛地收緊，然後慌亂地退後一步。
怎麼了？利瑟爾納悶地看著他。紅髮的蛇族獸人不好意思地垂下眉毛，嘴角噙著笑意說：

「沒有，那個……只是太近了，我有點驚訝。」

賈吉露出軟綿綿的笑容這麼說，利瑟爾一聽，也有趣地笑了開來。

看來為了配合他的身高，彎腰說話對賈吉來說已經習慣成自然。利瑟爾明白這些體貼都是出於賈吉自身的意願，不過能夠再次體認到這點，他也覺得自己相當幸運。

「還有，這件衣服、應該沒問題，我會穿。」

「不愧是鑑定士。」

利瑟爾把裝備交給賈吉，自己也開始換裝。途中他瞥向賈吉，關心一下進展是否順利，結果就看到賈吉摸著屬於伊雷文身上輪廓分明的腹肌，目不轉睛地盯著瞧。這種心情利瑟爾不是不明白，於是假裝什麼也沒看見，有朝一日他也好想練出傲人的腹肌啊。

在那之後，在隔壁換好衣服的劫爾和史塔德回到房間裡，利瑟爾他們也都整裝完畢了。四個人各自找了位子坐下，討論著早餐該怎麼辦，這時劫爾和史塔德忽然察覺什麼似地看向上方。

「劫爾？」

「來了。」

利瑟爾一問，棕髮青年簡潔扼要地回答。

利瑟爾和賈吉也跟著往上看。就在那一刻，窗戶發出噪音猛地打開，兩人連忙往那邊一看，有個人影從窗戶跳進房裡來。那人把一身熟悉的公會制服穿得邋遢隨興，原本不帶任何表情的臉孔此刻掛著危險的笑容，是伊雷文。

他跨著無聲的腳步逼近頂著伊雷文外表的賈吉，毫不留情地一把揪住他的衣襟。

「該死的，偏偏是你！」
「不、不是……史塔德在那邊，我是……」
「哇靠這是怎樣噁爆啦！」
利瑟爾極力攔截的那個詞，沒想到從身體主人的口中說了出來。賈吉應該會很受傷吧？利瑟爾他們打量著賈吉的臉色，不過出乎意料地，他收起了恐懼的神情，而是一臉困惑地說：
「雖然這麼說，但這是伊雷文你自己的臉啊……」
待在伊雷文身體裡的賈吉，被其他人這麼說都會受傷，不過伊雷文自己吐槽自己似乎沒有問題。太好了，利瑟爾點點頭，從椅子上站了起來。無論如何，現在所有遭遇這種難以解釋現象的人都已經到齊，事態再怎麼混亂也就這樣了。
「我們去吃早餐吧。」
填飽肚子是很重要的，餐桌上正好也適合討論事情，五人於是離開了房間。
用早餐的人數增加了。利瑟爾為此跟旅店女主人道了歉，不過她一聽就爽快地答應下來，畢竟在她的認知裡，伊雷文昨晚在這裡過夜，所以早餐她本來就煮了很多。
看來所有人都能順利吃到早餐了，五人於是在餐廳圍著一張桌子坐下。
首先是賈吉隨便找了個位子坐，接著史塔德從別桌拉了一張椅子過來，擺在主座的位置，自己也在賈吉隔壁坐下。伊雷文怯怯地坐到史塔德對面，劫爾也沒什麼異議，淡然坐上賈吉對面的椅子，形成了最先就座的兩人盯著自己的臉吃飯的配置。兩人因此面露難色，不過這也是沒辦法的事，最後他們並未表示反對。

「你們今天有什麼活動呀？」

「稍微有些事情要討論。」

利瑟爾帶著端來早餐的女主人，和和氣氣地走了回來。

他手上也端著餐點托盤。由於用餐人數突然增加，利瑟爾主動說他願意幫忙，女主人當然拒絕了，不過這一次利瑟爾成功說動了她。

「利……好痛！」

伊雷文看了立刻心想「我也該去幫忙才行」，剛打算站起身，就被坐在對面的史塔德用力踩了一腳，慘遭擊沉。同樣想幫忙的劫爾也遭到賈吉踩在原地，不過他完全不當一回事地站起身來。

「沒關係喲，劫爾。」

賈吉苦澀地嘖了一聲，劫爾則盯著微笑的利瑟爾看了幾秒，最後聽話地坐了下來。利瑟爾也把後續工作交給女主人，坐進最後剩下的主座位置。

料理開始一道一道上桌，女主人手腳俐落地擺上餐點、餐具，邊忙碌邊哈哈笑著看向伊雷文。

「真是的，還好有你在喲，不過今天的早餐就比較偏重份量、不重視品質啦，有點傷腦筋。」

「哪……」

史塔德原本要像平常一樣開口回話，立刻被賈吉揍了後腦勺。

伊雷文目擊這一幕，領悟到自己此刻該採取什麼行動，腦中頓時一團混亂。他在心裡喃喃唸著「像伊雷文、像伊雷文」，急忙開口說：

「肚子餓了！」

「我烤了很多麵包，你就吃那些填飽肚子吧。」

女主人哈哈笑著說完，替他們準備好早餐，就回廚房去了。

利瑟爾目送她的背影走遠。好了，現在該開動了，他轉向正前方。

「喂。」

「對不起……」

「喂。」

「對不起嘛……」

結果就看到伊雷文正在史塔德的威逼之下深自反省。

「好新鮮哦。」

「場面看起來確實相當令人愉快。」劫爾說。

「反正外人沒起疑心，還有什麼好介意的。」賈吉說。

利瑟爾直盯著伊雷文和史塔德這麼說，面無表情的劫爾和笑容諷刺的賈吉則分別表示同意。

然而對於身體原本的主人來說，別人沒起疑反而更不高興吧。史塔德賭氣似地用力往椅背上一靠，指尖在腰際一撥，只撥到空氣。這是他撥開馬尾的習慣動作，以免長髮被椅背夾到。

「可是那個反應也太扯了啦。」

「女主人對伊雷文的印象就是食量呢。」利瑟爾說。

「是吧。」賈吉同意。

史塔德皺著臉抓起叉子，利瑟爾把湯端到面前，賈吉也叉起大塊香腸一口咬下，五人各隨喜好開始用餐。

「是說大哥剛才那下完全不痛欸。」

「確實。」

史塔德拿叉子指著賈吉這麼說，賈吉不悅地蹙起臉，手掌反覆握了幾次拳。

他指的是剛才揍他後腦勺的那一下。聲音確實很響亮，被揍的史塔德卻不痛不癢，出手的要是原本的劫爾，一定會讓他痛得說不出話。

「空有身高，卻沒什麼力氣啊。」

「不、不好意思……」

「也就是說，劫爾平常一直控制著力道吧。」

利瑟爾安慰著一臉抱歉的伊雷文，佩服地點點頭。

賈吉是商人，工作上需要體力勞動，雖然不算特別有力氣，但用力打人還是很痛的。就像清晨史塔德控制劫爾的身體，抓利瑟爾手臂的時候力氣太大是一樣的道理，以劫爾的體能，用常人想像的力道去控制仍然會太過火，因此平常細微的一舉一動，劫爾也習慣放輕力道，難怪他在戰鬥中的力道控制意外地精準。

「當然啊，不控制一下就傷腦筋啦，我會被整個頭打飛出去好嗎。」

「哪有那麼誇張。」

「倒不如說，那個力氣居然還控制過喔，根本怪物。」

「喂，你來揍這傢伙。」

「但那是我的身體。」

聽見史塔德哈哈笑著這麼說，賈吉一邊用餐，一邊叫劫爾動手。

劫爾端起玻璃杯喝水，非常惋惜地拒絕了他的要求。換作是伊雷文本來的身體，他早就樂意之至地全力揍下去了，該飛出去的全都飛出去吧。

「除此之外還有什麼問題嗎？」

這方面應該事先確認才對，利瑟爾於是開口問道。

他本來就想問，只是所有人都各自隨意行動，所以暫且擱置了。

「身高太高，走路容易絆到。身體太遲鈍，不方便活動。」

「現在看起來還好呢。」

「習慣了。」

聽見賈吉這麼說，伊雷文又把自己縮得更小了些。

這也沒辦法，劫爾原本戰鬥特化的身體，在一夕之間被換成了體能非常普通、身高高人一等的道具商人。這麼快就能習慣，看得出他在肢體掌控上的直覺。

「我沒啥問題欸，身高也差不多。」

「我倒是希望伊雷文把衣服穿戴整齊一點。」

「欸——」

「還有這種奸詐的笑容也要改掉。」

「隊長，這些傢伙在你心目中的形象未免太美好了吧。」

史塔德賊笑著說道，平時面無表情的冷漠感消失得無影無蹤。

他身上穿著東翻西找才找到的公會職員制服，但那套制服被他穿得無比隨興，原本端正的印象蕩然無存，指尖還挑釁似地晃動那支捲著帕斯塔麵的叉子。史塔德笑得一雙眼睛瞇成月牙，饒富興味地看著利瑟爾，忽然朝他探出上半身，說：

「而且啊，你看我的眼神好寵喔？」

史塔德說著，打量似地看著他。是嗎？利瑟爾眨了一次眼睛。

他瞥向賈吉，後者無奈地望著這裡，是肯定的眼神。有這麼明顯嗎？利瑟爾接著看向劫爾他們，一人恍然點頭，一人則目不轉睛地凝視著他。

「是這樣呀？」

「也不算露骨啦，不過滿明顯的，啊——太爽啦。」

正如這宣言所說，史塔德確實是一臉龍心大悅的樣子。原來也有這種事啊，利瑟爾點了個頭。這沒什麼問題，反正他本來就很寵賈吉和史塔德，對此有所自覺，今後也不打算要改變。

「賈吉呢，還好嗎？」

「只覺得身體變得比較輕盈、而已。」

伊雷文撕下一塊麵包，邊想邊說道。

雖然輕描淡寫地說「而已」，不過他下樓的時候腳步其實不太穩，得手扶著牆壁小心翼翼地一階一階走下來；現在想拿玻璃杯，也差點把杯子打翻。這具身體和他原本的身高差距太大，活動起來應該很不習慣。

「如果太勉強的話要說哦。」

「好、好的。」

話雖如此，這也不是能夠立刻解決的問題，只能請他習慣了。

唯一的救贖是，當事人似乎並不悲觀。賈吉容易陷入混亂、不知所措，面對莫名其妙的情況也會眼眶泛淚，不過一旦接受事實，他的想法就相當務實果斷，展現出強韌的一面。

「啊，不過，好像有點……」

「嗯？」

伊雷文動了動嘴巴，欲言又止。不像難以啟齒，倒像是不知道該如何表達。怎麼了？所有人的目光集中在他身上，只見他舔著牙齒，微微偏了偏頭。

「好像有東西、從牙齒？流出來……？」

「啊。」

「喔——」

利瑟爾和史塔德恍然大悟地點頭。

簡單說，這是蛇族獸人特有的情況，毒液分泌腺呈現持續張開的狀態了。

「伊雷文，這會不會很危險？」

「咦……」

「讓它一直流可能會喔。」

「咦?!」

伊雷文大感混亂，來回看著若無其事交談的兩人。

原來這是危險液體嗎！他臉色鐵青，利瑟爾則安撫著他說「沒事」，把自己盤裡的小番茄分給他。現在借住在史塔德身體裡的伊雷文可沒有自殺意願，既然他一副滿不在乎的樣子，那應該不算太危險。

「你看，嘴巴裡不是有尖牙嗎？」

「咦？」

史塔德輕敲了敲自己的臉頰。

正當伊雷文嚼著利瑟爾分給他的小番茄時，史塔德又指了指他的臉頰。

「尖牙內側有沒有開口？」

「開口？」

伊雷文動了動嘴巴。

「嗯……」

「找到了嗎？那邊用力。」

「嗯？」

伊雷文嘴巴蠕動了半天，似乎不得要領。

這也難怪，利瑟爾露出苦笑，看向事不關己地繼續用餐的史塔德。這就像叫唯人從頭解釋該怎麼把手握成拳頭一樣，生來本能就會的事情難以說明，尤其獸人在這方面又更容易解釋得不夠詳細。

「伊雷文，再指導得詳細一點吧。」

「我不用人教就會了欸。」

「所以才說獸人太依賴本能啊。」賈吉說。

「明明就是唯人想太多——」

到底是哪裡不懂？史塔德皺起臉，看著拚命動著嘴巴的伊雷文。就算要他指導，但從他有記憶的時候就已經自然學會了這件事，要一步一步仔細說明也有困難。重新意識到步驟，反而不懂得怎麼闔上它了。

「嗯……」

史塔德也跟著蠕動嘴巴，雖然唯人的口腔裡沒有分泌腺。

他模擬著用本來的身體是怎麼控制的，終於在幾秒後找到了訣竅，開口說：

「啊……往上顎正中央用力？就像拿繩子綁住袋子口那樣。」

「啊。」

伊雷文試著實踐看看，結果不知為何張開了嘴巴。他立刻閉上嘴，抱歉地皺起眉頭。接著他動了動嘴唇，整張臉忽然亮了起來，周遭所有人都看得出他成功了。

絕不能說這表情在伊雷文臉上看起來無比突兀，畢竟賈吉是無辜的，沒有任何人應該受到責怪。

「成功了……！」

伊雷文眉開眼笑地說。這樣問題就解決啦，史塔德於是打算繼續用餐。不過，他吃了兩、三口麵包，手卻停了下來，大惑不解似地皺著眉頭，小心翼翼摸著自己的肚子，像撫摸什麼陌生而奇妙的東西一樣。

身體不舒服嗎？利瑟爾察覺他的異樣，正打算問，就看見錯愕的史塔德慢慢把臉轉過來，彷彿要找人求救。

「……不知為啥，我好像吃不下了……」

「因為你吃得和平常一樣快呀，伊雷文。」

換言之，這是他生來第一次的「再也吃不下了」狀態。

對他來說是相當難得的體驗吧，利瑟爾有趣地笑了。史塔德本來的食量也絕不算小，算是一般勞動青年的食量。但伊雷文可是大胃王中的大胃王，以他平常的步調吃，史塔德的肚子不撐也難。換到伊雷文身體裡的賈吉則正好相反，完全沒有飽足感，一邊吃一邊感到震驚又惶恐。

「哎唷——已經吃不下了，可是完全不滿足啊——」

「忍耐一下吧。」利瑟爾說。

聽見史塔德唉聲嘆氣，賈吉嫌吵似地皺起臉。

在這時候，利瑟爾看向劫爾。他淡然吃著早餐，對於自己的身體罕見地吵嚷著「吃不夠、吃不夠」的模樣也漠不關心，看起來這具最強冒險者的身體，對他來說除了力道控制之外，似乎也沒什麼不便。

「史塔德，劫爾的身體感覺如何？」

「魔力簡直是廢渣。」

正因如此，聽見他的答案，所有人頓時無語。

披著賈吉皮的劫爾堅守沉默，或許是有所自覺。有點有趣——利瑟爾懷著這種不合時宜的想法，看著賈吉默默把湯喝光。

「憑著這種平平凡凡、中等偏低的魔力量也稱得上最強冒險者嗎？這當笑話講講也就算了，這些積灰生鏽到極點的魔力到底是什麼意思？每次操作起來都讓人煩躁。」

「果然不一樣嗎？」

「糟糕透頂。」

劫爾啐道，放下叉子，把手掌按在桌上。寒氣從他手中散出，本來能凍結一切的魔力，現在只能降下一點碎霜。

「啊，劫爾放魔法。」

「珍貴畫面欸。」

劫爾的兩名隊友看了有點開心。

暫借劫爾身體的史塔德，倒是一點也開心不起來。平時習於使用魔力的人，和鮮少使用魔力的人，在魔力輸出與流動方式上會形成巨大的差異。和一般民眾相比，冒險者使用魔道具的機會更多，每一次使用魔道具都會有意識地運用魔力，因此魔力使用上應該比常人更加嫻熟一點才對。

但劫爾不在此列，他只會使用那種一碰觸魔石就會自動汲取魔力的道具，反正生活上沒什麼不便，他壓根不打算改善，等同於魔力完全荒廢的狀態。唯一值得慶幸的是，他本人並不在乎這些。

「居然這麼輕鬆就放出魔法喔。」

「當然，這有什麼好奇怪的嗎？」
史塔德訝異地說，劫爾冷淡回應，覺得他在說廢話。
結果間接驗證了劫爾無法使用魔力，只是因為他技術太差。不過能夠自由自在操縱魔力的人實屬少數，所以這也沒什麼好介意的，利瑟爾朝賈吉喊了一聲。
「劫爾。」
「囉嗦。」
明明不在乎，他卻顯得不太高興，臭著臉回應：
「倒是你，為什麼沒被交換？」
「我也不知道呢。」
問句裡帶著點遷怒意味。真希望他別用賈吉的臉擺出這種表情，利瑟爾苦笑，毫不意外地看向晃著椅子打發時間的史塔德。所有人都發現了，這種不可理喻的狀況顯然是迷宮在作怪，而且影響力廣大，超出了隊伍範疇，那麼碰到同樣問題的肯定不只有利瑟爾他們。
靈魂互換的現象多半發生在昨晚，而原本的史塔德一直到昨晚為止人都在公會，卻連他也不知道自己為什麼換進了劫爾的身體。既然如此，最接近事發原因的人就是今早在公會醒來的史塔德，也就是伊雷文了。
「伊雷文？」
「有——」
早餐近在眼前，卻吃不下，他應該嘴很饞吧。
史塔德咬著裝水的玻璃杯緣，露出胸有成竹的笑容，把懸在半空的椅子前腳擱回地上。

「哎，早上公會也是大混亂，職員和冒險者都亂成一團，有人衝進房間的時候我嚇了一大跳咧。」

史塔德像愉快犯那樣咯咯笑著說。也難怪有人衝進他房間，利瑟爾點點頭。

平常的史塔德根本不可能睡過頭，他總是在固定時間起床，毫不拖沓地整裝盥洗，一大早就去上班，彷彿對於利用瑣碎時間全無興趣。結果偏偏在公會亂成一團的時候，史塔德遲遲沒有起床，也不難想像其他職員有多錯愕。

不曉得衝進房間的職員是想找史塔德去鎮壓這場混亂，還是擔心他也遭遇了同樣的異變，可能都有吧。結果見到的卻是披著史塔德皮的伊雷文，希望事態沒有因此惡化。

或許是有著同樣的擔憂，劫爾微微抬起下顎，瞪著史塔德。

「你沒做什麼多餘的事吧。」

「我馬上就跑來這裡了好嗎。」

史塔德迎向劫爾狐疑又不帶感情的視線，愉悅地撇嘴笑著，語帶挑釁地說：

「雖然對方確實是這樣說的啦，『史塔德變成不良少年了！』」

劫爾折彎了手中的叉子。應該是下意識的舉動，他一注意到，就默默動手把叉子彎回去，旅店的東西要是不愛惜使用，會被女主人罵的。

「那原因之類的呢……？」

「確實是有個可能的原因啦。」

雖說立刻趕來這裡，史塔德還是在公會取得了一些情報。

聽見伊雷文手上一口接一口撕著麵包這麼問，史塔德隨便點了點頭，接著說：

「遇到同樣情況的，好像也都是職員和冒險者。」
「那原因就出在公會了。」
「公會有什麼與平常不同的地方嗎？」
「你們理解很快欸——」
聽見賈吉和利瑟爾的推論，史塔德笑了，坐沒坐相地晃起椅子來。
「是花。」
「花？」
伊雷文偏了偏頭。這突兀感看幾次也無法習慣，賈吉和劫爾微妙地別過視線加以迴避。這名為逃避現實的最終王牌，自古以來可是拯救過無數人的妙招啊。
順帶一提，利瑟爾已經習慣了，因此就像平時面對賈吉那樣，沉穩地面帶微笑。這傢伙這方面的精神力還真強韌，披著賈吉皮的劫爾看著這一幕心想。
「公會收購了寶箱開到的花束，職員覺得漂亮，剛好就在昨天把花擺出來裝飾。」
顯然這就是罪魁禍首。
「史塔德？」
「昨天的確不曉得什麼時候開始，窗口就放了花瓶。」
劫爾淡然說道，語氣聽起來對花完全不感興趣。
就算問他那是什麼樣的花，恐怕也無法得到「花」以外的回答。不僅限於花朵，史塔德對於自己不感興趣的東西毫不在乎，個性可說是相當乾脆。
「喂，你昨天也去過公會？」

「啊，是的，我去做鑑定……」

聽見賈吉問話，伊雷文這麼答道。

這麼一來已經可以確定，受影響的是昨天到過冒險者公會的人，效果是這些人之間靈魂互換。雖然機制、意圖、用處都不明，不過迷宮就是這樣，沒辦法。

「這樣的話，我被排除在外就更奇怪了。」利瑟爾說。

「公會那邊也有人沒遭殃，應該是碰巧啦。」

迷宮品確實有這種特色，效果特別隨興，或者根本就是隨機作用。

有點孤單呢，利瑟爾這麼想著，放下玻璃杯。擺在自己面前的餐點全都吃得一乾二淨，雖然只是一點一點在進步，不過自己也能吃下這麼多東西了，他滿意地想。

「那麼，今天大家就一起去公會吧，希望已經找到解決方法了。」

所有人一致同意。

只不過，大家陸陸續續吃完早餐，只有伊雷文一個人神情複雜地不斷伸手去拿堆得像小山的麵包，塗上果醬，小口小口地吃到一半，忽然驚恐地喃喃自語：

「完全吃不飽……」

「是你吃太慢了啦。」

明明就不是我的錯——伊雷文沮喪地這麼想，不過最後還是把桌上的食物全吃個精光。即使如此還是沒有吃飽，這無底洞般的胃讓他大感震驚。

公會裡一片騷動。

冒險者們也注意到了自己身體出現異狀的原因出在公會，畢竟冒險者們經常與其他隊伍同住在一間旅舍。冒險者大多都是動不動就拖欠費用的莽漢，願意收留他們的幾乎都是專門以冒險者為客群的旅館，因此所有房客都是冒險者的情況也不少見。或許該說是旅舍方面薄利多銷的精神吧，犧牲治安，確保了住房率。冒險者都是無根的浮萍，每到一個據點必定需要找地方投宿，從旅店角度來說是絕對穩定的客源……只要老闆擁有不輸給野蠻流氓的強大精神力。

情報在同一間旅舍的冒險者之間傳播得很快，即使沒有得到消息，也有許多人一碰上莫名其妙的怪事，不管三七二十一就先到公會看看。這些人此刻都擠在公會裡，已經釐清了某迷宮品是這次事件的罪魁禍首，在絞盡腦汁尋找解決辦法之後，正準備做出「反正過一段時間就會恢復正常了吧」的結論。

就在這時……

從剛才開始就開闔個不停的公會大門再度打開。

反正一定又是哪個隊伍碰上了靈魂互換的奇妙現象，吵吵鬧鬧地走進來吧。人們敷衍地把視線轉向門口，看見了奇妙的五人組。全城最具話題性的貴族冒險者、人稱最強冒險者的一刀、本公會引以為傲的絕對零度、氣質乖僻的獸人，最後一個人不太清楚，不過好像偶爾會在公會見到。這五人獨自走進來都沒什麼不對勁，但一起走進公會就顯得很奇妙了。公會大廳裡所有視線都匯聚在他們身上。

這就表示——屏氣凝神的冒險者們做出結論——這五人一定跟自己有著同樣的遭遇，問題在於，誰換進了誰的身體裡？

「痛……」

忽然響起鈍重的撞擊聲，同時賈吉輕聲哀號。

怎麼回事？利瑟爾他們回過頭，看見賈吉捂著額頭，大概是撞到了大門的門楣。伊雷文「啊」了一聲，抱歉地縮起肩膀。賈吉按著撞到的地方，很自然地咂舌說：

「你居然會撞到這裡啊……」

「是、是的……對不起……」

周遭的冒險者忍不住多看伊雷文一眼。

畫面太過衝擊，他們一時間無法消化事實。應該是看錯了吧，公會中瀰漫著一股奇妙的氣氛。

打破這僵局的，是從公會內部慌慌張張跑出來的公會職員。忙於處理各種問題的他一看見史塔德，立刻衝了過來，彷彿在說「怎麼可以讓你一個人在旁邊納涼」。職員沒注意到支配全場的微妙氣氛，大剌剌地跑到了利瑟爾他們身邊。

「嘿，史塔……呃……是史塔德吧？」

職員打量著史塔德的臉色這麼問，因為一見到今早的史塔德就大喊「變成不良少年了！」的人就是他。

「是的。」

史塔德站在利瑟爾身邊，面無表情地回答。

玻璃珠一般漠無感情的眼睛，說話聲調缺乏抑揚頓挫，就像一點漣漪也沒有的平靜湖面。換言之，是平常的史塔德。職員「咦」地眨了眨眼睛，同時冒險者們也「喔」地睜大眼睛，所有人都相信史塔德沒受到迷宮品影響，這時候……

「騙你們的啦！」

史塔德露出得逞的輕佻笑容，所有人慘遭擊沉。

「請不要拿別人的身體開玩笑好嗎真不愉快。」劫爾說。

「（是一刀啊～～）」

「（一刀用敬語真不適合……）」

「（下手不留情的一刀，我們豈不是只有死路一條……）」

面對詭異到極點的情景，冒險者們在內心痛苦地扭來扭去。

「別做這麼惡劣的事。」

「（這是一刀嗎，身體是誰？）」

「（又高又嚇人，好恐怖啊。）」

「（那個小哥居然變成這樣……）」

強烈的衝擊一波接一波，冒險者們的情緒也跟著風中凌亂。

既然如此……他們戰戰兢兢地看向利瑟爾。眼前這高潔又穩重的男人，到底跟誰交換了呢？是誰換進了他的身體？視答案而定，他們可能無法冷靜——早就一點也不冷靜的他們莫名期待地這麼想，也可以說他們歷經這麼多風波，反而開始樂在其中了。

在他們心目中，早已不存在利瑟爾沒被交換的可能性，剛才一瞬間期待史塔德維持原樣卻遭到背叛的事實太過沉重，雖說實際上背叛他們的是伊雷文，但這暫且不管。彷彿在整座公會大廳的氣氛促使之下，站在利瑟爾他們面前的公會職員下定決心，開口問：

「呃，那個，利瑟爾老兄的身體裡是……？」
「你說我嗎？」
這微笑的模樣，越看越像平常的利瑟爾。
事實上就是平常的利瑟爾，但職員無從得知，反而露出戒備的神情，也可以說他被公會裡「怎麼可能沒被掉包」的氣氛牽著鼻子走了。
他神色險峻地觀察利瑟爾。這一點也不像冒險者的舉手投足，還有高貴的氣質，光是跟他面對面就讓人忍不住恭敬起來。柔和的微笑彷彿一種賞賜，除了利瑟爾以外真的有人能表現出這些嗎？不可能。那麼這到底是誰？
既然一同來到公會的成員不同，那麼取得了利瑟爾的身體，又據為己有、偽裝身分的人是——
「你這傢伙到底是誰!!」
「你哪來的狗膽這樣跟我們隊長講話？」
「啊，原來利瑟爾老兄沒被掉包，不好意思……」
職員被史塔德一把抓住臉，立刻表示服從。
「聽說還有其他人沒被交換？」
「確實是有幾個人，不過看起來是隨機的啦。」
職員被抓著臉，仍然巧妙地動著嘴巴回答。利瑟爾一邊勸史塔德放開手，一邊點點頭，看來是否受到影響真的只看運氣。他也想體驗看看交換身體的感覺，不過如果是完全隨機、由迷宮決定，那就沒辦法了。

「找到解決辦法了嗎？」

「沒有耶，完全沒有頭緒。那個造成問題的迷宮品也隔離起來啦，但大家都沒變回來。」

「這樣呀……可以讓賈吉看看嗎？」

「喔，賈吉老兄啊！當然好哇，這邊請這邊請。」

公會方面也知道賈吉是技術精湛的鑑定士，自然不會拒絕。利瑟爾回頭看向伊雷文，後者略顯驚訝地眨著眼睛，點了點頭，受人信賴的喜悅使他露出靦腆的笑容。

下一秒，彷彿觸犯了什麼禁忌似的，見到這一幕的所有人頓時臉色刷白，紛紛甩頭懷疑自己看錯了，並且不著痕跡地別開視線，假裝沒看見。這太慘烈了——或許所有人內心都這麼想。

「……我說你喔。」

這種心情很能理解，劫爾等人發自內心表示贊同，只有史塔德在一旁顏面抽搐：

「不要拿我的臉擺出奇怪的表情啦。」

「咦，哪裡奇怪……」

「就是這種表情。」

「可是我只是……」

「都跟你說不要再擺了。」

眼看伊雷文為難地垂下眉毛，史塔德的語氣也越來越差。類似對話重複了幾次，兩人幾乎快吵起來，就在利瑟爾打算出言制止的時候……

「伊雷文自己的表情，還不是跟史塔德完全不一樣……！」
「這有什麼好哭啊，煩死啦。」
聽見史塔德煩躁地怒聲這麼說，伊雷文一臉無法接受地閉上嘴。
平常他的個性怯懦，但一舉手、一投足都被人指指點點實在太莫名其妙了，因此他難以忍氣吞聲，絞盡腦汁想辦法反駁。和利瑟爾在一起的時候，他有時會下意識表現得更強硬一點。
就在伊雷文眼眶泛淚地開口想要回嘴的時候，史塔德嫌他太纏人，終於生氣了。史塔德不悅地挑起一邊眉毛，撇著嘴嘲諷地嗤笑道：
「你再吵，我就叫大哥讓你處男畢——」
「嗚哇啊啊啊啊——！」
伊雷文放聲大叫，整張臉脹得通紅。這音量使得史塔德皺起臉來，不過還是從鼻子哼笑了一聲。
賈吉無奈地嘆了口氣，劫爾則帶著像「絕對零度」的稱號一樣冰冷的眼神塞住利瑟爾的耳朵。至於利瑟爾，儘管被塞住耳朵，卻因為劫爾用力過輕而全都聽見了。
「嗄？你還真的是……？」
「咦、呃……」
「大哥？」
「我哪知道，不過尺寸倒是滿傲人的？」
「劫、劫爾大哥……！」

伊雷文嘴巴一張一闔，眼神絕望，來回看著隨口回應的賈吉和耳朵被塞住的利瑟爾。對他而言，利瑟爾沒有聽見是唯一的救贖；與其說他不希望利瑟爾知道，倒不如說這不是該讓利瑟爾聽到的話題，他不希望這種話傳入利瑟爾耳中。也可以說，因為他知道利瑟爾無論作何反應自己都會受到打擊，所以才啟動了這種防衛本能。

「史塔德？」

利瑟爾隱約察覺了賈吉的想法，不著痕跡地裝作沒聽見。他喊了史塔德一聲，問他怎麼了，劫爾蓋住他耳朵的手掌更用力了些。看來史塔德也一樣不想讓他聽見。

任誰都有那樣的時期，無論真相如何，也不必那麼害羞吧——雖然利瑟爾這麼想，不過這種事情在公眾面前被拿來當成話題，確實無法接受。可是為什麼只有自己的耳朵被捂住了？此刻周遭也紛紛向他投來尷尬的目光，他百思不得其解。利瑟爾在內心偏了偏頭，請劫爾放開手。

「這個嘛，所以說……」

「沒事！！」

「好的，那我就不放在心上了。」

聽見伊雷文臉色慘白，激動地這麼說，利瑟爾面帶微笑表示他不會再提，順便保證自己什麼也沒聽見。世上有種東西叫善意的謊言。

什麼事也沒發生似的，利瑟爾敦促伊雷文跟職員去看看迷宮品。伊雷文被職員帶著走向公會內部，背影瀰漫著愁雲慘霧。他身為男人的自尊還好嗎？在擔心之餘，利瑟爾聽見一旁的賈吉和史塔德還在拿剛才那件事開玩笑，於是露出苦笑說：

「別這樣鬧他了。」
「下流至極。」
劫爾惡狠狠地補刀。
「（他們也太精采了吧……）」
看見利瑟爾他們熱鬧的互動，基本上只是粗魯人換到另一個粗魯人身體裡的周遭冒險者們深有感慨地道出了這樣的感想。

後來，披著伊雷文皮的賈吉鑑定過那件迷宮品，得出了「睡一覺之後很可能恢復正常」的結論，而且靈魂互換的人們必須同時保持睡眠狀態才行。昨晚也是在睡眠中交換的，這解決方式確實合理，公會裡的冒險者們紛紛碎唸著「這種時間哪睡得著啊」，不一會兒就各自離開了。
現在，利瑟爾他們也五個人一起回到了旅店，各自拿來自己的枕頭。
「打通鋪喔？」
「所有人都睡在一起比較好嗎？」利瑟爾問。
「沒有，這應該沒什麼影響……」
「不過可以確認所有人都睡著了比較確實吧。」
「你們快睡。」
結果，他們把劫爾房間的床搬進利瑟爾的房間，把兩張床併在一起，大家隨便睡。利瑟爾沒被換到別人的身體裡，沒必要跟他們一起睡，不過由於某人「隊長不一起睡就沒意義啦」的謎之意見受到所有人贊同，利瑟爾儘管心想「這樣床不就更擠了嗎」，還是和他們一起睡下。

不用說，等到睡醒之後，所有人都順利恢復了正常。

148

那天，冒險者公會來了幾位稀客。

這是天空染上茜色的時間，公會裡聚集著早早結束委託、不再戀戰的冒險者們，所有人都看著那三人組，有人稀罕、有人被逗樂了，也有人帶著驚訝的神情。在他們視線另一端，是三個稚氣未脫的孩子，由一名看起來相當生氣的女孩帶頭，走在她後面的兩名男孩好奇地東張西望，毫不膽怯地穿過公會大廳。

「啊！」

女孩一改原本氣鼓鼓的神情，臉上忽然綻開了笑容。

眼見女孩帶著花朵綻放般的笑靨，看著公會櫃檯，所有冒險者頓時領悟過來：這一定是哪個職員的小孩或妹妹吧，集中在孩子們身上的視線於是紛紛轉開。女孩翻動著裙襬，朝櫃檯跑了過去，兩隻小手往空著的櫃檯窗口一撐，踮起腳尖努力探出身體：

「哥哥！」

而女孩帶著這可愛笑容呼喚的人是……

「「（絕對零度————?!?!）」」

面無表情的路過職員低頭看著小女孩。

冒險者們散開的視線，瞬間又重新聚集過來。不只是冒險者，在場的所有公會職員都錯愕地看著這一幕，坐在史塔德隔壁的年輕職員還嚇得跌下椅子。

在所有人的注目之下，史塔德面對女孩滿面的笑容，果然沒有任何反應，該說不意外嗎？踮著腳尖的女孩愣愣地眨眨眼睛，腳跟踩回地面。

「我是那個，在貴族大人的旅店……」

「我知道。」

對方的語調一點也不親切，女孩臉上的表情卻亮了起來。

周遭眾人大大地鬆了一口氣，因為女孩提到了利瑟爾。既然兩人透過利瑟爾認識，那至少見過一、兩次面吧……不對，即使是透過利瑟爾，這組合還是很令人疑惑，畢竟誰也不覺得史塔德有辦法和小孩子相處。

「那個、所以說，我想要委託……」

「我知道了。請問是第一次向冒險者提出委託嗎？」

「嗯！」

「那麼由我來說明。」

「等一下等一下等一下。」

小孩子要對冒險者提出委託？

事情到底是怎麼變成這樣的？就在周遭眾人還目瞪口呆的時候，史塔德已經把女孩當作委託人接待，完全不覺得有任何問題，公事公辦的對話和他面對成年人的時候一模一樣。趺在地上的職員趕緊打斷史塔德，他把手放在史塔德的椅子上，壓低聲音說：

「把小孩子說的話當真不好吧?!」

「公會規章裡面並沒有委託人年齡限制的條目。」

「話不是這樣說，小朋友只是在玩嘛，你就隨便敷衍一下……」

就算壓低了聲音，職員說的話還是清楚傳入了孩子們耳中。

男孩女孩們狐疑的眼光頓時射向職員。

「貴族大人說，如果有人在人家認真的時候糊弄他，那個人就是壞人。」

「他是壞人。」

「糟糕的壞人。」

「對不起我不應該活在這個世界上……」

失去小孩的信任，為什麼如此讓人心酸呢？

職員一臉隨時都要死掉的表情退了下去，反而是面對孩童仍然不改應對態度的史塔德，在孩子們心中的好感度迅速上升。雖然實際上比較為他們著想的是那位退後的職員，不過小孩子是很現實的。

可以繼續說下去了吧？史塔德對於這一連串事態發展不怎麼關心，自顧自開口：

「我是今天為各位說明本公會委託機制的史塔德，請多指教。」

「請多指教！」

「「請多指教——！」」

孩子們很有禮貌地打招呼，有小孩的公會職員都讚許地點頭，忍不住露出微笑。

要不是站在他們面前的是冷淡又面無表情的職員，還以為這是小朋友快樂的冒險者公會參觀教學呢。這景象真詭異，但冒險者們也只能袖手旁觀。

「冒險者公會的主要業務，是為委託人和冒險者進行委託的仲介。」

「仲介……？」
「也就是居中牽線。」
「牽線……？」
史塔德轉向隔壁位子上愁雲慘霧的職員。
「『大家告訴公會說自己有什麼事情需要幫忙，我們就會代替大家，去找擅長這些事情的人幫忙喲。』」
心情再怎麼低落，被人目不轉睛地凝視，他還是會注意到的。職員抬起臉來，領會了史塔德的意思，於是比手畫腳地替他翻譯。孩子們終於聽懂了，一臉佩服地乖乖點頭。
不過他們天真的目光立刻轉回到史塔德身上，可見孩子們對職員的信任度依然很低。
「申請委託必須繳交委託費用，費用視委託階級而定。」
「階級我知道！從A到F！」
「最高是S階。」
「為什麼？」
為什麼？沒想到小朋友會這麼問。
一直以來視之為理所當然的冒險者們，一邊在內心表示贊同，一邊看向史塔德尋求解釋，隔壁的職員也一起看向了史塔德。史塔德忘記眨眼似地淡然俯視著孩子們，態度和平常一模一樣；這個人對著小朋友發出哄小孩的聲音反而更難以想像，所以這副樣子反而給人一種安心感。
史塔德完全不理會周遭的反應，繼續解釋下去：

「公會剛設立的時候，階級確實只分成A到F。不過後來出現了實力超出A階範疇的冒險者，因此公會把A階當中只有他們能夠達成的高難度委託獨立出來，設立了S階。」

「『反正很難的委託也只有很厲害的人才能接，所以公會就另外設了一個很厲害的階級。』」

翻譯大活躍。

「一樣算成A階的委託不可以嗎？」

「提出S階委託的委託人當中，有許多人經濟條件相當優渥，因此特別獨立出一個階級可以提高委託費用，增加公會收益……」

「『這是大人的事情，小孩子不懂!!』」

「大人動不動就這樣講。」

大活躍的翻譯再度慘遭擊沉。

周遭眾人聽了恍然大悟。眾所周知，S階的委託費用高得不像話，雖然冒險者們沒有特別留意過這方面的事情，但考量到委託人的客群，一定是想盡可能多榨出點油水吧。

也不是沒有遇過手頭不太寬裕的委託人，提出緊急S階委託的案例，不過相當少見，在過去數十年間的紀錄當中翻找，頂多也只找得到一件。碰到這種情況，公會會私底下與冒險者協商，降低委託階級，以指名委託這種類似作弊的方式辦理，不過這可是極機密情報。

「委託階級會隨著委託內容有所不同。」

「……『你們想提出什麼樣的委託呢？』」

孩子們看也不看奄奄一息的翻譯員一眼，彼此面面相覷。

女孩鼓足幹勁似地豎起了眉毛，她環起雙臂，抬頭挺胸地站著，深吸一口氣，說：

「我們要發起戰爭!!」

所有人不禁多看了女孩一眼。

「有自信的軍師在此報上名來！」

「軍、軍師？……軍師？？」

「我們要對隔壁學舍的那些傢伙復仇！」

「復仇?!」

不愧是和利瑟爾有關係的孩子，周遭眾人望向遙遠的虛空，感到見怪不怪，不過這解釋未免太傷人了。

這些危險的字眼從稚嫩的男孩女孩口中說出來實在太過衝突，職員面部抽搐，再也不敢說他們只是在鬧著玩。剛才令人心痛的懷疑眼光自不必說，最重要的是女孩的怒火太過猛烈，他看了很害怕啊。

「本公會不接受雇用冒險者進行暴力行為。」

在這情況下，史塔德淡然地往下說。

「才不是暴力！」

「能請各位說明具體的委託內容嗎？」

「我們要把那些傢伙從頭到腳弄得都是泥巴，讓他們被媽媽臭罵到哭！」

「把他們身上的衣服弄髒到再也不能穿！」

「鞋子也要沾滿爛泥巴，洗三次也洗不乾淨！」

「好恐怖……最近的小女生好恐怖……」

那就傷腦筋了，而且爸媽真的會很生氣——後方有小孩的職員聽了垂下眉毛。尤其白色衣服真的很難洗，準備手洗的時候還會再暴怒一次吧。

面對鼓起臉頰談論復仇大計的女孩，坐在史塔德隔壁的職員戒慎恐懼地開口：

「呃……不過這種時候啊，帶著大人去打仗不是會被人家說卑鄙嗎……」

「女人也有不得不動手的時候！」

「而且貴族大人說，復仇的時候不要弄髒自己的手！」

「所以弄哭他們的任務就交給他們的媽媽了！」

公會大廳裡所有人的腦海中，浮現出利瑟爾面帶溫煦微笑揮手的模樣。

順帶一提，利瑟爾才沒告訴他們這麼兒童不宜的事情，只是在他們問「復仇是什麼意思？」的時候，教給他們一些無傷大雅的小知識而已。只不過這些屢次接受利瑟爾菁英教育的孩子們，以自己的方式加以消化，最後得出了正確的理解，前途無量啊。

「而且我們要找的是軍師，不算是暴力！」

「決戰的方法已經決定，也跟對方約好了！」

「想要找出絕對能贏過他們的戰略！」

總而言之，這些孩子想在某種決鬥當中，把對方打得體無完膚。聽他們提到「沾滿泥巴」，小時候都是頑童的冒險者們也猜得到決戰內容。感覺很有趣嘛，其中幾個人正準備自告奮勇……

「所以，請幫我們找一個像貴族大人那麼聰明的人！」

「那不就只有一個嗎?!」

所有人又把脖子縮了回去，而職員大聲吶喊。

說到底，隨便的冒險者就算跑來毛遂自薦，史塔德也不打算讓他們接下這個委託。可想而知，他們會跟小朋友一起興奮過頭，最後做出幼稚行為，鬧得一發不可收拾。現在主婦們對冒險者的評價已經不佳了，史塔德不可能允許他們做出讓公會風評更加惡化的愚蠢舉動。

史塔德淡然看著孩子們，達成委託人要求的方法只有一個。

「那麼提出指名委託如何呢？」

「指名？」

「一般來說，接取委託的冒險者是隨機的，不過只要提出指名委託，就可以指定特定的冒險者。至於要不要接取，則必須看冒險者的意願。」

「『可以選你們喜歡的冒險者喔。』」

男孩女孩的臉唰地亮了起來。

在場所有人不用問也知道，孩子們真正想找的冒險者，打從一開始就只有一位。

「我們想找貴族大人！」

「一貴族大人最好！」」

還真敢指名啊——聽見孩子們異口同聲說出的名號，眾人紛紛露出傻眼的笑容。

那可是在當今王都獲得了數量最多的指名委託，承接率卻最低的隊伍的隊長。從他們答應接下的委託，也看不出委託人或內容傾向等等的法則，只有他們「是否感興趣」才是唯一的標準。想找他們的委託人當中，不乏捧著大把金幣的富人，而這些孩子竟想和他們一樣提出指名委託。

「那麼請填寫這張單子。」

「啊，你們需要椅子吧？等我一下喔。」

「要三張！」

「好、好，三張。」

坐在隔壁的職員走到附近的桌邊，拖來三張椅子。孩子們原本踮著腳尖，湊過去看放在櫃檯上的委託單，這下開心地爬上椅子。這椅子對他們來說太高，坐著腳碰不到地，不過寫東西的話高度正好。

孩子們精神抖擻地說謝謝，職員一陣感動，不禁按住心臟，仰頭望天。自己不是沒用的壞人，不是被小孩子貼上「壞人」標籤的大人，還有救——他不斷這麼告訴自己。

順帶一提，對於職員可疑的舉動，史塔德只是不快地瞥了一眼。他壓根沒想過要替孩子們搬椅子過來，從頭到尾都坐在原位不動，無論從好的還是壞的方面來說，他都是個不會把小孩當小孩對待的男人。

「名字，然後是委託內容……」

女孩作為三人的代表，一欄一欄填寫委託單。

不愧是大國首都的小孩，旁觀的冒險者們佩服地想。在小村落裡，不使用文字也可以過完一輩子，因此不少人能閱讀，卻不太會寫字。甚至有人連閱讀都不太擅長，不過這對冒險者來說不是什麼大問題，所以誰也不在乎。

「指名的冒險者……」

史塔德目不轉睛地看著指名欄，上頭寫了大大的「貴族大人」幾個字。
不過，反正看得出找誰就好了，最後史塔德沒有多說什麼。這種指名方式也滿常見的。
「報酬……」
寫到這裡，女孩的手停了下來。
「大哥哥，報酬說的是錢嗎？」
「只是以金錢作為報酬最確實，所以許多人這麼做而已，並沒有硬性規定。隨著委託性質不同，也有委託人以物品或是委託物的幾成作為報酬，比較罕見的還有委託本身就等同於報酬的情況，例如試菜委託。」
「『付錢是最簡單的，不過拿其他東西當報酬也可以喲。』」
「指名委託的情況，只要冒險者願意接受即可，因此報酬的自由度相當高。」
「『你們覺得貴族大人會喜歡什麼呢？』」
「嗯……」孩子們苦惱了一會兒，開始交頭接耳地討論起來。史塔德沉默地看著他們。
小朋友的悄悄話他全都聽見了，拜此所賜，史塔德也能進行一定程度的試算。如果以貨幣支付，孩子們的委託內容應該付多少錢？一般的戰術指導，階級通常在D階以上，傳入他耳中的預算金額並不足以支付委託費用。
這樣的話，只要照平常一樣拒絕就好。史塔德下了這個結論，忽然察覺什麼似地抬起臉。在辦理手續途中，他鮮少把視線從客人身上移開。
「貴族大人會想要什麼呢？」
「錢之類的一定不行吧。」

「每天幫他吃剩下的飯可不可以？」

原來他平常還讓人幫他吃飯啊，周遭的冒險者也和史塔德看向同一個方向。

小聲咬耳朵的三個小朋友頭頂上，落下了一道影子。女孩和男孩們還來不及抬頭往正上方看，一隻手臂從背後伸來，抽走了他們三人傷透腦筋的那張委託單。「啊！」孩子們的目光追著那張單子看去，看見一道溫柔微笑。

「感謝你們的指名。」

「貴族大人！」

「「是貴族大人！」」

椅子上的孩子們把整個身體都轉了過來，利瑟爾朝著他們燦然一笑。

他垂下視線看向委託單，兩側的劫爾和伊雷文也湊過來看。

「委託是【幫我們報仇】。」

「內容是『我們需要軍師！』」

「感覺超有趣的啦。」

「這不是很適合你嗎？」

一人揶揄地露出賊笑，一人看好戲似地哼笑一聲，利瑟爾也有趣地瞇起眼睛笑了。一把眼前的單子移開，就看見三張稚嫩的臉龐正抬頭望著自己。看他們閃閃發亮的眼神，想必相當信任自己能夠完美達成這項委託。

利瑟爾思索著瞥了史塔德一眼，視線轉回期待地看著他的孩子們身上。

「你們報仇的動機是什麼呢？」

「動機？」

「原因、理由，事情是怎麼開始的？」

「理由！」

兩個男孩迅速回頭看向女孩。

他們三人是在同一間學舍上課的朋友。一般來說，學舍指的是小朋友幾天去一次，跟附近的老師學習讀寫、計算的地方，每間學舍在細部有所差異，不過大致上都差不多，而女孩他們念書的學舍也不例外。類似的學舍，在王都各個角落都有。

「昨天呀，在外面玩耍的時候，隔壁的小孩拿泥巴球丟我……」

女孩氣憤地說了起來。

隔壁的小孩，指的應該是隔壁地區學舍的孩子吧。孩子們剛才說「想讓對方從頭到腳沾滿泥巴」，看女孩憤慨的神情，再加上昨天雨剛停，地面非常泥濘——周遭眾人大致猜到了事情始末。

「我的衣服，媽媽買給我的那件白色洋裝！我特別愛惜，明明才第一次穿！就被丟得都是泥巴！」

什麼嘛，原來是這樣。冒險者們正打算做出不以為意的回應……

「這真是罪該萬死。」

「不可原諒。」

「妳完全有權利復仇！」

「要是對方還惱羞說什麼『大不了賠妳不就好了』，那簡直是活該掐掉他×××的等級！」

公會裡的女性冒險者和女性職員板起面孔，異口同聲地表示贊同。

冒險者們神情呆滯地喃喃說「妳們認真？」剛才正想說「那妳叫他賠不就好了」的伊雷文也默默閉嘴。原來不是錢的問題啊，男人們深自警惕地把這件事記在心上。

「居然弄髒女生的衣服，那些男生真過分呢。」

利瑟爾從容不迫地表示贊同。

女孩鼓著臉頰，點頭如搗蒜，平常就和那間學舍爭搶遊戲場地的男孩們也七嘴八舌地吵著說要報仇。孩子們的戰意完全不見衰減。

「你們有沒有帶委託費用來呀？」

「零用錢！」

「『剩下的零用錢！』」

「那麼，請你們三位各自把一半的零用錢交給這位大哥哥。」

孩子們各把緊緊握在手裡的一枚銅幣放在史塔德面前。

史塔德抬頭看向站在孩子們後方的利瑟爾。雖然委託階級尚未確定，但這金額作為委託費用肯定不夠，應該退回嗎？窺探般的視線另一端，他看見利瑟爾悄悄在嘴唇前方豎起一根指頭，於是閉上嘴，低頭看向擺在櫃檯上的銅幣。

同一時間，劫爾跑去辦委託結案手續了，這表示他雖然覺得有趣，但沒有參與這件事的意願。

「大哥哥，麻煩你了。」

「『麻煩你了！』」

「……好的，你的委託已經受理。」

隔壁職員比手勢示意他「總之先收下來」，史塔德於是收下了櫃檯上的銅幣。他不知該拿這些錢怎麼辦，只好握在手裡，把拳頭擱在大腿上。

確認史塔德收下了銅幣，利瑟爾再次把委託單放在孩子們面前，指尖輕敲了敲仍然空白的報酬欄位。孩子們湊過來看著單子，利瑟爾低頭看著他們的髮旋，微笑道：

「你們要給我什麼報酬呢？」

孩子們偏著頭仰望利瑟爾，可是利瑟爾也一樣緩緩偏了偏頭，似乎不願意告訴他們答案。小朋友們苦惱地抱頭苦思：

「幫你吃飯，可以嗎？」

「和平常一樣，就太無趣了。」

「給你錢呢？」

「要是拿你們的錢，我會被你們的母親罵喲。」

利瑟爾搖頭這麼說，看起來樂在其中。這老師好嚴格啊，周遭眾人看了心想。

公會大廳開始迎來擁擠的時段，現在也有幾組冒險者走了進來，卻沒有人打算離開。原本就待在公會的人和剛進來的人們之間，頻繁出現「這是在做什麼啊？」、「好像很有趣！」的對話。平常會大聲說「這裡可不是小孩子的遊樂場」的冒險者，也好奇地看著這一幕，想知道事情會如何發展。

「這位大哥哥或許可以給你們線索哦。」

「我？」

「你在這方面很有心得吧？」

利瑟爾忽然把話題拋向伊雷文。

伊雷文意外地看向利瑟爾，又低頭看了看那些小朋友。他並不喜歡小孩，甚至算是討厭了，可是眼前這些孩童在利瑟爾的庇護之下，他可不能拒絕。最重要的是，為了復仇不惜付出金錢、為達目的不擇手段的魄力，這一次給難以捉摸的伊雷文留下了非常好的印象。

也是因為這樣，利瑟爾才會把這話題拋給他。

「嗯，可以是可以啦。」

「謝謝大哥哥！」

伊雷文以指尖撥開自己身後晃動的長髮。老實說，他自己還比較想知道有什麼籌碼能拿來跟利瑟爾交涉呢。他心裡有幾個候選選項，不過自己想用的時候沒得用就傷腦筋了，先不論那些籌碼能不能告訴小孩子，王牌還是珍惜使用為上。

孩子們當然無從得知他這些利己的想法，乖巧地準備聆聽伊雷文的指導。

「最穩的就是書啦。」

「書……」

「不知道貴族大人喜歡什麼書……」

「哎呀，我也不覺得你們有辦法找到適合的書啦。」

眾人紛紛投來「那為什麼還提這個」的目光，伊雷文胸有成竹地笑了。

「你們能準備的報酬，大概就只有情報了吧？」

「情報？」

「就是我們隊長不知道，但是很可能有興趣的消息啊。」

孩子們面面相覷，緊接著開起了不知第幾次的祕密作戰會議。

好吃的點心店、祕密通道、埋在地底下的寶物、會開出漂亮花朵的樹木、鬍子超濃密的大叔。利瑟爾假裝沒聽見他們接連說出的候選情報，但老實說還真有點好奇。不能小看小孩子啊，他佩服地想。

「這時候就要拿出一直保密的那個！」

「那個嗎……」

「那個一定夠厲害！」

看來他們取得了共識。

好了，這「一定夠厲害」的情報是什麼呢？利瑟爾看向數著「一、二、三」，準備一起說出答案的孩子們。

「一百隻貓貓窩!!」

好想看啊。

「嗯，報酬就這麼決定了，請寫在單子上吧。」

「好——！」

孩子們為了交涉成功開心得不得了，眉飛色舞地動手填寫委託單。

這麼一來，所有項目都填滿了，接下來公會只要登錄這張單子，再把委託轉給利瑟爾他們就好。可是總不能真的這麼做吧，史塔德看向利瑟爾，在他的注視之下，利瑟爾露出惡作劇般的微笑，從孩子們手中接過單子。

「這樣委託就成立了。」

利瑟爾用略顯肅穆的語氣說完，把手中的委託單展示在孩子們面前。

他的指尖往紙張中央輕敲一下，整張委託單頓時燃起搖曳的碧綠火舌，在孩子們的驚嘆聲中撒下閃閃發亮的光粉，砰地燒個精光。孩子們和周遭的冒險者們不約而同爆出歡呼聲。

利瑟爾雖然以對等的態度與孩子們互動，但他同時也不會疏於顧慮對方的年齡，總不能真的讓他們在冒險者公會掛委託吧？想想也很合理，周遭旁觀的群眾投來認同的目光。

「那就請多多指教了，委託人。」

「請多指教！」

「「請多指教——！」」

利瑟爾一手擺在胸前這麼說，孩子們也從椅子上跳了下來，精神飽滿地回答。

「那我們來開作戰會議吧，到那邊的桌子怎麼樣？」

「好——」

孩子們勤快地抬起剛才自己坐的椅子，往桌邊搬過去。

利瑟爾面帶微笑目送他們離開，同時不著痕跡地從史塔德手中收回了孩子們繳交的委託費用。這些錢他不能收下，也不能直接返還給孩子們。假如退還給家長，那肯定會害孩子們挨罵；或許這才是正確的應對方式，但身為冒險者，應該要替委託人守密才是。這一次不妨稍微勸他們兩句就好，成為孩子的共犯吧，利瑟爾輕笑。

拿這些委託費用買些小點心，下一次他們來找利瑟爾指導功課的時候，就請女主人端出來也不錯。利瑟爾邊想邊將銅幣收進腰包，這時孩子們前腳剛走，劫爾正好也辦完結案手續，手中把玩著收到的報酬回來了。利瑟爾迎向他。

「接下來伊雷文有什麼打算？」

「留下來看戲囉，感覺很有趣嘛。」

「那劫爾呢？」

「我要回去了。」

劫爾把報酬平均分成三等份，交給利瑟爾和伊雷文，接著一如他所說地颯爽離開了公會。和伊雷文一樣，他也不喜歡小孩。有劫爾在場，孩子們也會比較畏縮，除非劫爾自己想要跟孩子們打好關係，否則利瑟爾也不打算替他們搭橋，因此並未多加挽留，很乾脆地目送劫爾離開。

「大哥也很忠於自我啊……」

「劫爾總是很積極避開麻煩事呀。」

「他最怕麻煩啦。」

伊雷文邊說邊和利瑟爾一同走向桌子，三個小朋友已經晃著懸空的雙腳在等待他們了。孩子們坐立難安地環顧周遭，不時往這邊偷瞄，看來他們來到平時沒有機會踏入的冒險者公會，也不是完全不會緊張，利瑟爾苦笑著想。小朋友們不知為何全坐在圓桌的同一側，利瑟爾和伊雷文於是在他們對面坐下。

「那麼身為各位的軍師，請讓我聽聽詳細情況吧。」

利瑟爾微笑道。孩子們一聽，立刻把背脊挺得筆直。

教得真好啊，伊雷文靠在桌邊，撐著臉頰這麼想。無論利瑟爾有沒有那個意思，孩子們一定都會被他帶成這樣吧。回想起來，利瑟爾還擔任過王族的導師，市井的孩子們能接受這種教育還真奢侈。

「決戰是什麼時候呢？」

「明天學舍放學後！」

「方法是？」

「丟泥巴！」

「那麼，你們的目標呢？」

「丟得他們全身都是泥巴，把他們弄哭！」

「最好被媽媽罵死！」

稚嫩的聲音答得迅速，利瑟爾思索著點點頭。

孩子們的目標應該是完美獲勝吧。看女孩臉上的表情，就知道她沒想過除此之外的結果，感受得到她蹂躪對手的強烈意志，眼神對於成功的可能性毫不懷疑。這委託人相當嚴格呢，利瑟爾露出苦笑，一邊思考該怎麼辦一邊開口。

「如果要在我方完全不弄髒身體的情況下，讓對方從頭到腳都沾滿泥巴，那是很簡單的。」

「真的嗎?!」

女孩露出滿面的笑容，笑臉純真又可愛。

但周遭知道她露出笑容的原因，實在感受不到半點暖意，毫不掩飾的敵意反而更恐怖。

「伊雷文，假如是你的話會怎麼做呢？」

「把他們的手腳綁起來，丟進泥巴池裡，等到再也浮不起來……」

「伊雷文。」

「我開玩笑的啦！」

沒人叫你把他們連身體內部都填滿泥巴啊。

感覺自己即將遭受教育指導，伊雷文面部抽搐，重新提議：

「挖個地洞之類的讓他們跌進去，然後從上面倒泥水，感覺不錯吧？」

途中的教育指導使得孩子們納悶地偏著頭，不過聽到伊雷文這麼說，他們也恍然大悟地點頭。挖地洞雖然辛苦，不過設下陷阱之後對方自己會跌進去，只需要從上方丟泥巴，不必弄髒自己的衣服，感覺很輕鬆。

那就這麼辦吧，在孩子們正想出聲贊同的時候……

「這麼做確實很簡單。但是……」

利瑟爾忽然插嘴。

「不可以嗎？」

「明明可以完美獲勝耶？」

「重點在於，你們心目中怎麼定義『完美獲勝』。」

什麼意思？孩子們納悶地看著利瑟爾。

一旁的公會職員和冒險者們也紛紛看向他，這已經不是在偷聽，而是在參觀了。

「挖個地洞讓他們掉下去，把泥巴水淋到他們身上，站在洞口往下看著他們，你們會有什麼感想？」

短暫的沉默。

「他們應該已經哭出來了吧……」

「『感覺好可憐。』」

「是呀。」

利瑟爾鬆了一口氣似地笑著說道，幸好孩子們沒有給出「大快人心」之類的答案。

伊雷文恐怕是全場唯一能夠笑看這一幕的人，此刻他索然無味地瞥了孩子們一眼。他沒有虐童的興趣，可能只是覺得無趣吧。

「聽好囉，你們絕對不可以搞錯自己的目的。」

「把他們弄哭？」

「不是吧？」

眼見孩子們疑惑地偏著頭，利瑟爾放慢語調說道：

「復仇只是一種手段喲，是你們在內心跟自己達成和解的辦法。」

「和解……」

「就是接受這個結果、轉換心情，讓自己的內心平穩下來。」

「知道了！」

「目的是和自己和解！」

「沒錯，否則復仇就沒有意義了。」

正因如此，使出讓自己產生罪惡感的方法報仇是行不通的。

孩子們立刻懂了他的意思。這些小朋友的理解力很強呢，利瑟爾也點點頭。或許只是囫圇吞棗，不過現階段這樣就足夠了。不得不理解這些事情的時刻，最好還是不要到來。

「所以，你們必須要好好明白一件事。」

聽見利瑟爾帶著溫柔的微笑如此忠告，孩子們眨眨眼睛。

「即使只有這一個方法，即使所有人都肯定說復仇是你們應有的權力，唯有自己絕對不能把復仇這件事正當化，不能把訴諸武力的手段當作正義。」

「……就是不可以復仇的意思嗎？」

「不是不可以喲，只是提醒你們不要誤會而已。」

利瑟爾這麼說，目的也不是為了讓孩子們全盤理解。

小朋友們趴在桌上，紛紛說著「好難懂、好難懂」，利瑟爾看了不禁失笑，這道理也沒有那麼艱深吧。說起來很簡單，也就是「動用暴力不是好事」這種老生常談的道德觀念而已。這麼說只是要提醒孩子們，絕不可以在事後一次又一次尋找藉口，習以為常地正當化自己的暴力行為。

因為沒有什麼比錯誤的正義感，更容易受到他人的利用了。雖然孩子們之間的爭執不必忠告到這個地步，不過把這個觀念放在心上，總有一天會派上用場，因此利瑟爾還是姑且一提。

「不過那種人很好利用欸，該怎麼說咧，就是很有正義感的那種。自己就會橫衝直撞，把身邊的人都拖下水，然後自我毀滅，還不用我動手滅口。」

畢竟身邊就有這樣的人，先告誡孩子們一句也不吃虧。

周遭眾人紛紛投來「這段對話的境界好高啊」的視線，這時女孩忽然開了口。

「貴族大人，你討厭復仇嗎？」

「不討厭喲。畢竟這個仇不報，你們也不甘心吧？」

「不甘心。」

「一定要弄哭他們。」

「你們都做好覺悟了吧？」

「做好了！」

「放馬過來！」

既然如此，接受了委託的利瑟爾只要盡全力幫助他們就好。

他本來就無意質疑復仇的對錯，倒不如說，利瑟爾反而還屬於「若有必要報仇，那也是沒辦法的事」那一派。那就快點展開作戰會議吧，看孩子們戰意高昂、幹勁滿滿，他翻找著腰包，說：

「最重要的是不讓對方懷恨在心。」

利瑟爾從腰包裡拿出幾張紙和三枝筆，擺在桌上。孩子們雙眼閃閃發亮，把整個身體探過來看，只差沒從椅子上站起來。

「懷恨……？」

「就是怨恨對方的心情，也就和你們對於他們的憤怒是一樣的。」

「意思是說，他們也會找我們報仇？」

「這麼一來就沒完沒了了，對吧？」

聽見利瑟爾這麼說，孩子們「嗯、嗯」地點頭。
現在正受到復仇情緒驅使的他們，一定很能理解這種感覺。
「所以你們要堂堂正正地決戰，而且必須完美獲勝。」
「贏得太絕對，不會反過來被對方糾纏喔？」伊雷文說。
「說得也是呢。嗯……」
利瑟爾邊想邊把紙筆一一遞給孩子們。
這沒什麼特別的用意，只是營造作戰會議的氣氛而已。男孩女孩們迫不及待地拿起筆，興奮地在紙上寫上「戰略」的字樣，看來效果相當成功。
「這時候需要的，就是決勝台詞了。」
「嗄？」
聽見利瑟爾認真地喃喃這麼說，眾人紛紛投來納悶的視線。
「取得完美勝利，然後對他們說出決勝台詞。讓對方不得不承認自己敗在你們手下，非常帥氣的決勝台詞。」
以些微差距險勝就沒有意義了，必須取得壓倒性勝利，才有資格說出決勝台詞。
大部分公會職員和女性冒險者都不太理解，不過多數男性冒險者都深深點頭表示認同。在這種情況下確實不得不認輸，比起憎恨，反而會先挑起嚮往的心情吧，他們甚至想這麼說。最好的證據就是，孩子們也非常興奮地大表贊成。
「至於決勝台詞的內容，就交給你們決定了。這是最重要的戰略哦。」
「「好——！」」

「我們要想出最帥的台詞！」

希望有地圖可以參考、陷阱應該怎麼布置……利瑟爾他們開始展開討論。

職員們旁觀著這一幕，不禁擔心起公會的風評，眨著眼睛心想「好正式的作戰策略啊，這樣沒問題嗎？」至於男性冒險者們，則在腦海中認真思考帥氣的決勝台詞。人數稀少的女性冒險者低頭看著自己健壯的雙腿，對於飄揚的裙襬心神嚮往，「我們已經不適合穿裙子了啊……」

男孩們不甘心地咬著牙，瞪視著站在眼前的女孩。不久前被他們丟得都是泥巴的那件白色洋裝，在風中翻動著純白的下襬，在他們腦海中烙下深刻印象。

戰況糟糕透頂，男孩們的衣服沾滿泥巴，一咬緊牙關就能嚼到砂土，甩甩頭就有沙子從頭髮上掉下來，鞋子裡的泥巴也黏得他們腳底很不舒服。他們手上已經沒有泥彈，被逼進公園的這個角落，才發現這裡的地面是完全乾燥的硬土，補給的希望渺茫。

原以為自己正在把對方逼進絕境，不知不覺間卻反過來被逼到了死角。對方天衣無縫的配合值得讚賞，他們被那些A作戰、B作戰玩弄於股掌之間，老實說真的好帥啊，陣形之類的對答口號也很帥氣。

「這下就結束了。」

女孩銀鈴般的嗓音響起，同時舉起手中的泥巴球。

男孩們抬起手臂護住臉，緊緊閉上眼睛，但預期的衝擊遲遲不來。他們戰戰兢兢地把眼睛睜開一條縫，看見女孩高舉的泥巴球停在原處，三對眼睛緊盯著這裡。

「只要你們認輸，最後這一發就放過你們。」

「可是如果你們要戰到最後，我們就認可這份覺悟，也一樣會打到最後！」

被逼進絕境的男孩們茫然地面面相覷。

不過，他們立刻勇敢地豎起眉毛。既然無論如何都是場敗仗，還不如戰到最後一刻。

「你們丟吧！」

男孩乾脆地說道。女孩率領著兩名舉起泥巴球的男孩，凜然露出微笑。

「看來等這場戰爭結束，我們可以做好朋友呢。」

緊接著，女孩那一方的攻擊狠狠擊中男孩們的腹部。

這場決戰以女孩那一方大獲全勝收場。

「他們說，那句台詞是『以貴族大人你們的形象去想出來的』……」

「我也不是不懂啦。」

「咦？」

在伊雷文帶領下來到祕密的觀戰位置，利瑟爾見證了這場決戰的勝負。

女孩帶著神清氣爽的表情，和渾身泥巴的男孩們和睦地交談，看來雙方順利和好了。男孩們臉上也是同樣暢快的神情，想到他們之後回家要被母親大罵一頓，讓人心情有點複雜。

結果，最大的受害者應該是想辦法處理衣服上那些爛泥巴的媽媽們吧。早先隱約察覺到的現實雖然殘酷，不過也沒辦法，誰教復仇總是難免犧牲呢──就當作這麼回事吧。

「那我們走吧，去看那個『一百隻貓貓窩』。」

「從這邊走的話——」

大晴天，夕陽西下的時間，滿足這些條件，再加上運氣夠好，就能看見一百隻貓咪趴在一起的「一百隻貓貓窩」。不知是什麼樣的情景呢，兩人邊聊邊在孩子們特有的、充滿密道、沒有像樣道路的路線上辛苦前進。

不過貓窩真的非常壯觀，利瑟爾和伊雷文都看得非常滿足。

149

劫爾和伊雷文的比試，大多在旅店的庭院，或是王都外面進行。

前者空間狹小，但對他們倆而言只是戰略有所不同，打起來沒什麼問題。當然，先決條件是不可以惹旅店的女主人生氣，不過這也無可奈何。至於後者，則常見於外出解委託的時候，用來打發時間。這時候偶爾會有其他人，大多是其他冒險者目擊到他們交手的現場，站在遠處旁觀。不過劫爾他們不在乎別人的目光，因此這跟他們一點關係也沒有。

兩人今天在旅店的後院比試。

「你就、沒有什麼、建議嗎？」

「如果你想要，我倒是可以說兩句。」

劫爾以大劍擋下伊雷文打橫揮來的一擊，再抓住他手腕，擋下直指死角的第二擊，順勢將他整個人拉近以便反擊，不過看見伊雷文雙腳往地面一蹬，劫爾立刻鬆手後退，往後一仰，帶著利刃的鞋尖掠過他眼前。

在那隻腳落回地面之前，擺動著紅髮正要著地的伊雷文身體都處在空中，也就代表他無法動彈。劫爾抓緊這破綻，毫不猶豫地揮出大劍。

「好險！」

劍刃相擊，發出高亢的聲響。

伊雷文雖然滯留半空，但並非完全動彈不得，他扭轉身體，舉劍抵住劫爾的大劍。最強冒險者的劍擊一旦揮出就無人能擋，伊雷文無法使他揮偏一絲一毫，卻嗤笑一聲，彷彿這一切都在算計之中。他以劫爾揮出的大劍為軸心旋轉身體，以趴伏姿勢著地。

一人俯視、一人仰望，兩人視線交錯的短短一瞬間，伊雷文已經完成了預備動作。藏在背後的手，因笑意而挑起的嘴唇——朝著察覺不對勁而微微皺眉的劫爾，伊雷文狠狠揮出手上的東西。

「得手啦！……啊……」

白色的東西砸在劫爾擋在眼前的手掌上，爛成一團。

一股強烈的甜香散發出來。被擋下了嗎？伊雷文失望地看向一旁。

「這也能被你擋住？我還以為你不擅長對付沒有殺氣的攻擊欸……」

伊雷文已經無心追擊。

以這個蹲在地面的姿勢，他擋不下也躲不開劫爾的劍擊。這次或許爭取到了一點空檔，但劫爾還是足以搶在他行動之前揮下大劍。這場比試到此為止了，伊雷文拿成功弄髒了劫爾那雙黑手套的成就感安慰自己，站起身來。

「這次活用了隊長的建議，可惜還是沒用啊……」

「……」

「哇靠，大哥臉超臭的啦。這要是塞進嘴裡，說不定我還真的能打贏——」

下一秒，伊雷文的臉遭到黏答答的手掌攻擊，忍不住慘叫。

「隊長你聽我說啦，大哥他……！……不在啊。」

在旅店借用過淋浴間之後，伊雷文立刻突襲利瑟爾的房間。

一察覺要找的人不在這裡，他臉上忿忿不平的表情立刻消失，激動的語氣也無影無蹤。既然無法如願獲得利瑟爾的安慰，那大吵大鬧也沒有意義。房門沒鎖，但利瑟爾也不在餐廳，想必是忘了鎖門就外出了。雖然覺得他不夠謹慎，但反正所有行李都放在腰包裡帶著，因此房裡也沒什麼貴重物品。

「不知道隊長跑哪去了。」

伊雷文喃喃自語，往床上一坐，就這麼躺倒下來。

順帶一提，利瑟爾去了公會，正在獨自接取他感興趣的委託。那是F階的【想營造出我有冒險者朋友的假象，讓談判往更有利的方向進行】，利瑟爾一面擔心自己是否氣場不足，一面去和委託人見面，結果對方一臉嚴肅地說：「這……請問朋友的定義是……」最後委婉地請求換人，因此利瑟爾正感到有點沮喪。

「好！」

伊雷文輕巧地抬起垂在床緣的雙腿，利用反作用力一躍而起。

時間還早，睡個回籠覺也不錯，但充分運動過後他完全沒有睡意，劫爾應該也跑到迷宮去了吧。做什麼好呢？伊雷文想道，沒決定目的地就走出了房間。

伊雷文來到了熟悉的巧克力專賣店。

身上的存貨所剩不多，他正好也想吃甜的。就算是大清早的時間，伊雷文一樣甜的、辣的、油膩的來者不拒，情境從來不會影響他的食慾。

「歡迎光臨。」

「嗯——」

身穿古典風格圍裙的店員，帶著燦爛的營業用笑容迎接他。伊雷文抬手打了招呼，往展示櫥窗裡一看，五花八門的巧克力讓人眼花撩亂。從簡單樸素的基本款，到造型精美、花樣繁複的款式都有，伊雷文平淡地一一瀏覽過去，並不覺得特別心動。

一如往常，周遭的客人全都是女生，但伊雷文完全不在乎。

「今天您的朋友沒有一起來呀？」

「妳想看他喔？」

「非常。」

「不行——」

在外總是被人形容為親切討喜的伊雷文，打趣似地和店員這麼說。

他瞇起眼睛笑，然而臉上沒有面對利瑟爾時的撒嬌，也沒有面對劫爾時的挑釁神情。那是張任誰看來都有點乖僻，不過很討人喜歡的笑臉。

「不過，那位客人有時候也會過來光顧呢。」

「啊……這麼說來，先前好像看過他拿著這裡的巧克力。」

他想起出發前往阿斯塔尼亞之前，看過利瑟爾把小盒裝的禮品送給旅店的女主人，還常跟他聊天的女孩等人的母親。伊雷文沒有請店員包過禮物所以沒看出來，不過那多半就是這裡的巧克力吧。所有收禮人一看，整張臉都亮了起來，可見這家店有多知名。

「這是新品？」

「並不算真正的新品，是去年同一時期也曾經在店裡展示過的口味。」

「裡面包什麼啊？」

「放了切碎的水果乾哦。」

水果乾？伊雷文低頭打量四方形的巧克力，光滑的表面上繪製著內部包裹的水果種類，圖樣精美。老實說，他對於食物的外觀沒什麼要求，只要別糟糕到令人倒盡胃口就好，不過利瑟爾說過，「有所講究是好事」。伊雷文不太能理解，但比起此刻排在他身邊，心蕩神馳地說著「好可愛、好可愛」的淑女們，利瑟爾的欣賞方式肯定也有所不同吧。他有自己一套獨特的評價方式。

「這個會不會很容易臭掉啊？」

「不會，保存期限和其他口味一樣哦。」

「是喔。」

伊雷文絲毫不在乎店員「那是什麼問法」的眼神，指向包有果乾的巧克力說：

「那這個我要四十顆，還有這兩排各十顆。那邊包酒心的拿五顆。」

「幫您單顆個別包起來可以嗎？」

「嗯。」

加白蘭地的那個口味，他打算自己吃。如果是這種口味的巧克力，說不定劫爾也能入口呢，但伊雷文也不想分他吃就是了。想著想著，伊雷文腦中忽然浮現一個妙計。

「是說這家店啊，有辦法訂做嗎？」

「您是說客製巧克力嗎？」

面對這位每一次都要求把巧克力單顆包裝的麻煩客人，店員一邊習以為常地替他包裝，一邊偏了偏頭。她沒有停下包巧克力的手，納悶地回望伊雷文。這位客人總是買得很多，也沒什麼口味偏好，從他口中提出「訂做」的要求想必讓店員相當意外。

「對啊，可以嗎？」

「我們偶爾會接客製蛋糕的訂單……請問您想訂製什麼樣的巧克力呢？」

「這個嘛……」

伊雷文把手臂擱在展示櫥窗上，期待地開口：

「要甜死人的巧克力，不像給人吃的那種。」

「咦？」

「要一放進嘴巴就嗆到說不出話那麼甜。」

店員好不容易控制住自己，才沒有露出「真搞不懂這傢伙在說什麼」的眼神，不過周遭聽見這段對話的女生都不敢置信地凝視伊雷文。她們都是嗜甜的人，但「越甜越好」也有個限度。

「您是要拿給人吃的吧？」

「不用擔心，他幾乎不是人啦。」

幾乎？聽見這回答的人們都不約而同這麼想。

不過伊雷文毫不介意，逕自指定了巧克力的大小和形狀。一放進嘴巴要立刻散發出甜味，尺寸做小一點，造型要薄；太輕不好瞄準，所以要有一定重量。氣味越強烈越好，不過最好在放入口中之後才聞得到味道。店員記下了這些要求，一邊疑惑地想這到底要做什麼用途，一邊停下手邊動作。

「我替您跟甜點師傅確認一下。」

「拜託妳啦。還有，我要這個蛋糕。」

「好的，待會為您送到座位上。」

伊雷文打算像平常一樣邊吃邊等，於是指向一個喜歡的蛋糕。一顆一顆包裝巧克力要花點時間，因此他和店員都已經習慣了這個流程。

他走向空著的桌位，剛坐下沒多久，店員就替他送來一整顆巧克力蛋糕。這種東西要是放進空間魔法當中，拿出來的時候萬一運氣不好就會整個塌掉，不方便買回去吃，所以邊吃蛋糕邊等巧克力的這段時間可說是相當有意義。伊雷文心滿意足地這麼想著，把手中的叉子往蛋糕一刺，這時……

「請問，可以跟你併桌嗎……？」

「請便。」

有人下定決心似地跟他搭話，伊雷文不以為意地回答。

一名少女略顯不知所措地在他對面坐下來。她身上穿著作工精細的禮服，相貌五官稚氣未脫，卻散發著即將長成女人的魅力，令人難以移開目光。她和伊雷文一樣，都是這家店的常客。

少女神情緊張，鼓起勇氣張開微顫的嘴唇：

「那個，請問可以跟你聊聊嗎？」

少女坐立難安地把十指交疊起來、又放開，客氣地這麼問。

伊雷文大口吃著蛋糕，把目光轉向正前方，一對上少女的視線，對方就慌張地別開目光。對著那副清純的模樣打量了一會兒，伊雷文燦然露出了和善的笑容。

「可以啊，不過只到我吃完為止喔。」

「好、好的！當然沒問題！」

少女的雙頰染成了薔薇色，努力收緊嘴角、藏起隱忍不住的笑意，模樣非常惹人憐愛。然而面對大多數男性都忍不住微笑以對的甜美笑容，伊雷文無動於衷。看起來還滿嬌生慣養的，伊雷文邊想邊喝著擠了大量鮮奶油的咖啡。要問為什麼，就是因為看到這麼嬌生慣養的少女，他就忍不住想起同樣在嬌生慣養的環境下長大的利瑟爾那種謎之行動力，主要是「這人為什麼會長成這樣子」的意味。就算利瑟爾是因為難得放假而興奮過了頭，那也還是相當驚人。

「那個，我也常常到這家店裡來，不過最近好像都沒看到你。」

「喔——因為我們去阿斯塔尼亞了。」

「阿斯塔尼亞……」

少女佩服地眨眨眼睛，纖長的睫毛顫動，或許是出於對陌生異國的憧憬。她沒碰店員端來的蛋糕，收起下顎，遲疑地繼續說下去：

「是以冒險者身分去的嗎？」

「嗯。」

伊雷文以一貫的步調把蛋糕放進口中，邊吃邊表示肯定，少女聽了似乎有點失落。先前和利瑟爾一起接受這家店的委託時，伊雷文不記得這名少女是否在場，但無論如何都不可能不知道他是冒險者。

即使如此仍然出言確認，是因為如果可以，她希望聽到否定的答案，冒險者絕不可能與她建立起她渴望的那種關係。雖然覺得那是對方一廂情願的想法，但這反應也是理所當然，因此伊雷文並不介意。要是想追求社會地位，那他打從一開始就不會去當什麼冒險者。

「像妳這樣的人，聽了應該會害怕才對。」

「不會的，怎麼會呢……！」

少女連忙抬起臉這麼說，伊雷文從正面望進她的雙眼。

純潔無瑕的瞳眸微微顫動。他的視線鎖住她的目光，少女忘了眨眼，彷彿也忘記了呼吸似地動也不動。凝視幾秒之後，伊雷文的雙眼冷不防彎成兩道月牙，衝著她笑了。

「喔……？」

短短一個音節，就讓少女屏住呼吸。

聲音低啞深沉，吐息中摻雜笑意，她無法從那雙豎瞳移開目光。她確實沒有因為對方是冒險者而感到害怕，然而此刻卻感受到確切無疑的恐懼——當對方伸手邀約，她肯定無法抗拒，像甜美夜色一樣誘人又難以拒絕的恐懼。

「那塊蛋糕妳不吃喔？」

「咦？」

伊雷文忽然伸出叉子，指了指少女面前動也沒動過的蛋糕。

「那我可以吃嗎？」

少女急忙點頭，雙手輕輕將盤子推向他。

伊雷文伸出一隻手，毫不客氣地把整個盤子端過來，擺在自己面前。

「謝謝妳啦。」

「不、不會。」

少女看著伊雷文用手指拈起蛋糕上的水果，像從夢中突然醒過來似的。

剛才自己到底在想什麼？她恍惚地緩緩眨了一次眼睛。

「讓您久等了。」

「喔，結果怎樣？」

眼角餘光看著這樣的少女，店員把包好的巧克力端了過來。

店員知道少女淡淡的戀慕之情，也很想再多留給她一點時間，不過該做的工作還是得做。伊雷文也吃完了自己的那一塊蛋糕，因此店員才看準時機過來搭話。

「等我一下喔。」

伊雷文三口吃光了少女的那份蛋糕，把托盤上大量的巧克力倒進腰包，然後把剩下的咖啡一口氣灌進喉嚨，充滿期待地問店員客製巧克力的事怎麼樣了。

「結果可以訂做嗎？」

「不好意思，師傅說沒有辦法讓人好好品嘗的東西，恕我們這邊沒辦法幫您訂做……」

「真的假的啊……」

簡而言之，就是「感覺會被拿去做壞事，所以這單我們不接」的意思。言之有理，伊雷文無從反駁。

「好吧，那就算了，謝謝招待啦。」

「謝謝您的光臨。」

伊雷文在桌面上留下幾枚金幣，從座位上站起身來。

少女見狀慌張地抬起臉，她很想伸手攔住對方準備離去的身影，卻還是握緊了拳頭，把雙手緊緊按在腿上。即使如此，她仍然鼓起勇氣探出身子，張開櫻唇想說些什麼——這時，伊雷文加深了笑意的臉龐朝她低了下來。

瞇細的雙眼經過她的視野，嘴唇湊到她耳邊，少女僵在原地。

「想玩火的話，隨時歡迎。」

伊雷文輕聲說完，就彷彿什麼事也沒發生似地離開了，少女茫然目送他走遠。雖然「玩火」這種用詞讓她有點介意，但現在的她無暇多想。少女紅透了耳朵，雙手掩著臉，額頭往桌子上一撞。

「需要幫您再送一塊蛋糕來嗎？」

「…………可以給我整顆的嗎？」

女性店員心想，「一般人這時候應該內心激動到吃不下才對吧？」不過還是答應了少女那句細聲哀鳴般的點單。周遭的女性客人雙眼發亮，悄悄議論著少女沉浸在酸甜戀愛中的青澀模樣，但店員事後是這麼形容的：「當時我彷彿看見一隻即將被蛇捕食的小鳥。」

吃過甜食之後，好想吃點鹹的啊。

伊雷文邊想邊漫無目的地在街上閒逛。他在途中的攤子買了鹹中帶甜的烤肉，毫不猶豫地邊走邊吃了起來，伸出分岔的舌尖舔去沾在唇邊的醬汁，最後把啃得精光的骨頭扔進其他攤販的垃圾桶。

「啊。」

「嗄？」

骨頭「叩」地掉進垃圾箱底，同時傳來一道耳熟的聲音。

伊雷文回過頭，看見賈吉難得穿著休閒服的身影，是關了店出來採購食材嗎？賈吉朝他走了過來，一副正好有事要找他的樣子，伊雷文有點意外地停下腳步。雖說最近賈吉比較不怕他了，但還是很少在利瑟爾不在的場合跟他搭話。

「利瑟爾大哥今天去哪裡了呀？」

「不知道欸，他好像出去了。」

「這樣呀。」

更難得的是，一聽說利瑟爾不在，賈吉居然鬆一口氣似地垂下了肩膀。

失望還比較合理一點，這反應是怎麼回事？伊雷文詫異地看著他，只見賈吉下定決心似地點點頭，說：

「你現在有空嗎？」

「有是有啦。」

「我有點事情想問你……」

賈吉壓低聲音，一副說悄悄話的樣子。在這麼人來人往的地方，反而該用閒聊的態度說話，才比較容易被周遭忽視吧。不過算了，反正和自己也沒啥關係，伊雷文於是保持自然的態度，準備聽聽賈吉想說什麼。

「地下拍賣會呀，要怎麼樣才有辦法出席？」

「啊？」

聽見意想不到的問題，伊雷文忍不住拉高音量這麼問，賈吉慌忙補充道：

「真的沒辦法的話就算了，只是我有件東西怎麼樣都想拍到……」

「你要買啥啊？」

「畫、畫作。」

「什麼畫？」

賈吉被逼上絕路似地閉上嘴。

地下拍賣會也分成很多種，伊雷文時常參加的那種拍賣會上，競標的東西都有點隱情，要不是贓物、遺物，就是危險物品。由於在地下拍賣會能比外面賣到更好的價錢，偶爾也會出現正當的藝術品，不過大部分都是贗品，競標過程也會安插暗樁惡意抬價。當然，這種拍賣會都是祕密進行的，過著和平小日子的賈吉居然知道地下拍賣會的存在，伊雷文反而感到不可思議。

「你確定那是真貨？」

「我沒有親眼看過，不過根據我聽到的消息，應該是真品沒錯……」

「是喔……」

賈吉是深受利瑟爾信任的鑑定士，他的判斷多半不會有錯。

他也不像是出手收購危險物品的人，因此想買的應該是地下拍賣會當中罕見的真貨吧。

要是賣家惡意抬價就麻煩了，伊雷文這麼想著，饒富興味地挑起唇角笑道：

「所以咧？」

「嗚……」

想知道怎麼參加拍賣會，就告訴我你想買什麼——賈吉正確理解了伊雷文的暗示，在短暫的沉默後，他放棄抵抗，吞吞吐吐地說：

「……利瑟爾大哥的、畫作。」

伊雷文啞口無言地凝視他，賈吉忍無可忍地別開臉，面色蒼白。比起害羞倒是好一點啦，伊雷文半傻眼、半震驚地看著那副模樣，也不曉得賈吉對這目光作何解釋，只見他急急忙忙開始辯解：

「咦，難、難道你不想要嗎?!」

「你今天到旅店去一趟不就好了，還能看到本人咧。」

「不是那個意思……你想想看，你也不希望利瑟爾大哥的畫被人家粗暴對待吧。」

他到底想像了什麼樣的對待方式……倒不如說，要多麼無微不至的對待方式，才能讓賈吉滿意？就算賈吉說應該為那幅畫蓋一棟房子收藏，伊雷文也不覺得意外……不，大概不可能這麼誇張吧，希望如此。伊雷文開始認真考慮從現在開始裝作不認識賈吉。

不過……他側眼看著不斷辯解的賈吉心想。利瑟爾的迷宮畫作要被拍賣，這件事本身讓他很感興趣。雖然伊雷文頗有自信，迷宮畫作記錄下來的那一刻他十之八九就在利瑟爾身邊，但他確實相當好奇。

「什麼時候的拍賣會啊？」

「咦？啊、今天晚上……」

「今天晚上？」
還真突然，不過他也不是沒有辦法。
伊雷文挑釁地笑，指尖往背後晃動的長髮一撥。
「你一定要給我標下來啊。」
「你願意告訴我嗎?!」
「那種地方不會放生面孔進去，我陪你一起去吧。」
「謝、謝謝你……！」
要是讓賈吉獨自參加，即使成功進入拍賣會場，也無法保證他能全身而退。他能不能平安抵達會場也很難說，因為前往會場的道路錯綜複雜，而且還有更根本的問題：這麼高大又畏畏縮縮的傢伙走在路上，一定顯眼得不得了，被當作肥羊勒索敲詐、身上所有財物都被搶奪一空，已經算是好下場了。
「我也不想被隊長罵嘛。」
「你說利瑟爾大哥？」
「沒事。」
假如明知如此，還讓賈吉獨自前往，伊雷文肯定會被罵。
換作是他不感興趣的商品，他會假裝沒聽見，連拍賣會場的位置都不會告訴賈吉，不過這下伊雷文自己也有點好奇了。既然都要去看戲，與其親眼看到利瑟爾的畫作被素未謀面的陌生人標走，他還寧可讓賈吉享有這份榮幸。
「那……」

「晚上我會到你店裡，要等我喔。還得處理一下你那身醜不拉嘰的衣服……」

「咦，醜……咦？」

在那之後，由於方向正好相同，兩人一起走了一段，結果遇見利瑟爾，還難得看見他在質樸又便宜的點心攤位前挑選商品。

「隊長，你在買什麼啊？」

「我想幫旅店那些孩子們買些點心。」

「喔——你好像說要拿他們的委託費去買喔。」

「你們要去哪裡呀？」

「啊，隊長你聽我說，這傢伙說要——」

「唔哇啊啊————!!」

利瑟爾一臉納悶，不過賈吉最後還是成功蒙混了過去。

沒有一絲雲朵的漆黑夜空，把月亮的輪廓襯托得特別美麗。

這時間人們已經安睡，整座城鎮被寂靜籠罩，然而巷弄深處卻在此時最為熱鬧。周遭並不吵雜，卻充斥著奇妙的熱氣，所有人都對彼此視而不見，卻又時時刻刻感受到陌生人如影隨形的視線，感覺就像來到了另一個世界。

彷彿這裡不再是自己所熟知的王都，賈吉不安地觸摸覆蓋眼睛周遭的面具。現在，他已經和伊雷文一起做好準備，站在一棟豪華宅邸前方。

「好啦，抬頭挺胸。」
「可是真的很恐怖啊……」
「要是你想遇到更恐怖的事，那就隨便你囉。」
一聽他這麼說，賈吉立刻把腰桿挺得過度筆直，跟著伊雷文邁開腳步。
走進豪宅的所有人都盛裝打扮，有女人穿著奢華的晚禮服，有男人把彰顯貴族身分的華服穿得自在得體；有女人穿著透薄的禮服，毫不吝惜地暴露出肌膚，身邊的男人朝她靠過去，伸出自己的手臂。所有人都同樣遮起了面孔。
「沒有人露出臉耶……」
「防止暴露身分。」
「啊，原來……」
賈吉點點頭小聲說，難怪自己和伊雷文都打扮得這麼誇張。
他們的髮型和服裝都與平常完全不同。剛才伊雷文帶他進了一間地下商店，買了一套正裝、換了衣服，頭髮之類的也全部整頓完畢，連面具都準備好了。看在賈吉眼裡，這是品味高雅的完美搭配，價格當然也不便宜，伊雷文卻說今天事情辦完後就要全部丟掉，連一條手帕都不要留。雖然覺得可惜，但不聽勸告的後果令人害怕，賈吉只能聽從。
「請出示您的邀請函。」
「喏。」
住在這種房子裡的人，不是貴族就是富商吧。在這棟豪宅前方，站著兩個神情嚴肅、身穿精緻黑西裝的男人。

伊雷文朝他們遞出黑色信封，這就是他趁著賈吉變成換裝娃娃的那段時間，神不知鬼不覺地弄到手的邀請函。賈吉不習慣這種場合，稍微往伊雷文背後躲了躲，雖然體格上完全藏不起來，他還是不安地偷瞄那些檢查邀請函的男人。

「歡迎您的蒞臨，請進。」

「喂，走啦。」

「呃、嗯。」

「請好好享受。」

在男人平靜低沉的聲音送行下，兩人踏進了豪宅。

賈吉偷偷回頭往後看，兩名男人朝他們彎著腰，像在恭送他們離開。眼看男人們準備直起背脊，賈吉不敢看他們的臉，急急忙忙轉回前方。

「除了目標以外的東西，你都不需要？」

「不知道呢……好像沒什麼想要到一定要參加競標的商品。」

「是喔。」

兩人穿過玄關大廳，在女僕的帶領之下，走過擺設著各式畫作、陶壺，以及其他裝飾品的走廊。「啊，是假貨……」賈吉時不時悄聲這麼說，走在前頭的伊雷文聽了，似乎被戳中笑點，顫抖著肩膀回過頭，對他露出意味深長的笑容，逐漸緩解了賈吉的緊張。

沒走多久，兩人來到一扇厚重的門扉前方。女僕替他們打開其中一側門扇，賈吉跟在伊雷文身後穿過門拱。眼前的空間，該說是大宴會廳嗎？或許是用來舉辦演奏會、招待客人用的空間。由於擺滿了無數的椅子，給人的第一印象比想像中更加狹小。

「請問兩位想喝什麼飲料呢？」

「葡萄酒。」

「咦、啊，我也一樣……」

兩人被帶到兩張並排的座位上，兩把座椅各自配有茶几，上面放著號碼牌，以及裝有水果的盤子。賈吉盯著那些東西看了一會兒，最後還是沒有勇氣伸手去拿水果，四周都圍繞著打扮華貴的客人，他實在吃不下。

女僕送來了兩只高腳玻璃杯，以及一支以餐巾包裹的瓶裝紅酒，倒入杯中的酒液紅如薔薇，反射著天花板上水晶吊燈的光輝，燦爛奪目。

「這可以喝沒問題。」

「咦，還有不能喝的東西嗎？」

「嗯，今天應該沒問題吧，我們幾乎是臨時參加的嘛。」

賈吉臉色發青，把剛端起的玻璃杯戒慎恐懼地放回小桌上。

兩人坐定之後，大約過了十分鐘左右，全場的座位幾乎坐滿，拍賣會終於揭開序幕。伊雷文撐著臉頰，百無聊賴地看著拍賣台；他身旁的賈吉坐姿端正，略顯僵硬地看著拍賣會進行。此起彼落的喊價金額，與一般檯面上的拍賣會相比簡直是雲泥之別，當中也有許多駭人的商品，流入市面的後果不堪設想。

而且，對於不斷飆升的拍賣價格，賈吉特別耿耿於懷。

「那個咧？」

「假、假貨……」

聽見伊雷文帶著不懷好意的笑容這麼問，賈吉難以啟齒地悄聲說。

他們說的是此刻剛以兩百枚金幣成交的拍賣品。得標的是個體型福態的男人，打扮得光鮮亮麗，志得意滿地挺著胸膛。這樣真的好嗎？雖然這麼想，賈吉也不可能在這裡當場告訴他；即使換個場合，那肯定也不是他能輕易攀談的對象。

「啊——太有趣啦！」

「像這種事情，出品的賣家知情嗎？」

「我也不知道欸——」

眼見伊雷文以惡質的方式享受著這場拍賣會，賈吉無可奈何地垂下眉毛。

就在這時，一句解說傳入耳中，聽起來像是他等待已久的商品。

「緊接著是迷宮畫作，畫框裡的人物是王都最有名的冒險者。」

伊雷文「喔」地探出身體，賈吉把背脊挺得更直了些。畫作上頭蓋著白布，以推車運上拍賣台，那是一個人勉強能夠獨自搬運的尺寸。觀眾席的騷動聲當中，似乎以女性的聲音居多。

「還請您小心，不要被這場不醒的長眠奪去心思……請看。」

掀起的白布在空中翻動。

「喂，你預算多少？」

「沒有上限。」

「絕對要給我標下來啊。」

「交給我吧！」

畫布上描繪著像王城般寬敞的空間。

畫面正中央擺著一張純白的王座，利瑟爾坐在那裡假寐。以一個君王來說，這神情過於安詳了，眼神甜美和緩，與那雙微張的唇瓣一樣淺淺含笑。他朝著畫面外伸出手，溫柔地邀約，任誰看了都要下意識做出回應。整幅畫彷彿暫停了時間，把整個空間鎖進畫框當中。

「這是迷宮吧……？」

「對啊，應該說是陷阱吧。這東西看起來一副有機關的樣子，前面又沒有路，所以隊長就試著坐上去看看，結果馬上睡著啦。」

然後，周遭不知為何開始接連冒出魔物，於是劫爾和伊雷文趕緊把利瑟爾叫醒。但這似乎也不完全是陷阱，據利瑟爾所說，「一睡著馬上就作了夢，夢裡好像有前進的線索。」因此利瑟爾再次坐上王座，又睡了一次，趁著劫爾他們默默斬殺湧出的魔物這段時間，成功帶回了攻略線索。這就是那時候留下的畫面。

「……那個手勢是？」

「在叫我們拉他起來啊，隊長說他一瞬間就陷入熟睡，所以一時起不來。」

「咦，也就是說，畫裡的……」

「只是睡傻的隊長。」

太幻滅了。

不過毫無疑問，這仍然是珍貴畫面，而且聽到其他座位上低低傳來的對話聲，賈吉鼓起了幹勁，說什麼都不可能把這幅畫拱手讓給他們。有人為了虛榮心而想要謊稱這是自己的熟人，聽著就不愉快；有人只把這幅畫當作值錢貨來交易，他不可能把它交給那種沒眼光的俗人，更別說用帶有慾望的眼光去賞玩，更令人無法忍受。
「我來舉牌。」
「咦？呃、嗯。」
「金額由你決定。」
賈吉眨眨眼睛，立刻凜然豎起眉毛。
伊雷文無疑也不打算把這幅畫拱手讓人，既然如此，賈吉只要相信他就好。
「好了，隨心所欲欣賞貴人睡臉的唯一權利，即將歸您所有。」
負責主持的男人把手放在白色面具上，笑道：
「從金幣一百枚起標。」
這是競標開始的信號，緊握號碼牌的參加者們紛紛準備舉牌。
就在此時，從開場旁觀至今的紅髮獸人聽見了來自身旁的耳語，揚起好戰的笑。
「五百。」
飽含愉悅的嗓音一落，全場鴉雀無聲。打算舉牌的所有人都停下動作，朝著那抹豔紅投以驚愕的目光。獸人舉著號碼牌，就像在催促拍賣官似地輕晃，姿態從容不迫，看起來這價格還遠遠低於他的極限，也不像是虛張聲勢。那張臉上帶著嘲笑之色，使人覺得即使再出五百枚以上的價格，也只會被他毫不費力地再往上喊。
身穿華麗禮服的一名女人，在面具底下不甘心地咬緊牙關。
「五百枚，還有人要出價嗎？」
勝負在一瞬間決定。

在全場矚目之中，伊雷文悠然放下號碼牌。而在他身邊，隱藏在眾人視線之外的賈吉鬆了一口氣，這比他原本預想的價格還要便宜。他老老實實執行了伊雷文「一開始就大方喊價」的建議，絲毫不後悔地露出軟綿綿的笑容。

「謝謝你，伊雷文。」

「還不能掉以輕心喔。」

伊雷文挑釁似地抬了抬下巴，在他視線的另一端，有個身穿禮服的女人正露出憤恨扭曲的神情。雖然不知道她為什麼這麼想要這幅畫，不過品味還真不賴，伊雷文仰頭喝了一口葡萄酒。

賈吉一臉納悶，對此一無所知。要是利瑟爾在場，一定會遮住他的眼睛，告訴他不必知道這些也無所謂；不過伊雷文沒那麼親切，也不打算那樣寵他。

「伊雷文？」

「回去走夜路要小心啊。」

「咦?!」

這點程度的警告，應該沒關係吧。看見賈吉臉色發白，他哈哈大笑。

「請小心拿。」

「謝、謝謝。」

賈吉小心翼翼地接過對方手中的畫作，放入空間魔法當中。

總算平安達成了此行的目的，他鬆懈下來似地呼出一口氣。拍賣會仍在進行，不過兩人不打算看到最後，先行退場，因此豪宅的走廊上沒什麼人。兩人踏著長絨毛地毯來到玄關，男人們已經打開門扇等在那裡，他們於是在男人的目送之下離開豪宅。

「要不是有你在，我會先去恥笑一下買到假貨的傢伙再回去。」

「抱、抱歉……？」

聽見伊雷文說出嚇人的話，賈吉偏了偏頭，珍重地抱穩了手中施有空間魔法的手提箱。身為商人，說他對其他拍賣的藝術品沒興趣是騙人的，不過他做事有自知之明，不打算鋌而走險。

「那幅畫你打算怎麼辦？」

「不知道呢……掛出來太害羞了，如果有適合的人願意收藏，轉手賣出去也可以吧……」

賈吉仍戴著面具，在好奇心驅使下回頭往後看。門扉前方，一名女僕正以優美的儀態，朝他們彎著腰送行。拍賣會當中一直都只有這位女僕負責接待他們，或許是專門負責他們倆的服務人員。儘管對方看不到，賈吉還是慌慌張張回了一禮，接著快步趕上領先他幾步的伊雷文。

「我知道有個傢伙肯定會用最高規格的待遇收藏它，而且肯定願意出一倍以上的價格。」

「咦，是、是誰？」

「爽朗的中年美男。」

「……嗯？」

「隊長認識的貴族大爺。」

賈吉忽然有了頭緒，那應該就是利瑟爾屢次說要致贈迷宮品的對象吧，多半就是建國慶典上他也見過的那個人。賈吉看向遠方，恍然大悟地點頭。

既然對方深知利瑟爾的價值，那麼這幅畫交給他或許也不錯，只是……

「嗯……我再考慮看看好了。」

「哎，你留著也不錯啊，以免以後見不到他。」

「咦，利瑟爾大哥說他又要出遠門了嗎？」

賈吉問道，只見伊雷文動手摘下面具，默不作聲地笑了。

面具投下陰影，看不見他的眼睛。賈吉摸不著頭緒，原想繼續問下去，但不知該說時機湊巧還是不巧，他們正好在這時候抵達了販賣套裝的那間商店。遵守伊雷文「走進店鋪之前不許摘下面具」的吩咐，賈吉仍戴著面具，在伊雷文的催促下走進店門。

「就算有人說要幫你回收，衣服也絕對不要交給他喔，自己帶回去燒掉。」

「呃、嗯。」

詳情再問下去太嚇人了，賈吉聽話地點頭。

兩人一走進店裡，一位戴著異形面具的老闆便走出來迎接，把裝著原本衣服的銀色手提箱交給他們。賈吉僵硬地道了謝，接過手提箱。上頭設有必須注入本人魔力才能打開的機關，而且臨行前他聽從伊雷文的交代，付給了老闆不少金幣，裝在手提箱裡的東西多半能夠平安交還他手中吧。

以防萬一，賈吉還是打開手提箱，確認過內容物之後，終於準備進入以厚重簾子區隔開來的狹小更衣間。這時……

「……咦？」

不知不覺間，伊雷文不見了。

他不換衣服嗎？正當賈吉疑惑的時候，站在旁邊的老闆忽然從異形面具底下發出沙啞的笑聲。沉靜的聲音聽起來有點令人發毛，難以判斷性別。

「不用擔心。」

「咦……」

「他馬上回來。」

在老闆的敦促下，賈吉鑽進天鵝絨的布幕當中。小空間裡只有一面穿衣鏡、一盞油燈。

賈吉不安地垂著眉，心情低落地開始更衣。他也猜得到伊雷文消失的原因，然而現在的自己能做的，也就只有乖乖換好衣服等他、不要礙事而已。賈吉垂下肩膀，動手解開領口，打算快點把衣服換下。

「我的衣服咧？」

「在這裡。」

「咦?!」

這時候，布簾外傳來熟悉的聲音。

「嗄？怎樣啦。」

「咦，沒、沒事……咦?!」

「所以我說你到底怎麼啦？」

正如老闆所說，伊雷文真的馬上就回來了。自己好像誤會大了，好丟臉啊。賈吉在強烈的羞恥當中，勉強鞭策自己繼續換衣服。

他從頭到尾都沒發現，隔壁間的伊雷文看著袖子沾上的血跡，嫌惡地皺起了臉。

兩人從後門離開了異形老闆經營的服飾店。

現在他們已經走出巷弄，來到王都的大街上。賈吉頻頻道謝，伊雷文有點嫌煩似地目送他離開，在意識一角確認一名隱藏了氣息的前盜賊精銳跟在賈吉後頭之後，伊雷文打了個呵欠，百無聊賴地回頭走進小巷，對著無人的空間開口。

「結果咧？」

「哎，就是個被寵壞的千金大小姐，跟貴族小哥不認識。」

長瀏海蓋住眼睛的男人輕描淡寫地說道，也不曉得什麼時候開始跟在他後面的。

「應該是想要的東西被人搶走，才派人報復。」

「那她想要那幅畫的理由是？」

「不知道。」

精銳盜賊聳聳肩膀說。伊雷文瞧也沒瞧他一眼，逕自皺起眉頭。

不知不覺間湧現的雲朵遮蔽月光，柔順有光澤的紅髮像條蛇一樣在黑暗中擺動。

「要是她愛上了貴族小哥，那理由還滿健全的啊。」

「真煩。」

「對方雖然派人尋仇，不過好像對結果沒什麼興趣。」

「是喔。」

「首領你丟在那邊的人都沒被動過。」

也就是說，遭到伊雷文反擊的那幾個人，直到現在還躺在原地。

派出那些刺客的女人，想必已經不在乎他們的下場了。尋仇是成是敗都無所謂，現在她或許回到了自己的房間，正在優雅地準備就寢呢。

「那些刺客要怎麼處置？」

精銳盜賊這句話一出口，小巷裡蟄伏的黑暗突然騷動起來。

「把、把他們釘、釘在那個女人的房間，或、或是牆壁……」

「在他們臉上割出笑容，掛在床鋪上方，她醒來看到一定很開心！」

「還是切碎了混進那女人的飯裡比較和平吧。」

「你們別多管閒事。」

對方並未執拗地跟蹤賈吉，也不打算搶奪畫作，那麼也沒必要特別理會，伊雷文無奈地回應。要是賈吉跟這件事沒有瓜葛，他會放任精銳盜賊們去撒野，去挑釁那個千金大小姐、陪她玩玩或許也不錯，不過這一次不行。萬一被利瑟爾發現，他會挨罵的。

「那些刺客還有幾個活著吧？」

「也差不多快死了。」

「盡可能套出那女人的情報，然後處理掉。」

若只是棄子的話，隨他們處置無妨，伊雷文餵食飼料似地拋出指示。精銳們一邊喃喃說著「不知道死了沒」，一邊消失於無形，伊雷文沒多理睬他們，習以為常地往狹小巷子的內部越走越深。或許是這一晚裝得太乖了，總覺得肩膀特別僵硬。

自己的性格也溫和了不少啊，伊雷文獨自笑著，消失在巷弄深處的夜色之中。

幾天之後。

「啊，隊長你聽我說，這傢伙買了隊長你的畫喔！」

「你為什麼要說出去……?!」

在利瑟爾和賈吉見面的瞬間，伊雷文立刻揭穿了這個祕密。

對於癱坐在地的賈吉來說，利瑟爾沒要求他把畫作拿出來看看，可說是唯一的救贖了吧。總覺得好害羞呀，利瑟爾不帶半點羞恥神情地微笑道，伊雷文也愉快地哈哈大笑。

「對於小生而言，他、或者說她，是朵高嶺之花啊。」

摻雜羽毛的頭髮遮住她的半張臉，露出的那一半帶著戀愛般憂愁的神色。呼出的氣息裹挾著熱度，蒼白的肌膚隱約染上緋紅，她仰望天空，彷彿她所戀慕的對象就在那裡。那是片萬里無雲、一碧如洗的美麗青空。

「你們一定也懂這種感覺吧？」

她的聲音像墜入情網般混雜著吐息，利瑟爾他們對此的回應是——……

指名委託，原則上是由公會職員向個別隊伍確認接取委託的意願。

在該隊伍來到公會的時候，負責指名委託的職員必須記得向他們提起這件事。因此當委託人的指名描述太過於籠統，或是指名了剛轉移據點不久、職員還不認得的冒險者，職員就得苦惱地揣摩「這到底是找誰啊？」對於公會職員來說，指名委託就是這麼一項責任重大的工作。

「現在方便打擾一下嗎？」

看見利瑟爾他們完成委託歸來，史塔德開口問道。

「怎麼了嗎？」

「有你們隊伍的指名委託。」

而在指名委託當中，職員們眼中最省事的，就是指名找利瑟爾他們的委託了。

因為根本用不著他們猜測要找誰。即使委託人不知道他們的名字，只要說「那個很像貴族的」就是利瑟爾，「穿得很黑又看起來很厲害的」就是劫爾，「紅色頭髮看起來像蛇的」就是伊雷文，絕對不怕搞錯。不過大部分的指名方式都是「貴族」或是「那個很引人注目的三人組」。

「啊你平常不是都擅自幫我們推掉？」

「只是根據囑咐幫忙推掉來自上流階級非必要的委託而已，白癡給我閉嘴。」

「死面具臉。」

兩人就這麼在死角展開生死鬥，利瑟爾依舊渾然不覺，兀自瀏覽史塔德遞給他的委託單，劫爾也從旁湊過來看。

【重現那個奇蹟般的瞬間】

階級：無

委託人：魔物研究家

報酬：面議（二十枚銀幣起跳）

委託內容：小生向你們之外的其他隊伍也提過護衛委託，但一點也不順利。

一旦魔物出沒就手忙腳亂，可是小生想更專心地觀察牠們啊。

小生知道這是不情之請，不過拜託你們了。能不能讓我再體驗一次那種一步也不用移動、在貴賓席觀察牠們美麗生態的幸福時光呢？

是他們非常有印象的委託人和委託內容。

「又來了。」劫爾說。

「只要伊雷文同意，我倒是不介意。」

「我？什麼委託啊？」

伊雷文探過臉來，和劫爾一樣湊過來看委託單，一看就面部抽搐。

「……隊長，你想接喔？」

「是呀，既然對方都這麼誠懇地拜託了。」

「為啥？」

「我很在意先前聽說的『使用魔物核心擬造生命的相關研究』進度如何了。」

那是什麼？劫爾他們的視線匯聚過來，利瑟爾只是露出溫煦的微笑。

身為研究人員，她的話題總是非常引人入勝。正因為魔物研究屬於相當小眾的領域，因此總是充滿新奇的發現和創新的點子。利瑟爾剛才舉出的那項研究，目的也並非製造出新種魔物，而是研究是否能在不同情境下為魔力流動賦予指向性。感覺成果可以運用在各式各樣的領域，因此讓利瑟爾相當好奇。

「要是隊長想接的話，是可以啦。」

「那劫爾呢？」

「隨你高興。」

或許是因為距離上一次委託已經隔了段時間，稍微淡化了那位研究家在他們心中的印象，伊雷文勉為其難地點了頭。劫爾也不擅長應付她，不過看起來沒什麼問題。

「史塔德，那就麻煩你了。」

「好的。」

就這樣，利瑟爾他們接受了這個指名委託。

日程等等的委託細項，還必須配合委託人的時間來決定，不過那位研究家恐怕立刻就會捎來答覆吧——利瑟爾他們半開玩笑地這麼聊著。當然，隔天一大早馬上有人來轉達了委託日期。

在冒險者公會裡顯得格格不入的瘦高身材，一身純白的白袍，以及摻雜羽毛的白髮。睽違許久的她完全沒變，踏著高跟鞋腳步響亮地走進公會。

「嗨，讓你們久等了。」

研究家颯爽地走近利瑟爾一行人等待的桌子，那身白袍隨著步伐翻動。比起利瑟爾他們先前接受護衛委託那次，她看起來更加熟悉冒險者公會了，這段時間肯定和其他冒險者一起外出觀察了好幾次魔物吧，與剛開始那副不知所措的樣子判若兩人。

「好久不見了，研究家小姐。」

「是啊，聽說你們離開了王都一陣子。」

「是的，我們到阿斯塔尼亞去了。」

原本悠哉等待著委託人的利瑟爾起身相迎，拉開椅子請她坐下。

研究家有趣地笑了笑，坐了下來。自己受到這種待遇的突兀感讓她相當玩味，不過當然並不覺得討厭。

「阿斯塔尼亞，不錯呢。那邊也有很多不同的魔物吧？」

「是呀，有許多棲息在森林裡的魔物，迷宮也很有特色……像是人魚、巨大蜘蛛、鎧王鮫。」

「還有就是……吸血鬼？」

「吸血鬼！」

研究家突然激動起來，羽毛狀的頭髮隨之輕飄飄地蓬起。

我就知道——儘管提起這魔物的是伊雷文自己，他還是以心如止水的表情看向魔物研究家。她肯定不是像阿斯塔尼亞的淑女們那樣為了「最強美男」而瘋狂，說不定根本不知道還有那種創作。即使這樣仍然如此興奮，正是她身為魔物研究家的最佳證明。

「就是那個，據說只在阿斯塔尼亞的迷宮出沒的魔物?!」

「不過我沒見過就是了。啊，劫爾倒是看過……」

「別把話題丟給我。」

「太棒了！沒有實體的身體，以及偏向蝙蝠型態的變異！非常值得探討！」

她果然是正確認識了吸血鬼這種魔物，而且還這麼亢奮。

利瑟爾見狀，不禁佩服地嘆息。吸血鬼只在阿斯塔尼亞的一座迷宮中出沒，相關資料稀少，她一定是經過了一番熱切的研究。兩名隊友在一旁，用莫名其妙的眼神看著利瑟爾這副反應。

「話說回來，關於今天的安排……」

「啊，對了。」

利瑟爾起了個話頭，魔物研究家立刻冷靜下來。

不，她內心仍然相當期待吧，看著髮尾略微蓬起的羽毛，利瑟爾如此猜測。獸人的情緒起伏容易看出來，就是因為表現在這種地方，而且說到底，傾向掩飾自己感情的獸人也並不多見。

「上一次我們到過平原和森林一帶觀察，對吧？」

「嗯，你竟然還記得。」

「那次委託各方面都相當令人印象深刻呀。」

在一臉不可思議的研究家面前，劫爾和伊雷文在內心對利瑟爾所說的話深表贊同。

她面對襲來的魔物，卻興奮到無法克制地高聲大笑的模樣想忘也忘不掉。明明很想快點忘記，但今天肯定也會看到同樣畫面吧，能預先作好心理準備已經不錯了。

「小生也和其他冒險者進過一次迷宮，但實在不太順利，一方面也是因為小生沒什麼體力。」

「不習慣的話，確實一下子就累了呢。」

「而且一看就知道妳體力很差。」伊雷文說。

「最後小生被人扛在肩膀上移動，還被罵說在耳朵旁邊笑得太吵了。」

扛著她的那名冒險者，肯定也沒想到在這種狀態下她還會高聲大笑。

三人贊同地點頭，不是對於一臉委屈的研究家，而是對於那名在極近距離慘遭尖笑聲攻擊的冒險者。伊雷文認為研究家根本無權表現出這副不滿的樣子，劫爾也相當同情那位鼓膜受到損傷的冒險者，而利瑟爾則是就此決定今天的行動方針。

「那麼，我們今天再去挑戰一次迷宮吧。」

「那真是太好了，小生求之不得。」

研究家低頭致意，她在這種小地方相當重視禮貌。

「最近的迷宮……走過去差不多二十分鐘吧。」

「不，那一座小生去過了，可以的話希望這次能挑其他迷宮。」

「其他迷宮就得搭乘馬車囉。」

「嗯，非冒險者不能搭乘嗎？」

她偏了偏頭，被頭髮遮住一半的面孔隨之暴露出來。

和露出來的那一半沒什麼不同，說不定那只是她自然形成的髮型。

「不是的，我想這方面應該沒問題。」

利瑟爾看向劫爾確認，後者點點頭以示肯定。他沒見過冒險者以外的人搭乘，不過應該沒什麼問題，那是隸屬於公會的馬車，利用公會服務的委託人搭乘並沒有任何不妥。

只是……利瑟爾對研究家露出苦笑。

「現在這個時段，馬車上非常擁擠喲。」

「哎呀，你還是這麼有紳士風度。」

她好笑地瞇細雙眼，毫不介意地笑了。

「小生當然該配合呀，這是屬於冒險者的領域，無禮闖入的可是小生自己。」

「既然公會受理了妳的委託，妳就是當之無愧的客人，我想這是當然的體貼。」

「嗯，這份好意小生心領了。」

不過沒問題的，研究家用力點點頭說道。

既然當事人這麼說了，利瑟爾沒有理由制止，於是看向劫爾他們做最終確認。

「應該沒啥問題吧？」

「不要在馬車裡發作啊，求妳了。」

「小生會善加考慮。」

看來沒什麼問題，雖然伊雷文面部抽搐。

「那我們出發吧。」

利瑟爾他們站起身來，準備趕緊出發。

一如往常的三人組，和一名委託人一同走向馬車乘車處。公會裡的職員和冒險者們默默目送他們走出去，壓根沒想到他們會讓委託人搭乘公會的馬車。話雖如此，也沒什麼明確的規定禁止這項行為，只是沒有先例，而且畫面肯定非常衝突而已。而且做出這件事的還是利瑟爾他們的隊伍，就更衝突了。

眾人一時間露出了目擊飛天史萊姆般一言難盡的表情，不過轉念一想，反正這也不干自己的事，於是他們又各忙各的去了。對於準備搭乘同一輛馬車的冒險者，他們在內心默默送上了一聲「加油」。總覺得有點想一起搭搭看，又不太想蹚這個渾水……就是這麼五味雜陳的心情。

利瑟爾他們順利搭上了馬車，正在搖晃的車廂裡悠悠哉哉前往迷宮。

馬車還是老樣子，擠得像沙丁魚，幸好他們占到牆邊的位置，研究家和利瑟爾還有牆可靠。劫爾和伊雷文圍著他們站立，兩人沒有扶手可抓，卻完全不在乎馬車的顛簸，不愧是一流冒險者。

「魔力的指向性，有考慮到最後與外來刺激區隔開來，讓它獨立存在嗎？」

「並不是完全獨立，畢竟魔力必須有流動的目的地，才有指向性可言。可以辦到的話當然最好，不過真的要實現這個目標，或許和創造生命一樣困難吧。」

即使靠著牆壁，研究家纖瘦的身體還是不時搖晃不穩。不過她中性的臉上完全沒有驚慌的神色，反而把全副興趣投注於對話當中，因此利瑟爾也聊得非常盡興。

「重點在於效率。感知魔力的強弱，往弱的部分優先傳導魔力，假如成功實現這點，就能大幅延長魔道具的壽命。」

「這時候元素精靈水就很好用了呢，存量還足夠嗎？」

「小生時不時會提出委託找人補充，這樣用下來也不會一下子減少太多。」

「那就太好了。最後的目標是達到和魔石同樣的效果嗎？」

「那就算大獲成功了。元素精靈水擁有與魔力互相吸引的性質，以這個目的來說——」

「如果從平衡魔力的角度來看，還是使用史萊姆核心比較——」

「這小生也試過一次，不過史萊姆核心的隨機性太強——」

同車的冒險者表面上裝作沒聽見，內心邊聽邊吐槽「完全聽不懂」。

他們像平常一樣吵吵鬧鬧地談笑，一方面悄悄聽著這段稀奇的對話。元素精靈他們見過，史萊姆也見過，還懂得怎麼打倒牠們，卻完全無法理解對話內容。每個詞都聽得懂，串在一起卻完全無法聽懂的情況也很少見。

「（貴族小哥果然頭腦很聰明。）」

「（該怎麼說，就是……很聰明。）」

「（雖然完全不知道是怎麼個聰明法，但反正肯定很聰明啦。）」

到了最後，冒險者們還是煞有介事地點著頭心想：反正打得倒就沒差啦。

既然如此，為什麼要對利瑟爾他們的對話感興趣？面對冒險者們的反應，劫爾無奈地嘆了口氣。

那座迷宮必須穿過無數房間才能攻略。

一打開門，就會進到下一個房間；一上樓，氣氛就陡然轉變，一下是民宅，一下是王宮，一下是集會館。兒童房、寢室、客廳、書房、廚房，毫無一致性的各種房間彼此相通，能稱作走廊的部分幾乎不存在，整座迷宮彷彿由一個奇妙的屋主反覆進行奇妙增建而蓋成。

「真的像迷宮一樣。」研究家說。

「感覺走著走著很容易膩呢。」

「還真虧大哥有辦法攻略這種地方欸。」

「當然是靠這傢伙啊。」

說到「這傢伙」，劫爾朝利瑟爾努了努下巴，利瑟爾見狀露出苦笑。

劫爾的興趣是攻略迷宮，他傾向於避開太過麻煩的迷宮，不過還是想跟頭目交手，因此最近碰到特別刁鑽的迷宮時常帶著利瑟爾同行，把麻煩事全丟給利瑟爾處理。利瑟爾也覺得很有意思，所以二話不說就答應同行。

這次挑選這座迷宮的就是利瑟爾，為了研究家考慮，他挑選時最重視的是迷宮特色，以及路面是否好走。千奇百怪的房間逛起來應該很有樂趣，人工鋪成的平整地面也方便步行……雖然不知道這些對她來說是否重要，感覺到了最後，她會記得的只有那些魔物。

「迷宮真的就像走進另一個世界一樣。」

研究家瞇細雙眼，興味盎然又愉快地這麼說，利瑟爾看了暫且放下了心。

「難得來到迷宮，我們就分別逛逛淺層和中層吧。」

「那真是求之不得。深層果然太勉強了嗎？這不是要求，小生只是單純好奇而已。」

「帶著研究家小姐妳同行，確實有點令人擔心呢。」

利瑟爾乾脆地點頭，研究家也坦然接受。

以討伐魔物而言，他們的戰力沒有問題，但在護衛這層意義上，就不確定是否能完美保護委託人了。畢竟越到深處的陷阱也越兇惡，利瑟爾他們也不時會中招。雖然至今中了陷阱也沒出過什麼大事，但還是別往太深處走比較保險。

「你的護盾擋不擋得住也很難說。」

「遭受猛攻的話我也沒什麼自信呢。」

「不要讓你們遭到猛攻倒是很簡單啦。」

「不，今天還是算了吧。」

利瑟爾的魔力護盾有一定的厚度，不過能否全數擋下深層魔物的攻擊就有點難說了。考量到研究家此行的目的，還是多少保有承受攻擊的餘裕比較恰當。

「看來今天你們的戰鬥會比較缺乏樂趣了。」

研究家說著，四人開始在迷宮內前進。

沒走多久就發現一道階梯，他們往上爬到一半，從跨過某一條臨界線開始，牆壁與地面的材質陡然一變，令人錯覺是不是兩間裝潢完全不同的房子連在了一起。原本踩在大理石上的腳步聲，也換成了踩踏木板的吱嘎聲，研究家驚奇地四處張望。

「魔物弱小，也不代表就缺乏樂趣。」

「是這樣啊？」

「雖然一直碰到雜魚魔物，連續打下來還是很膩啦。」

研究家處於正常狀態的時候，劫爾和伊雷文都不感到排斥。她個性冷靜，行事有分寸，對於他們來說反而屬於容易相處的類型。

「魔物聽到腳步聲，會不會比較容易靠過來？」

「確實有些魔物聽到聲響會靠近呢。」

「有聽聲音的魔物，還有靠著振動感覺的魔物。」伊雷文說。

「兩者的區別是？」

「一種是有耳朵的，一種是地上爬的。」

還真籠統，而且這也只是憑經驗感覺，沒有確切的證據。不過冒險者大多如此，靠著經驗法則分辨魔物，萬一牠們攻過來，冒險者也只負責迎擊而已。

「公會的《魔物圖鑑》上有寫啊，看一下不就知道了。」劫爾說。

領頭的劫爾在階梯盡頭找到一扇門，以一點也不慎重的動作將它打開。

門後是個寬敞的陽台，面朝美麗的山景，彷彿是座山中別墅。森林在眼下鋪展開來，巨木在陽台上投下樹影，藍天晴朗得萬里無雲，吹拂的風帶來草木的清香。不過要是從其他房間的窗戶看出去，看到的會是城鎮市街之類的風景，迷宮果然是完全超越人類認知的環境。

「這也算是房間嗎？」利瑟爾說。

「『房間迷宮』裡的一間，當然是房間了。」劫爾說。

「不管聽幾次都覺得這命名品味有夠差欸。」

三人往前走了幾步，忽然回過頭——他們的護衛對象沒跟上來。研究家一向謹遵利瑟爾他們的指示，這種情況相當少見。利瑟爾確認了一下她的情況，只見研究家一臉錯愕地呆立原地。

發生什麼事了嗎？利瑟爾正要體貼地開口詢問……

「該不會，可以借閱……？」

聽見研究家這麼喃喃自語，利瑟爾他們面面相覷。

她說的應該是《魔物圖鑑》吧？所有冒險者都能借閱，印象中並沒有規定外人不得閱讀，只是除了冒險者以外沒人想看而已。

「咦，難道不行嗎？」

「不行的話職員會說吧。」

「也沒必要特別這樣規定吧？」

即使有著冒險者以外的人不會特地去翻閱那本圖鑑的大前提，只要有相關規定，史塔德一定都會一一說明。雖說那本圖鑑禁止攜出公會，但史塔德也說那只是冊數有限的關係，外人去借閱應該不會被公會拒絕才對。

《魔物圖鑑》讓外人閱讀也不會怎麼樣，只是讀者會稍微更瞭解魔物一點而已。

「居然能借閱那本遠遠超越其他《魔物圖鑑》，凝聚了公會所有智慧的結晶……！」

研究家的白髮簌簌顫抖，吸飽了空氣似地蓬起。

「啊哈哈哈哈！太棒了！不能再待在這裡發呆了，得快點——」

「快點回去，也沒關係嗎？」

「不，這可不行，在現場親眼觀察實物的經驗是無法取代的。」

她立刻冷靜下來，若無其事地重新邁開腳步。

劫爾投來「這傢伙越來越熟悉怎麼應對研究家了」的視線，利瑟爾背朝著他，不可思議地看向研究家說：

「我還以為妳早就問過公會能不能借閱了。」

「怎麼會呢，那是冒險者們累積下來的智慧結晶吧？小生一直以為是學者之間的研究書那類的東西。」

「啊，原來如此。」

研究書等同於學者畢生的結晶，不會輕易公諸於世，也從不外傳。假如誤以為那本圖鑑也是同樣性質的著作，那麼確實不會產生想去借閱的想法，這是學者特有的思考方式。

叩、叩，聽著底下懸空的木板發出的獨特聲響，四人走向下一扇門。

「喔？」

走到一半，伊雷文注意到什麼似地停下腳步。

他朝著悠然探進陽台的巨木枝幹指了指。

「隊長，毛球欸。」

「咦？」

「你看，在那裡。」

從粗大的樹幹上分出了一人環抱那麼粗的枝條，有幾顆手掌大小的毛球貼在枝條根部，藏在茂密的樹葉底下。毛球底下垂著一撮長毛，看起來像尾巴，但真的只是一撮長得特別長的毛。

這正是「愛美毛球」，在每一座迷宮都會偶爾出沒，基本上無害的奇怪魔物。

「那是什麼？到底是什麼東西？」

「那也是魔物喲。」

「小生從來沒聽說過！」

利瑟爾朝著興奮的研究家點點頭，她於是激動難耐地開始觀察起毛球來。

她忠實遵守著利瑟爾「請勿觸摸」的叮嚀，使用接觸以外的所有手段鉅細靡遺地觀察那些毛球。用撲向牠們的姿勢從上方觀察，用O型腿的半蹲姿勢從側面貼在極近距離觀察，還躲在枝葉陰影處偷窺……看到她採取橋式下腰姿勢準備從底下觀察的時候，利瑟爾默默把她叫了回來。

「這叫做『愛美毛球』，只要把那撮毛編成漂亮的辮子，牠就會送你各種東西。」

「各種東西?!」

「我看過的是魔石和回復藥……」

「寶石、金幣、裝飾品？」
「小石塊。」
從上述發言可以看出三人的手巧程度，不過一方面也跟他們是否有幹勁有關。
研究家連吸血鬼都瞭若指掌，卻沒聽過愛美毛球的名字也是很合理的。這種魔物即使在冒險者之間也完全不會成為話題，牠們從不出現在委託單上，也不會主動發動攻擊，在冒險者之間也屬於比較鮮為人知的魔物。許多人雖然知道有這麼一種生物，也不知道能從牠身上獲得獎勵。
因此，大多數冒險者都是一邊說著「喔，毛球欸」，一邊從牠們身邊走過去。
「不過，《魔物圖鑑》上還是有牠們的資料哦。」
「真的嗎？哎呀，小生越來越期待讀到那本圖鑑了。」
研究家湊在近處看著毛球，從鼻子輕輕發出笑聲。
「嗯？」
就在這時，伊雷文忽然把臉轉向正下方。
陽台建在高處，外側一望無際的林木自然也延伸到了陽台下方。利瑟爾也從地板縫隙間凝視著底下的綠意，移動到研究家身側，為突發狀況做好準備。側耳靜聽，底下傳來踩踏草木的細微聲響，就像某種動物輕輕跳動的聲音。
利瑟爾他們看向研究家。一如預期，委託人帶著滿面的笑容對他們點點頭。
「這就是今天的第一次魔物觀察了。」利瑟爾說。
「非常歡迎！」

「不知道牠們會不會過來欸。」伊雷文說。
「會吧，上得來的話。」劫爾說。
伊雷文沒有屏住氣息等待魔物通過，反而以鞋底敲了敲木地板，刻意引誘牠們過來。
在陽台底下移動的聲響停止了一瞬間，緊接著立刻響起激烈的草葉聲，然後是某種東西「啪」地貼到柱子上的聲音。手掌拍擊木頭表面的聲響逐漸接近。
「喔，來啦。」
「那麼研究家小姐，我們的規矩和上次一樣……」
「不要動，除此之外做什麼都可以，對吧？」
「沒錯。」
利瑟爾露出微笑，微偏了偏頭，展開魔力護盾。
一層透明薄膜包裹住兩人，同一時間，魔物從欄杆外側轟然現身。沿著支柱爬上來的是三隻花紋各異的巨蛙，高度雖然只到成人膝蓋左右，但從近處看起來異常巨大。看見牠們鼓起喉囊鳴叫，研究家也同樣興奮地大叫：
「是圖皮蛙！」
「妳還真瞭解。」利瑟爾說。
「多麼清澈的叫聲啊！這是溝通方式……不對，原來群體行動是自然形成的嗎？」
灰白色的頭髮波動起伏，她瞬間亢奮到極點，大笑著說：
「牠們身上美麗的花紋……充滿獨特性，太美妙了！哈哈哈哈哈哈！」
「有人會把牠們的皮貼在鎧甲之類的裝備上。」劫爾說。

「金屬鎧甲也能變得很時尚呢。」利瑟爾說。

一隻圖皮蛙張開嘴巴，伸出舌頭攻擊，劫爾稍微彎起一隻腳躲過。

這種魔物身上的花紋非常多變，不過大部分都是不具意義、像普通青蛙身上的花紋，只有少數個體帶有點點或星星這種引人注目的花樣。將牠們身上的皮完整剝下來帶回城裡，不僅皮革匠人願意收購，也有許多冒險者會拿去請工匠加工，用來裝飾自己的裝備。原本平凡無奇的裝備，用了圖皮蛙的皮也會一下子高調起來。

「小生也好想訂做一套！一定要掛起來好好收藏！」

「不是拿來穿喔……」

圖皮蛙一下吐舌頭、一下使出衝撞攻擊，都被劫爾和伊雷文輕巧閃過。

畢竟這還只是第一層，他們認真打起來一下就結束了，無法滿足委託人的需求。因此游刃有餘的兩人時不時看向利瑟爾他們，看見跳來跳去的圖皮蛙整隻貼在利瑟爾的魔力護盾上，兩人心想「這場面也太搞笑了」。而且，激動亢奮的研究家和冷靜的利瑟爾之間的對比實在太過強烈。

「喔，好像要叫了喔。」

「鳥族獸人會怎麼樣嗎？」劫爾問。

「呃，我不知道欸。」

忽然，劫爾他們面前的那隻圖皮蛙鼓起喉部的鳴囊，薄薄的皮膚伸展到極限，囊袋脹得鼓鼓的。雖然對於看著圖皮蛙的兩人的對話感到疑惑，利瑟爾和研究家還是越過貼在護盾上的那隻圖皮蛙，一邊想著「牠會使出什麼攻擊嗎」一邊看向那個個體。

下一瞬間，圖皮蛙露出全白的口腔內側，震耳欲聾的叫聲撲面而來，皮膚能感受到聲波震動，甚至令人發麻，根本是衝擊波了。

「啊——吵死啦——」

「好幾年沒聽見這叫聲了。」

研究家一定想聽聽這叫聲，因此兩人故意置之不理，不過確實塞住了耳朵。平常他們會在圖皮蛙鳴叫之前將之擊敗，所以利瑟爾應該也是第一次聽到這個叫聲。

反正這也只是很吵而已，並不會造成多大傷害。劫爾他們回過頭，眼前看見的是……

「啊，好暈……」

利瑟爾扶著頭，腳步不穩，一隻手臂支撐著研究家後仰的身體，後者一動也不動。完蛋，該不會死人了吧，兩人一瞬間面無表情。

正面遭到聲波攻擊的兩人腳邊，躺著剛才貼在魔力護盾上的那隻蛙。牠已經完全斷氣，肚皮朝天，同族也會慘遭攻擊的殘酷現實令人惆悵。

「嗯？隊長，你的護盾破了喔？」

「是呀，剛才趕緊重新施展了一次。」

「蛙叫聲沒那個效果吧。」劫爾說。

「沒有，只是因為我嚇了一大跳……」

單純是因為注意力中斷的關係，利瑟爾的魔力護盾消失了一瞬間。

在護衛委託中犯下這種錯誤太失敗了，利瑟爾心想。不過劫爾他們也放開武器摀住了耳朵，而且換成其他冒險者，遭到同樣攻擊也會有幾秒無法行動的時間，利瑟爾能立刻重新展開護盾算是相當優秀了。

「是說那傢伙還活著嗎？」

「活著是還活著吧。」

「研究家小姐，妳沒事吧？」

在劫爾他們開始清理魔物的同時，利瑟爾喊了研究家一聲。受到的衝擊比起唯人更強，是因為她身為鳥族獸人的某些特質影響嗎？或許她的聽覺比較敏銳也說不定，利瑟爾邊想邊輕輕搖晃她纖瘦的身體。

「啊!!」

就在這時，研究家以驚人的氣勢恢復了意識。

她詫異地環顧周遭，凝視著被斬殺的圖皮蛙。牠們分解為魔力，逐漸消散在空氣中，研究家目不轉睛地低頭看著這一幕，一臉正經地說出驚世之語：

「牠們的叫聲讓我受到巨大的衝擊……那該不會就是人家所謂的告白……」

「神經病。」

「再讓她躺一下。」

「蛙叫聲有混亂效果嗎？」

沒有，她本來就是這樣的人。

四人來到靠近淺層的中層地帶，盯著一尊石像看。

這尊石像位於這座由房間相連而成的迷宮當中，罕見的一條走廊的起點。筆直的廊道看不見盡頭，設計和大小各異的門扉在走廊兩側一字排開。雖然有點封閉感，這情景仍然相當震撼，若說是蒐集了全世界的門扉嵌在牆上，也會令人忍不住信服。

「原來如此。只要拿起這座石像上的鑰匙，就會被大量的魔物追著跑。」

利瑟爾他們是第二次來到這一階層，已經熟知這裡的機關。

雖然這麼做有點掃興，利瑟爾還是向研究家解釋了這一層的機制。研究家聽完冷靜地點頭，仔細打量掛在石像手上的鑰匙串。大金屬環上面，掛著各式各樣的鑰匙，面前無數的門扉搭配上鑰匙，確實是讓人忍不住伸手拿取的組合。實際上，利瑟爾他們第一次來到這一層的時候，也被魔物追著跑了。

「可是，一定有必須使用這串鑰匙才進得去的房間吧？」

「沒有欸。」

「沒有嗎……」

聽見伊雷文直白的回答，研究家一臉不解。

利瑟爾也不禁苦笑。「迷宮就是任性」的共識，對於非冒險者的民眾來說難以理解。

「不過鑰匙也不是完全沒有意義，這條走廊上的門幾乎都打不開。」

「明明有這麼多門，都沒辦法打開嗎……」

「只有被魔物追逐的時候，可以打開這串鑰匙對應到的門。」

「真的嗎？什麼嘛，鑰匙果然還是用得上嘛。」

「不，開門的時候不需要插入鑰匙。」

「居然不需要嗎……」

門扉的設計別具巧思，鑰匙的設計元素也和門扉互相對應。雖然乍看之下門扇數量過多，很容易懷疑能否找到對應的鑰匙，不過事實上相當一目了然。鑰匙對應的都是特徵明顯的門扇，因此以鑰匙的外觀為線索，打開類似設計的門即可。有些冒險者只是隨便打開其中特別精緻的門，結果就成功了。

話雖如此，但初次踏入這座迷宮的冒險者大多還是會直接拿走鑰匙，然後生氣地嚷著「看到鑰匙一般都會拿吧！」一邊在魔物的追趕下狂奔，一邊尋找能躲進去的房間一邊生氣地抱怨「這門也太多了吧！」最後生氣地吼著「搞屁啊原來不需要鑰匙！」一邊衝進房裡躲避魔物。

「魔物會衝過來追著我們跑，很壯觀哦。」

研究家閃閃發亮的雙眼中充滿期待，利瑟爾對她燦然一笑。

「妳能跑多快呢？」

「跑不贏一般的小朋友吧！」

「會不會排斥被異性抱著呢？」

「完全不會！」

她甩動摻雜羽毛的頭髮這麼說，利瑟爾有趣地笑著看向劫爾。

後者放棄似地嘆了口氣，這是答應的暗號。研究家這麼輕，對劫爾來說算不上什麼負擔，就算要他扛著利瑟爾和伊雷文跑也是小事一樁。

「倒不如說，比較需要擔心的是我吧。」

「是嗎？你看起來不像跑得特別慢的樣子啊。」研究家說。

「確實不算特別慢。」劫爾說。

「隊長的速度普普通通。」

不快不慢，耐力也是平均水準，利瑟爾的體能差不多就是這樣。

自從他當上冒險者，必須四處走動之後，體力應該比貴族時代更好了一些，不過還是落在成人男性的平均範圍。要是擺在人均體力過人的冒險者之中，就略低於平均水準了。

在利瑟爾看來，是周遭的大家都太厲害了。先前一起參加聯合委託的艾恩他們也是，一來到草原上，就開始比賽誰能連續後手翻最多次。利瑟爾也看到了他們隊友之間比賽的情形，他們在翻了一段距離之後呈大字形躺倒在地，說是「翻到眼花了」，不過最後還是輕巧地以一個後空翻完美收尾，可見體力仍然十分充裕，讓利瑟爾好生羨慕，而且也好想試試看啊。利瑟爾不為人知的野心無限大。

「喂。」

「好，麻煩你了！」

聽見劫爾叫她，研究家唰地舉起雙手，表示任他擺布的意思。

面對劫爾「這樣要怎麼抱？」的目光，她也不為所動，意識已經完全飛向了心心念念的魔物。劫爾盯著她看了幾秒，然後採取行動，一把將研究家抱在腋下。

完全沒有半點對女性的體貼，不過既然研究家本人很滿意，那就無所謂吧。

「研究家小姐，妳要不要拿鑰匙？」

「可以嗎？」

她那副興奮期待的模樣，無疑是享受迷宮樂趣的最佳示範。

利瑟爾看了，重新提醒自己不要忘記初衷。迷宮總是在各種意義上背叛所有人的期待，因此久了就容易讓冒險者感到灰心。推敲半天，結果反而一腳踩進迷宮設下的局，是習慣出入迷宮的冒險者經常碰到的情況。

劫爾走近石像，然後轉過身，背朝石像，研究家的屁股朝向了利瑟爾他們的方向。這方向應該是為了方便委託人觀看追過來的魔物，算是劫爾的一種體貼吧，大概。

「好，我要拿了喔……」

「砰！」

「哇！」

伊雷文稍微嚇了她一下，被劫爾揍了一拳。

在即將碰到鑰匙的時候被嚇了一跳的研究家，全身僵硬地被夾在劫爾腋下。

「不用怕，也不會觸電，請直接拿起來沒關係。」

「那小生真的要相信你囉，既然是你說的，小生真的要相信囉。」

「沒問題，相信我吧。」

「不過還是會有魔物出現啊。」劫爾說。

「不是那個問題，出其不意被嚇了一跳，和預先做好心理準備的情況完全是兩回事。」

研究家辯解道，戰戰兢兢地再度把手伸向鑰匙。她口中喃喃唸著魔物、魔物，試圖保持冷靜，讓人忍不住納悶這真的沒問題嗎？原本作為陷阱功能的魔物們，也沒想過自己會被當成心靈歸宿吧。

「好，拿到了……！」

研究家的手穩穩握住鑰匙串，把它從石像手中抽了出來。

同一時間，門板一扇接一扇打開的聲音從四面八方傳來，這時候利瑟爾他們已經邁開腳步在長廊上奔跑。研究家在劇烈的晃動中睜大眼睛，不久前四人站立的地方，迅速擠滿了從門內跳出來的魔物。

「是人偶!!」

「妳會咬到舌頭。」

研究家被一臉涼快的劫爾抱著，神情逐漸染上喜色。

人偶系的魔物種類繁多，不過此刻以歪曲不穩的動作追來的魔物全都有著同樣的形體，都是樸素的木雕關節人偶，簡單的胴體上有著頭和手腳。牠們的大小各不相同，但沒有臉、也沒有特徵，只能靠著身上的衣服辨識不同個體。服裝五花八門，宛如牠們就是住在這迷宮千奇百怪的房間裡的居民。

「有點恐怖欸。」

「數量確實很嚇人呢。」

「動作又那麼僵硬。」伊雷文說。

「所以牠們才跑不快，不是正好嗎？」劫爾說。

面對擠滿了整條走廊、快速逼近的人偶，利瑟爾幾乎是全速狂奔。

不過劫爾他們似乎還相當從容，實在太羨慕了，利瑟爾心想。平常利瑟爾跑到沒力，或是劫爾他們嫌麻煩的時候，也會抱著他跑，不過今天委託人就在身邊，他想盡可能靠自己努力，這也可以說是他身為冒險者的堅持。
「呵、呵呵……」
忽然，劫爾腰部附近漏出一陣笑聲。
來了嗎？利瑟爾和伊雷文邊跑邊瞥向那裡。研究家那頭在僵硬的姿勢和顛簸之中被甩得一團亂的白髮蓬了起來，她朝著他們背後的魔物睜大眼睛，雙眼炯炯發光。
「太美妙了!!」
然後，她的魔物愛大爆發。
「明明是同樣的個體，卻彰顯出各自的獨特性！同時又是不具備協調性的群體！那個動作到底是什麼原理，怎麼移動的……不對，用那種移動方式到底要怎麼往前進?!」
「也是欸，牠們看起來也不太像在跑步。」
「感覺只是在扭動身體而已呢。」
「哈哈、哈哈哈哈！你們是怎麼認知到我們的，或者只是單純想把整條走廊填滿而已?!直直跑向這裡的模樣真是堅強又勇敢，讓人著迷啊！」
「能把那說成堅強勇敢的人比魔物更恐怖。」劫爾說。
「夾著恐怖物質奔跑的感覺怎麼樣啊？大哥。」
「嚇都嚇死了。」
「你們太失禮囉。」利瑟爾說。
牠們的素材是什麼？動作如何、造型如何，對服裝的偏好又如何？研究家獨自吐出一連串疑問和解答，越說越興奮，已經沒人能阻止她了。能讓委託人這麼高興，也是冒險者的榮幸了，利瑟爾點著頭心想。伊雷文則是被研究家嚇到倒彈，難得發自內心對劫爾感到同情。

至於劫爾，他心如止水。偶爾在護衛委託中也會碰到完全不聽勸告的委託人，與之相比，在他手臂底下的研究家從不掙扎，已經算是很好的委託人了。呃，好像也不能這麼說，她全身動也不動，語氣卻越來越亢奮的模樣異常恐怖。

「哈哈、哈哈哈、哈哈哈哈哈哈哈哈!!」

三人以完美示範都卜勒效應的速度不斷狂奔，最後在利瑟爾體力用盡的時候逃進了附近的房間。

迷宮的大門打開，利瑟爾一行人回到晴天之下。

他們大致參觀過迷宮和各種魔物，在研究家把體力消耗殆盡的時候結束了這次委託。她的體力原本就慘不忍睹，在太陽西斜以前就脫力也沒什麼好奇怪。

「哈啊……太美妙了……真是寶貴的經驗，小生發自內心感謝你們。」

「那太好了。」

研究家出神地站在原地，沉浸在幸福感當中，利瑟爾見狀也露出沉穩的微笑。

同一時間，伊雷文的眼神已經了無生氣，劫爾則把目光投向遙遠的天空。這種強烈的疲勞感，他們敢斷言絕不是因為攻略迷宮所造成，而是精神上的疲勞。尖聲大笑在迷宮封閉的空間裡特別響亮，現在還殘留在耳邊揮之不去，他們暫時不想再聽見了。

「迷宮果然是特殊的地方呢，魔物們也獨具個性，太美妙了。」

「研究家小姐，與其說是為了研究著想，妳只是很單純地喜愛魔物呢。」

「算是吧，可能是太喜歡了才變成這樣。」

中性的臉龐露出笑容，她回憶著什麼似地瞇細雙眼。

「小時候，小生和父親一起外出的時候，曾經看見過一隻魔物。」

研究家說道。那魔物美麗絕倫，而她感覺到了牠的美。

無論姿態、聲音還是存在方式，都美得足以奪去她當時仍然稚嫩的心。自此之後，魔物的一切占據她的心思，無論過了多久都毫不褪色，讓她愈發感興趣。

「後來有再見到那隻魔物嗎？」

「沒有。」

研究家懷念地仰望天空，垂下纖白的睫毛，彷彿在側耳傾聽。拂過草原的風吹動白袍下襬，她在腦海中重現那一天的相遇，這些年來她一刻也不曾忘記。

「那天的天空，也像今天這樣令人神清氣爽，藍得看不見盡頭，白色的雲朵特別鮮明，風也溫柔和煦。父親的田野調查，對小生來說也是一場快樂的野餐。」

她閉上的眼瞼緩緩睜開。

「就在那時候，忽然間……」

傳來一陣鐘聲。

什麼聲音？利瑟爾也跟著仰望天空。那是響徹大地的莊嚴鐘聲，彷彿從一座高聳入雲的鐘樓傳入廣大天空之中的那種音色。說不出聲音是高是低，是不可思議的、震撼心靈的聲音。沉迷其中的時間只有短短一瞬，卻恍若永恆。

他之所以回過神來，是因為劫爾拉了拉他的手臂。

「這到底是運氣好還是不好啊……」
「要是不好就沒命了。」
「那就當作運氣好就好啦。」
伊雷文和劫爾這段對話，彷彿知道那道聲音的由來。
他們當然知道吧，利瑟爾順從地任憑他們兩人擺布。不曉得在躲避什麼，伊雷文的身體覆上他，語氣雖然輕佻，臉上卻沒有笑容。往旁邊一看，研究家由於呆站在原地動彈不得而被劫爾拉倒在地，她躺在地上睜大眼睛，好像忘記呼吸一樣望著天空。
利瑟爾也循著她的視線看去。
「！」
一開始，他以為有片雲朵沉了下來。
遠方有塊白色掉進碧藍的天空，彷彿堆積海面的冰雪崩塌、沉入水中。從那片雲朵當中出現一道白色的巨大身影，通透的白色宛如把所有光輝都吸入其中，牠滑過天際，像在空中悠然游泳般的身姿讓人移不開目光。
甚至無暇思考該如何逃跑，即使牠正筆直朝這裡逼近。
「是龍。」
研究家細微的呢喃混雜在吐息當中。
拜託妳別在這時候大笑——劫爾正要朝她伸手，動作卻半途打住。研究家微啟的雙唇之間沒再漏出任何一個音節，僅僅著迷似地吐出顫抖的氣息，任誰都能看出那不是出於恐懼，而是讚嘆。

「（確實明白她的心情。）」

利瑟爾把視線轉回到白龍身上，開始聽得見牠劃破空氣飛行時低低的風聲。牠的姿態形似水中生物，雄偉的身軀看起來動作泰然，實際上卻以驚人的速度逼近四人頭頂。這時，龍身忽然大幅度晃了一晃，純白的影子出現一道紅色裂口，是牠張開了大嘴。緊接著，鐘聲響徹周遭，宛如來自天際的祝福。

那是牠的鳴叫聲。真美，利瑟爾心想。

「太低了。」

劫爾皺著臉輕聲說，是要他們做好準備的意思。

他伸出雙手把利瑟爾和研究家的頭往地面按，讓他們趴得更低。那一瞬間——沒錯，那只是發生在短短一瞬間的事。美麗的白龍悠然迫近，利瑟爾確實看見了牠炯炯有神的青色眼瞳，宛如映照著整片天空。牠轉眼間掠過利瑟爾他們頭頂，利瑟爾那雙紫水晶般的眼睛眨也沒眨，巨大身軀從鼻尖到尾巴末梢盡收眼底。

視野當中再度只剩下一片青空，下一秒——

「唔。」

「唔哇！」

「呀！」

「哇……」

周遭捲起一陣暴風，林木劇烈晃動，彷彿隨時都要被連根拔起，樹葉摩擦的嘈雜聲響朝他們席捲而來。

研究家整個身體飄到半空中，差點被吹飛出去，劫爾趕緊抓住她的衣襟，另一隻手緊緊抓住迷宮大門。文風不動的謎之門扉，此刻幫了他們一個大忙。利瑟爾也被吹得上半身不穩，差點往旁邊滾，伊雷文一把抓住他，抱緊他的身體，然後牢牢攀住劫爾抓著大門的那隻手臂。

「等、等、等一，龍、龍……！」

「話等妳神智清醒了再說。」

利瑟爾安分地讓伊雷文支撐他的身體，他身邊的研究家則被暴風吹得風中凌亂，手忙腳亂地掙扎。過了十幾秒，暴風終於減弱，只剩下一點殘存的風壓，不時吹動頭髮。

「隊長，你沒事吧？」

「沒事，謝謝你。」

「看來牠沒再飛回來。」劫爾說。

伊雷文放開手，利瑟爾維持著跌坐在地的姿勢，把被風吹亂的頭髮撥到耳後。

然後，他仰望天空，那道昂然的白色身影已不知所蹤。

「啊……」

研究家呈大字形躺在他隔壁，縱使筋疲力盡，仍然死命凝視著天空。

「他、他正是小生那時候遇見的……沒想到居然能夠再會……」

那條龍正是她的原點。

是她決心的源頭，讓她賭上人生的一切也在所不惜，是她對魔物感興趣的起點，是值得她傾注無限熱情的存在。利瑟爾他們鬆懈下來似地各自坐在地面，低頭看著癱在地上起不來的研究家。

「難得看妳那麼安靜欸。」

「也沒有高聲大笑。」

「確實，我還以為妳會很興奮呢。」

聽見三人這麼說，研究家哈哈大笑，整個胸腔隨著笑聲起伏。

「對於小生而言，他、或者說她，是朵高嶺之花啊。」

摻雜羽毛的頭髮遮住她的半張臉，露出的那一半帶著戀愛般憂愁的神色。呼出的氣息裹挾著熱度，蒼白的肌膚隱約染上緋紅，她仰望天空，彷彿她所戀慕的對象就在那裡。那是片萬里無雲、一碧如洗的美麗青空。

「你們一定也懂這種感覺吧？」

「誰會懂啦。」

伊雷文立刻毫不留情地吐槽，在這方面，利瑟爾和劫爾也不能再同意更多。

後來，利瑟爾他們順利搭上馬車，回到了王都。

馬車上沒有其他乘客，因此一行人得以好好坐下休息，等回到王都的時候，研究家的體力已經恢復了大半。她眉飛色舞地宣布要給利瑟爾他們多加一倍的委託報酬，然後伴隨著一陣大笑聲颯爽離去。據她所說，要是委託報酬給得太吝嗇，就好像貶低了龍的存在價值一樣，她不想看到這種事發生。利瑟爾大致理解她的邏輯，劫爾他們則一頭霧水。

「我果然還是受不了那傢伙啦。」

「暫時不想見到她了。」

「那下次就等到現階段的研究告一段落，再接她的委託吧。」

街上的人群之間，不時傳來「聽說有龍出沒」的耳語，披著白袍的身影走入其中，快樂得彷彿腳都踩不到地。利瑟爾他們一邊閒聊，一邊目送她漸行漸遠。

因此過了幾天，當研究家再度向他們提出指名委託的時候，被他們禮貌地婉拒了。

151

魔物使為什麼使役魔物？

當然，答案因人而異。以她的例子來說，她是雜技巡演團的成員，魔物是她的表演搭檔，和她一起彼此切磋至今。她所使役的史萊姆是她多年來的夥伴，史萊姆有時候變成其他魔物，有時候還能變成人的形體，其中最受歡迎的是把外型變得和觀眾一模一樣的表演節目。技術這麼精湛的史萊姆，全天下肯定只有她的搭檔一隻了，她總是自豪地這麼想。

「嗯？」

現在，她正在按慣例每天幫史萊姆按摩，邊按邊偏了偏頭。

順帶一提，她並不知道按摩對史萊姆來說到底舒不舒服。從柔軟有彈性的團塊當中看不出情緒，只是她自己覺得一天要變形那麼多次，身體應該也會僵硬，所以自主替牠按摩而已。史萊姆從來沒有掙扎，應該不至於討厭按摩吧，大概。

「硬塊？」

按壓牠冰涼柔軟的身體時，指尖摸到了和平常不太一樣的觸感。

不是核心。這到底是什麼？她再揉了一會兒，表面上看不出異狀，但摸得到幾個大小約能握在掌心的團塊，就像史萊姆體內裝了幾顆肉眼看不見的球一樣。

「什麼……這是什麼……生病了嗎……？」

她以指尖嘗試把團塊揉開，但只能把團塊推離原本的位置。

「肩頸僵硬……？」

不，史萊姆沒有肩膀，應該說是史萊姆僵硬吧。

剛開始的時候，史萊姆只能變成魔物的形體。不枉費她的努力訓練，現在的牠能夠變成站在眼前的任何人。從某天開始，牠突然學會變成人形，至今原因仍然成謎。她的團長覺得很有趣地說：「說不定是因為牠把人也認定成一種魔物了。」

她回想起那段辛苦的日子。她忘不了史萊姆第一次變成她的模樣那天，從半融化的人形，也就是最恐怖的殭屍狀態，逐漸凝聚成自己的形貌，那一瞬間的感動和恐懼難以忘懷。還有牠恢復成史萊姆的時候，類似肉體融解般的嚇人景象，也在她內心留下了一點陰影。

「嗯……」

她又繼續揉了幾下。

「不過，看起來狀態也不差呀。」

白天表演的時候，搭檔也展現出精湛的變身技術，收穫了全場的掌聲。

畢竟牠是來自迷宮的魔物，或許也會發生這種情況吧，當時陪她一起潛入迷宮的冒險者也說過，迷宮裡無論發生什麼事都不奇怪。她點點頭，戳了戳自己的史萊姆搭檔，然後拍一下手。史萊姆果凍狀的身體應聲跳到空中，展現出完美的跳躍動作。

「你不舒服嗎？」

即使這麼問，史萊姆也不會回答，只是在她腿上動來動去。

看見牠和平時一樣的舉動，她鬆了一口氣，鑽進被窩。不能對魔物投入太多感情是魔物使的常識，不過這麼多年相處下來，日久生情也在所難免。

之前在某處見過的魔鳥騎士，更是對自己的搭檔溺愛有加，相比之下，自己這點程度根本不算什麼吧。她心安理得地做出這個結論，像平常一樣拍了拍枕邊的史萊姆，走入香甜的夢鄉。

不過到了隔天，團塊仍然沒有消失，這讓她不太放心。

結束表演之後，她拜訪了偶然間聽說的「魔物研究家」，現在正踏上歸途。她踏著悠哉的步伐，腳邊帶著史萊姆，心情非常愉快。一開始敲門的時候，她本來還提心吊膽地擔心搭檔會被解剖，不過那位自稱研究家的女性，卻非常用心地替她檢查了史萊姆。

『不好意思，小生也無法確定原因。不過魔物在身體衰弱的時候，攻擊性大多都會變強，所以只要妳的搭檔沒有表現得特別暴躁，應該就可以放心。』

研究家略感抱歉地這麼說道。她道了謝，說知道這些已經足夠讓她放心了。而為了表達謝意，她讓史萊姆變成了研究家的模樣，結果研究家一反原本文靜的氣質，激動又開心得不得了，還熱烈地鼓掌喝采，她看了也特別高興。這次找到了很善良的人幫忙檢查呢，她心情大好。

平凡無奇的史萊姆。

牠們的繁殖機制完全是未解之謎，不僅限於史萊姆，所有魔物都一樣。當人們注意到的時候，牠們早已存在；察覺到的時候，就已經遭到牠們襲擊。由於在迷宮當中，魔物一旦被打倒便會化為魔力消失不見，因此一般有個籠統的認知是：魔物或許是迷宮的魔力經過某些變化自然形成的。那麼，迷宮外的魔物又怎麼說呢？只能說沒有人知道了。

「如果能快點好起來就好了呢。」

因此，此刻被她搭話的這隻史萊姆的狀態，沒有人能夠說明。

史萊姆扭動柔軟的身體，跟在她身後，體內被稱作硬塊的某種東西，一顆一顆滾了出來。沒人知道史萊姆本身是否注意到了這件事，好像牠生出了小型的個體，又好像從牠身上分裂出來一樣，那些圓圓小小的團塊咕嚕咕嚕滾到了路邊。

不曉得該說是幸還是不幸，那些團塊沒有被任何人發現。要是有人看到了，一定會說出「有東西……掉出來了？」或是「牠生了?!」或是「小姐，妳遛魔物要記得清魔物××啊」之類的話。

「今天就拿出我私藏的魔石來餵你吧。」

但是，誰也沒發現，就連魔物使自己也沒有發現，那些小球就這麼留在原地。

她的聲音逐漸變小，帶著剛才還與它們共同構成一個整體的史萊姆一起越走越遠。在她們身後，路面明明沒有坡度，那些小球卻緩緩滾動，在撞到某間房子的牆壁之後又沿著壁面繼續滾啊滾，滾進巷子裡。

「不好意思啊，利瑟爾先生。」

「不會，我正好也要回旅店，請讓我幫妳這點小忙吧。」

下一秒，一名冒險者從那些小球旁邊經過。

僅僅一瞬間的短暫邂逅，然而牠們深深記住了那名冒險者。因為那個人比任何人都要引人注目，氣質也與周遭截然不同。那種強烈的存在感牢牢烙印在牠們的核心，牠們得以省略挑選形體的步驟，直接開始變形。

下一個瞬間，那幾個小小的團塊已經邁開自己的雙腳，走出了巷弄。

第一個團塊，漫無目的地走在王都的街道上。

「喔，隊長！」

身後有人呼喊，他於是停下腳步，回過頭，鮮豔的赤紅色映入眼簾。擺動著那束像蛇一樣的紅髮，那男人理所當然地來到他身邊，與他並肩走了起來。

「你是要去什麼地方嗎？」

聽見男人這麼問，他輕柔地偏了偏頭，然後搖搖頭，露出記憶中那道沉穩的微笑。

紅髮男人看了，恍然點點頭。

「原來只是隨便逛逛喔。」

兩人走在王都街上，紅髮男人說了很多話。我剛才看到大哥了，他在公會跟人家發生亂鬥……那張露出尖牙的嘴巴總有源源不絕的話題。紅髮男人說得開心，他也保持著微笑，不時點頭，表示自己在聽。

「啊，對啦。」

「？」

忽然想起什麼似地，那張討喜的臉轉向這裡。

紅髮男人朝著一條巷子指了指，然後邀請似地招招手。他納悶地眨眨眼，跟了上去。巷道狹窄，日光只能從遙遠的高處照入，腳邊有點寒意，他邁開腳步驅散冷空氣，追上那道鮮豔的赤紅色。
「隊長，你不是常常進到這裡來嗎？」
男人這麼問，他緩緩點頭。
紅髮男人輕鬆自在地說著，消失在轉角另一端，他走過去，探頭往裡看。下一刻，他的胸口冷不防被人揪住，他被扯進巷子，張開的嘴巴什麼聲音也發不出來，後背就這麼撞上暗巷的牆面。
「話說回來啊……」
紅髮男人的語調，和剛才閒聊時一樣輕佻。
然而凝神往迫近的雙眼一看，卻對上一雙縱向裂開的瞳孔。男人臉上沒有表情，真要說的話，應該是無趣到了極點的神情。抓著胸口的手狠狠扯開他衣襟，獵食者的臉湊近他裸露在外的脖頸。
視線錯開，豔紅填滿他的整片視野。吐息吹上側頸，他的臟腑深處隨之顫抖，那恐怕是所有生物都擁有的本能，由於生存本能發出警訊而產生的恐懼。
「你該死的是誰？」
他聽見低沉嘶啞的聲音，同時感覺到某種銳利的東西劃過脖子。
那個團塊甚至還不知道那到底是什麼感覺，只是眨了一下眼睛，就發出水聲消失不見。
第二個團塊，踏進了冒險者公會。
眾人朝他投來視線，稍微舉起手打招呼，然後又各忙各的去了。他看著這幅情景，跨出一步、兩步，像在公會中散步那樣前進。差不多走到大廳中央的時候，他注意到櫃檯有位職員看著他。對方輕鬆地朝他點頭致意，因此他也回以一笑。那名職員看了，習以為常地看向身邊，說：

「喔，怎麼啦史塔德，你今天吃錯藥啦。每次看到他走進來，你不是馬上就盯著他看嗎？」

職員身邊，有個淡然動著筆寫字的青年。

眼見青年連頭也不抬，職員詫異地催促：

「史塔德，快點啦。」

「…………」

「史塔德？喂，利瑟爾老兄來了欸。」

青年仍然沒有抬起臉，冰霜一樣冷淡的神情彷彿表達出他對那個人毫無興趣。

周遭一陣騷動。在騷動聲的推動下，他走近櫃檯，拚命呼喊著青年的職員焦急地來回看著他和青年，壓低聲音又催了青年幾聲，然後臉上帶著抽搐的笑容對他說：

「沒有啦，那個，他可能心情不好吧，哈哈……」

漠無感情的青年嫌煩似地撥開拍打他肩膀的手，終於抬起臉來，一雙人偶般不帶感情的眼睛轉向這裡。那雙眼睛只瞥了他一眼，便毫無感慨地再度看向紙面。

「有事嗎？」

聲調冷淡，周遭頓時一陣騷然。

「史塔、喂，史……史塔德?!」

「喂，絕對零度壞掉了！」
「他對那個人應該不會有叛逆期吧？」
面對周遭緊繃的氣氛，那個團塊疑惑地偏了偏頭。
不曉得一臉緊張的職員怎麼解讀他這個動作，只見職員把手放到自己頭上，死命指著旁邊的青年。擺在頭上那隻手揉著自己的頭髮，應該是在叫他對青年這麼做吧。他順從地露出柔和的微笑，低頭看向專注處理文件的青年。來到觸手可及的距離，在職員鬆了一口氣的注目之下，他模仿職員剛才的動作，將手伸向青年不帶捲度的頭髮。
下一秒……
「令人不快。」
在沒有發出任何聲響的情況下，他手腕以下的部分整個掉了下來。
面無表情的青年手中拿著一把冰刃。坐在隔壁的職員發出慘叫，連著椅子整個人往後倒。周遭的冒險者們為這突如其來的犯行感到錯愕，趕緊抓住自己的武器，隨時準備應戰。然而，看見掉到地面上的手掌化作一灘水消失不見，他們頓時停下所有動作。
「居然是魔物……！」
「史萊姆！」
「這還真難下手……」
僵在原地的冒險者們，這一次毫不遲疑地拔出武器。
下一瞬間，整間公會大廳的空氣霎時凍結——強烈的寒氣支配全場，使人產生連空氣都被冰凍的錯覺。啪喀一聲，響起某種東西碎裂的聲音，同一時間，冰晶覆蓋了那東西的雙腳。低於冰點的溫度能帶來劇烈的痛楚，那東西卻只是一臉不可思議地低頭看著腳邊。當再度抬起臉，絕對零度的雙眼已經再也不會映照出那東西的身影。

「城內出現魔物，立刻聯絡憲兵。」

漠無感情的青年站起身，踢了踢倒在地上哀叫的男人，要他起來。

這時候，那東西已經化為平凡無奇的一灘水，無力地灑在公會地板上。

「果然是史萊姆。」

「但這也很不尋常吧。」

「啊——你是說顏色？」

「要是變身成魔物，那還比較合理。」

「是說牠的核心呢？」

冒險者們團團圍在水窪周遭，好奇地打量。

他們伸出手指戳了戳飛散的黏液，這時候才終於後知後覺地想到，公會說不定會使喚他們去搜索魔物。才不幹這種麻煩事咧，他們急急忙忙想離開公會，但為時已晚，在場的所有冒險者都被公會硬塞了委託酬勞，派遣到城裡巡邏，以防止釀成更重大的災情。

第三個團塊從一面招牌底下走過，招牌上缺乏自信的筆跡寫著「本店對鑑定技術有信心」。

他打開店門，走進店裡。店裡有一名店員，正在接待其他顧客。店員注意到他，有點靦腆地笑了笑，他也一樣瞇起眼回以一笑。店員開心地聳聳肩膀，繼續應對客人去了。他看了店員一會兒之後，漫無目的地在店內閒逛。
在店鋪一角，某種香味掠過他鼻尖，氣味濃重，他忍不住皺起眉頭往後退。
「你、你還好嗎？」
聲音從他身後不遠處傳來。
一回頭，有張臉從上方憂心忡忡地俯視著他，神情擔心又軟弱。他搖了搖頭，表示自己沒事，店員這才鬆一口氣似地垂下眉尾。
「驅逐魔物用的焚香，我不小心買進太多了……味道是不是很不好聞？」
聽見店員略顯困窘地這麼說，他露出微笑，悠然偏了偏頭。味道果然太重了嗎？對方看了垂下肩膀。他朝著店員伸出手，觸碰店員眼睛周遭的肌膚，指尖來回描摹了幾次。這裡的味道最強，或許該說是氣息吧，他感受到了與自己複製的這個形體相同的存在感。
那個團塊什麼也不知道，什麼也不懂，僅僅遵循著「應該這麼做」的本能行動。
「那個、利瑟爾大哥……？」
撫摸眼周的指尖似乎搔得店員有點癢，但那雙純樸的眼睛仍然毫不躲閃地俯視著這裡。
這時候，那雙眼睛忽然染上不安的色彩，大手戰戰兢兢地握住了他的手。
「你的手好冰哦，是不是身體不舒服……」
「？」
「要不要喝點熱的再走？」
包裹著他的手掌好熱，他眨眨眼睛，搖著頭往後退了一步。
抬頭一看，店員驚訝地睜大了雙眼，目光顫動，依然握著他的手沒有放開。

「……呃、那個……」

那雙眼睛湊近打量著他的臉色，他迎向對方的視線，露出微笑。

「利瑟爾大哥？」

那張臉從上方逐漸靠近，他伸出雙手，裹住店員的臉頰。怎麼了嗎？店員露出納悶的神情。他雙手稍微多用了點力，店員便以為他要說悄悄話，從柔軟髮叢間露出的耳朵朝他靠了過來。

勾勒出笑容的雙唇微微張開，他把臉湊近那張毫無防備的臉頰。正要觸碰到臉頰的那一瞬間，他忽然感覺到腹部被某種東西猛然刺穿。低頭一看，地面上伸出一根尖銳的樹枝，從後背貫穿了他的肚子。

「咦、不、不要……！」

眼前懦弱的臉龐露出驚慌失措的表情，可是那東西似乎一點也不在意，臉上仍然掛著沉穩的笑容，就這麼化為一灘水，消失不見，只留下溼答答的地板和一個錯愕不已的店員。

「咦………咦?!」

不言不語的商店依舊沉默，只是靜靜把長槍般的樹枝收回自己體內。

利瑟爾遇見了外出採買的旅店女主人，在她屢次客氣婉拒之下還是順利贏得了幫忙提重物的工作。現在他已經回到旅店，在自己房間專注享受閱讀樂趣。把書桌的椅子搬到窗戶旁邊，就是張渾然天成的特等席，恰好避開了直射日光，紙面反射柔和的光線，偶爾搔過臉頰的風無比舒爽。他把掠過視野一角的頭髮撥到耳後，放鬆地翻動書頁。

在這絕佳的閱讀時光，他讀的是王都自古以來流傳的其中一個傳說，也就是初代國王建立國家的故事。雖然真實性不明。

「（『國王把枝條刺進地面，獻上祈禱，上天於是降下祝福，開拓了天空』……這枝條會是王座嗎？）」

利瑟爾想起那間熟悉的道具店的建材，也就是被稱作「王座」的樹木。

不，這假說未免太牽強了。這種特殊樹木的性質是「絕對守護」，為居住其中的對象抵擋所有災厄，也可以說它的性質與向外散播恩惠恰好完全相反。那麼，這或許是後世認識「王座」的人附會而成的說法吧，利瑟爾獨自想道。

就在這時，忽然有人敲響他的房門，利瑟爾從書本上抬起臉。

不像他那些優秀的隊友，利瑟爾無法從腳步聲分辨來人是誰，而且他太專心讀書，根本連腳步聲也沒聽見。或許是為了答謝他幫忙提東西，旅店女主人送了點心來吧？於是他說了聲「請進」，請對方進門。

「？」

然而，現身的是名陌生男子。

臉上的微笑看起來並無他意，那人走進房間，反手關上門。利瑟爾闔上書本看向男子，對方理所當然地朝他走近。

「請問是哪位……嗯？」

話說到一半，利瑟爾眨眨眼睛。

仔細一看，對方身上的服裝和自己相同。這套冒險者裝備沒什麼特別醒目的特徵，所以乍看之下他還沒發現，不過那確實是完全同款的衣服。繼續觀察下去，連五官也長得很像……不，或許是一模一樣，但看起來又像是長相神似的另一個人。原來從客觀角度看來，自己的長相是這樣呀，利瑟爾不禁感慨地想。

利瑟爾目不轉睛地打量對方，那名男子在他面前停下了腳步。

「……你叫什麼名字？」

利瑟爾把闔上的書本擱在腿上這麼問。

男子偏了偏頭，雙唇開闔了一會兒，最後緩緩傾身靠了過來。察覺靠近的臉目不轉睛地注視著自己的嘴唇，利瑟爾放慢速度，再說了一次：

「名、字。」

近在眼前的男子有樣學樣地動著嘴巴，但發不出半點聲音。

利瑟爾從張開的唇齒間看見他確實有舌頭，發聲應該沒問題才對——他這麼想著，心裡有了定論。多半是這麼回事吧，利瑟爾這麼想著，任憑男子伸出雙手觸碰他的頭髮和衣服。

「（該怎麼辦呢……）」

不太可能是有人假扮成他，無法解釋的行為太多了。

那麼，有沒有可能是某種魔物被派來行刺呢？才剛這麼想，利瑟爾就否定了這個可能。男子應該是魔物不會錯，但在這一邊的世界，利瑟爾並沒有值得行刺的高貴地位。既然如此，對方為什麼要變化成自己的姿態？

男子雙手裹著他的臉頰，目不轉睛地凝視著他。利瑟爾仰望著那張和自己如出一轍的臉，說：

「你的主人呢？」

「？」

既然是魔物，幕後說不定有魔物使存在。

利瑟爾這麼問道，但對方只是歪了歪頭。會派遣魔物來行刺的魔物使，他只想得到某支配者一個人；但支配者不會做出這種毫無計畫可言的舉動，儘管缺乏道德觀念，但他的作為一向非常合乎理性。

「你不是人，對吧？」

觸感和常人並無不同，但觸碰他臉頰的手相當冰冷。

確認過對方並不會咬他，利瑟爾觸摸男子單薄的臉頰，試著捏了捏。男子沒有任何反應，無從得知那男子是否察覺了自己被人觸碰。

「史萊姆？」

超出「擬態」範疇的精準變身，就利瑟爾所知，只有史萊姆才能辦到。

雖然不清楚牠為什麼要變成自己的樣貌，但這個猜測應該八九不離十。那接下來該怎麼辦呢？利瑟爾沉思。假如不會造成危害，他還想跟牠玩玩，但身為冒險者，他總不能放任魔物在城裡亂跑。利瑟爾惋惜地想著，雙手離開對方的臉頰。

「不可以喲。」

就在這時，男子握住了他的手腕，一開始像在確認什麼般輕柔，然後力道逐漸增強。

「？」

「放手。」

不至於感覺到痛，但這也不是能輕易掙脫的力道。

隨著對方拉近他的雙手，那張臉也隨之靠近。男子眼中雖然帶著窺探的神色，空洞的雙瞳卻映照不出任何東西，奇異得令人膽寒。利瑟爾重新意識到，在他眼前的並不是人類。

「（假如是誰的搭檔，那就不好意思了。）」

利瑟爾想著，準備喚出魔銃。

這時候，近在眼前的脖頸忽然被某種東西劃過，橫向裂開一條縫，彷彿水體被切開般濺出水沫。

水滴噴上利瑟爾的臉頰，但他毫不介意地露出微笑。眼前的男子化為一灘水消失不見，後方出現一道黑色身影。利瑟爾不理會腳邊的水窪，逕自開口。

「劫爾。」

他什麼時候走進房間的？

正當他看著劫爾的時候，後者朝他伸出摘下了手套的手，抹去他臉頰上殘餘的水滴。對了，書沒弄濕吧？利瑟爾低頭看向大腿，看來書本平安無事，他鬆了一口氣，把差點從腿上掉落的書本放到桌上。

「這是什麼東西？」

「不知道呢，我想應該是史萊姆。」

兩人一同低頭看著那個水窪。

不過，劫爾還不知道這東西的真面目，就直接砍下人家的頭，真的沒問題嗎？雖然很感謝劫爾出手相救，利瑟爾還是忍不住好奇，萬一這不是魔物而是個人，劫爾會怎麼做。不過以他的作風，多半已經以直覺之類的方式分辨出來了吧。

「你從哪帶來這種東西的？」

「不是我呀。」

「啊？」

「牠自己走進我房間的。」

無論劫爾擺出再怎麼兇惡的臭臉，利瑟爾是真的沒有頭緒。他坐在椅子上，屈身觸碰房間地板。留下的水灘並沒有類似史萊姆的黏度，只是一灘普通的水，逐漸滲進地板。要是被女主人罵了，牠要怎麼負責呀？

「沒看到核心。」

「話說回來，城裡出現魔物這種事……經常發生嗎？」

「怎麼可能。」

「我想也是。」

自從利瑟爾來到這邊之後，一次也沒聽說過類似的事件，城裡只會偶爾看見和魔物使一同行動的魔物而已。不過魔物使的數量本就稀少，因此也相當少見。

「這種時候該聯絡公會嗎？還是憲兵？」

「公會吧。」

流程上是先聯絡公會，再由公會向憲兵報告。

確實，目前看起來城裡似乎沒有因此引發混亂。一方面也是因為冒險者個別向憲兵報告缺乏可信度的關係，誰讓他們平時素行不良呢。

「要是對方沒有敵意，我還想玩猜猜我是誰的遊戲呢。」

「興趣惡劣。」

「劫爾，你是怎麼看出來的？」

「直覺。」

果然啊，利瑟爾點點頭。他站起身，稍微煩惱了一下該不該換穿冒險者裝備，最後還是決定穿著休閒服和劫爾一起前往公會。

「啊！找到貴族小哥……一刀跟在旁邊，是本尊吧。」

「啊、啊——啊——……是本尊啊。」

「這個……喔，是本人。」

一路上，擦身而過的冒險者們都一直盯著他瞧。

「還有其他史萊姆嗎？」

「為什麼全部都變成了你的樣子……」

「對呀，為什麼？」

存在複數個自己，實在是很不可思議的感覺。

魔物們改變外型，究竟有什麼目的呢？利瑟爾朝著又一位朝他跑來的冒險者揮了揮手，這麼想道。剛才，他恐怕是差點被那隻史萊姆攻擊了。對他人造成危害，是魔物理所當然的舉動，但頂著自己的外表做出這種事就令人傷腦筋了。

「我是不是該拿一面『這是本人』的牌子？」

「反而更可疑。」

被劫爾無情否決了。

「話說回來，那真的是相當完美的變身呢。」

「嗯，牠該不會在其他地方做出什麼好事吧。」

「好事？」

「會因為魔物身分以外的理由，被憲兵抓走的事。」

那可就糟了，利瑟爾神情嚴肅地點頭。

兩人邊閒聊邊走了一會兒，終於來到公會，看見的卻是各種意義上來說相當慘烈的情景。一個女生跪在公會大廳正中央磕頭，她背上有隻蠕動的史萊姆，史塔德、憲兵、冒險者團團圍站在她身邊。

「真的非常抱歉────!!」

看見那個大哭著道歉的女生和史萊姆，利瑟爾和劫爾意會到這起事件已經落幕。

那個女生說，她是在各地巡演的藝人。而此刻她坐在公會的椅子上，總算是稍微平靜了一點。

由於剛才大哭過的關係，她一抽一抽地吸著鼻子，看了讓人好生心疼。平常吵吵鬧鬧的冒險者們被派遣出去，叫回那些在外巡邏的同伴們，公會大廳因此難得地安靜，顯得她的啜泣聲特別響亮。順帶一提，大家基於「會把事情搞得更複雜」的理由，交代利瑟爾不准出外亂跑。

「嗯，所以說……」

由於史塔德的態度太過冷淡，無意間把女孩逼得越來越慌；憲兵長則是因為她一聽說要被憲兵問話，就怕得不斷道歉大哭，所以難以接近她。如此這般，不知為何就變成利瑟爾負責問她話了；至於劫爾，打從一開始就不在考慮範圍內。

利瑟爾跪在地上，朝著她通紅的眼睛遞出手帕，以溫柔的聲調詢問：

「妳的意思是，那些在城裡出沒的史萊姆，很可能是妳的搭檔造成的？」

「是的……」

她吸著鼻子說，雖然缺乏確切的證據，但應該不會錯。

她娓娓道來。前幾天，她發現史萊姆搭檔的體內有硬塊；憲兵一接獲冒險者公會的報告，得知城裡出現了疑似史萊姆的魔物，首先就是去找她確認，直到這時候，她才發現史萊姆體內的硬塊消失了。這麼一說，搭檔似乎也變輕了一點……她說得不太肯定。

「為什麼會發生這種事，我們就先別去想了。」

周遭投來「這樣沒問題嗎」的視線，利瑟爾毫不介意地繼續說下去：

「妳記得硬塊的數量嗎？」

「數、數量？」

她一瞬間露出了納悶的神情，不過立刻想通了似地睜大眼睛。

也就是說，城裡總共有幾隻史萊姆？利瑟爾他們所掌握的，只有出現在旅店的一隻，以及出現在公會的一隻。既然已經出現了兩隻，那還有更多也不奇怪。

「我記得是四、四個！」

「先前沒有注意到，表示牠們都處在妳的支配之外，對嗎？」

「是、是的……」

「不用擔心。王都的憲兵非常優秀，馬上就會找到牠們了。」

魔物使能夠隱約知道使役魔物的位置，但這一次，這個辦法顯然派不上用場。

女孩沮喪地揉著窩在自己腿上的史萊姆。利瑟爾的目光從她身上轉開了一瞬間，看向那名正經八百的憲兵長。憲兵長使勁點頭，表示他知道了，接著走出公會，準備派人搜索史萊姆，也就是假利瑟爾——不，還沒走出去，在他剛走到門口的時候，大門猛力打開，狠狠撞上他的小腿。

「利瑟爾大哥！」

面無血色的賈吉衝進公會。

眾人紛紛對痛得說不出話的憲兵長投以同情的目光。賈吉焦急地四處張望，看見利瑟爾之後趕緊跑了過來。怎麼了嗎？利瑟爾站起身，只見賈吉把他從頭到腳掃視過一遍，又一把抓住他的腰，仔細檢查腹部，最後確認劫爾和史塔德就在旁邊，他才安心似地蹲坐在地。就連利瑟爾都有點被他嚇到了。

「太、太好了……我跑到旅店找你，結果老闆說你去公會了……」

「賈吉？」

「啊、那個……」

利瑟爾朝他伸出手，賈吉不太好意思地抓住他的手，站起身來。

聽見他含糊其辭，利瑟爾露出惡作劇般的微笑問：

「你是不是遇到我的冒牌貨了？」

「咦?!」
「那個冒牌貨怎麼樣了?」劫爾說。
「咦、啊,變成一灘水了……」
「徹底殺死牠了沒有?」史塔德說。
「應該……有……吧?」
周遭眾人的反應太理所當然,大感混亂的賈吉看向利瑟爾求助。利瑟爾對他瞇起眼笑了笑,像在告訴他不必害怕。賈吉的個性溫和,心地又善良,光是和熟人長得一模一樣的臉突然化作一灘水,就足以讓他大受打擊。
「既然你在找我,就表示你注意到那是冒牌貨囉?」
「是、是的。本來想說舉動不太尋常,那個,最後是他被刺穿,變回一灘水的時候……」
被刺穿了嗎?利瑟爾感慨地想。
「你怎麼第一眼還看不出來呢蠢材。」
「我只覺得不太正常,一般不會覺得是另一個人吧,我以為利瑟爾大哥身體不舒服……根本沒想到居然會是史萊姆……」
「我一看就知道了。」
「因為史塔德是史塔德嘛……!」
「我把牠的手整隻切下來凍成冰塊了。」
「我知道了啦!」

凍成冰塊嗎？利瑟爾感慨地想。

即使知道慘遭殺害的不是他，這還是讓他有點想法。從小腿的疼痛當中復活過來的憲兵長朝他投來關切的目光，劫爾也深感同情地看著他。當然，他們能夠立刻察覺那是冒牌貨，利瑟爾還是很高興的，但那是兩回事。

利瑟爾想到這裡，打量了一下那位女性魔物使的臉色。史萊姆畢竟是她一同切磋奮鬥的夥伴，那些魔物又近似於她的搭檔所生下的孩子，他忽然有點擔心這樣的末路是否會使她大受打擊。

「妳還好嗎？」

「咦？」

魔物使納悶地抬頭看他，看起來一點也不介意。魔物使在這方面還是很訓練有素的。

「只不過，這樣就三隻了……或許是偶然，牠們好像全都出現在你身邊啊。」

與其在外頭盲目尋找，還不如取得一點線索再著手行動。

憲兵長下了這個結論，打消了走出公會的念頭，走回來問他們：

「你們有什麼線索嗎？」

「不，我沒有頭緒……劫爾呢？」

「沒有。」

憲兵長苦惱地皺起眉頭，低頭看向揉捏著史萊姆的女生。

「不好意思。如果有什麼相關線索，希望妳能告訴我們。」

「線、線索……」

看見憲兵長板著臉，魔物使緊張地繃緊了身體，揉捏史萊姆的力道也大了些，她被壓扁的搭檔呈現扭曲的形狀。本人、不，本史萊姆不曉得有什麼感覺，利瑟爾興味盎然地看著這一幕，劫爾無奈地嘆了口氣。

「啊！」

這時候，魔物使唰地抬起臉來。

「牠好像會接近擁有類似氣息的人……應該吧？」

「類似？」

「牠變身之後，好像對長著同一張臉的人特別好奇……」

那個女生比手畫腳地這麼解釋道，利瑟爾恍然大悟地點點頭。

的確，與其說是臉，應該說是氣息比較正確，所以那些史萊姆才傾向於跑到利瑟爾親近的人身邊。當然，氣息最強烈的是利瑟爾本人，所以住在同一間旅店隔壁房的利瑟爾和劫爾當中，史萊姆跑進了利瑟爾的房間。

劫爾不經意往旁邊一看，剛才還在各說各話的兩個年輕人停止了爭吵，賈吉害羞地露出軟綿綿的笑容，史塔德則面無表情地凝視著利瑟爾。看來他們對此很高興。

「那麼，剩下那一隻應該也在和你關係密切的人身邊……」

憲兵長話才說到一半。

「啊，隊長，找到你啦。有一隻跟你長得一模一樣，好像是史萊姆的東西……」

「我想也是呢。」

「不意外。」

看見慵懶現身公會的伊雷文，利瑟爾和劫爾雙雙點頭。
就這樣，整起事件在無人受害的情況下平安解決，女性魔物使在接受憲兵長一頓嚴肅訓話之後，帶著一臉快哭出來的表情，邊反省邊離開了公會。

在那之後，在某憲兵長的約談調查中，某魔物研究家是這麼說的。
「嗯，這真是相當耐人尋味。那些恐怕不是小孩，而是牠的同位體吧，用『分裂』這個說法是不是比較好懂呢？橙色史萊姆原本能夠變身成各種魔物，但是能夠變身成人，是和魔物使一同特訓的成果。假如是子代，還能繼承親代這方面的能力，那就太過於理想化了。雖然是同位體，但牠們仍然屬於不同個體，所以使役魔法才無法生效吧。
「會不會再發生同樣的事情？這個嘛，小生就不知道了，但機會微乎其微，幾乎可以認為是不可能的吧。不過，嗯，真是太美妙了！魔物繁殖的機制對小生這種研究者來說是永遠的謎團，畢竟牠們雖然存在同種的幼體，但從來沒有人觀測到幼體長成成體的過程。親眼見證這種案例，真讓人心情澎湃！嗯？是啊，魔鳥確實會產卵。雖然你們把魔鳥和魔物視為同類，但這兩者的區分其實是有其意義的，並不是把會飛的魔物額外獨立出來而已，而是有生物上的區別。雖然這也是非常粗略的分類方式，不過記著總是不吃虧。
「對了，你注意到了嗎?!龍是會產卵的！你知道吧?!那你一定也明白會產下子代的牠們，被稱作『魔物的頂點』是多麼地矛盾！不，小生並不討厭這種現象，小生明白任何地方都存在例外。只不過!!小生還是認為，把牠們定義為魔物或許言之過早了!!你也這麼想吧?!至於不能歸類為魔物又如何，這小生也不知道，只不過保守的老派研究者們認為，難道就不能把龍歸類為一種獨立的存在……」

以下略。

歐洛德大奮鬥　完整版

如果問王都帕魯特達的孩子們，「你們國家的英雄是誰？」他們會怎麼回答？

首先，他們肯定會說出某位歷代騎士的名號吧——傳說中輔佐初代國王建國的初代騎士團團長，或是在久遠年代率領騎士團擋下魔物大侵襲的烈火騎士。即使限定於現在這個時代，男孩也會說是在慶典上看見的強大騎士，女孩也會說是在自己跌倒時伸出援手的不知名騎士。

如此品行端正、神聖高潔，有如光輝般照耀國家的騎士們，偶爾也有自己的煩惱。

面對來自上級的指令，歐洛德獨自抱頭苦惱。

這並不是什麼難事，真要分類的話，只是落在雜務範圍的簡單事務。說是指令，上級也只是剛好提到「差不多也到這個時期了」，隨口交辦給他而已，就算再怎麼認真處理，這本來也不是個需要緊張的任務。然而，從前能夠隨手完成的這項業務，到了現在卻讓他感到無比艱困。

這裡是聳立於帕魯特達爾國王都中央的王宮，分配給騎士團的區域當中有間辦公室，隨時都有幾名騎士在此待命。歐洛德站在辦公室中占據了整面牆壁的櫃子前，準確拉開了眾多抽屜當中的其中一個，拉動把手時緩慢的動作彷彿表現出他此刻的心情。

底部不深的抽屜裡放著幾張紙。快用完了，得再補充才行，歐洛德邊想邊拿起其中一張，低頭一看。有些人或許覺得這單子出現在這裡太過突兀——這是向冒險者提出委託用的委託單。

騎士團認可冒險者的實力，這一點騎士們都有所共識。如果說騎士是對人戰的專家，那麼冒險者就是對魔物戰的專家。並不是說騎士就打不贏魔物，在少數人組成小隊、到城外進行演練的時候，他們有時也會把狩獵指定魔物當作任務目標。

只不過，當騎士們天衣無縫地彼此合作、包圍住魔物巢穴的時候，冒險者已經一頭衝進巢穴，莫名其妙達成目標了。這不代表哪一方比較優秀，單純是風險管理上的差異，但騎士們一向與「衝勁和氣勢」這種東西無緣，因此總是抱持著「冒險者真是大膽又無所畏懼啊！」這種彷彿見識到新戰術一般的感想。

順帶一提，冒險者倒是看這些品行端正又受人歡迎的騎士非常不順眼，覺得他們是一群「乖寶寶」，這點歐洛德和其他騎士都不知情。可是即使當面這麼說，騎士們也只會直率又不好意思地說：「有冒險者誇我是乖寶寶呢。」、「不過被當作小孩子還是很讓人害臊。」冒險者們的挫敗感太強烈了。

「歐洛德，怎麼啦？」

當歐洛德拿著委託單，呆站在櫃子前面的時候，有人向他搭話。

回頭一看，是一名與他同年的騎士。由於騎士學校的制度關係，年齡相同的騎士之間同伴意識特別強。決定將來成為騎士的貴族子女們，一到了就讀年齡就會立刻被送往騎士學校受訓，在學校裡一同度過六年的時光，彼此之間的羈絆自然也特別穩固。

「喔，原來又到了這個時期。」

來向歐洛德搭話的，就是他的其中一位同輩。或許是看他平常總是一刻也不得閒地忙於公務，此刻卻呆站在這裡而感到意外吧。那名騎士看見歐洛德手上的委託單，露出恍然大悟、又帶點同情的表情。

「是你負責提出委託啊。」

「……嗯。」

「打算提哪個階級的委託？」

「我想C應該比較適合，聽說C階的冒險者人數也最多。」

騎士團要對冒險者提出什麼委託？

什麼委託都可以，簡單來說，這委託的目的是為了掌握冒險者的戰力。

在對付魔物這一點上，冒險者對於國家的安寧貢獻不小。即使他們本人沒有這個意圖，只是單純為了賺錢度日，但確實造成了這樣的結果。他們代替民眾到城牆外側執行危險的採集工作，護衛來往的商人；大至農村遭到魔物侵擾時率先趕去處理，小至草原鼠在街道上挖出來的坑洞，也是冒險者一個個填平。除此之外，他們攻略迷宮不僅預防了魔物大侵襲的發生，還促成迷宮品在市面上流通，也有不少產業是因為冒險者的存在才得以振興——雖然關於這點，一方面也是由於冒險者公會手腕相當高明的關係。

簡而言之，對各國而言，冒險者已經逐漸成為不可或缺的存在。一旦冒險者人力出現空缺，必得耗費龐大的代價和時間才能彌補。從國家的角度，必須確認冒險者公會正常運作才行；然而這是國家自己的事，既然冒險者公會並非國營機構，無論如何都會出現反彈聲浪。

不過，但凡是有誠意的正當主張，現在王都冒險者公會的這位會長都願意爽快接受。既然國家有這方面的考量，不如定期提出魔物討伐委託，然後讓隨機的冒險者去執行如何？如此提議的不是別人，正是會長自己。

聽起來相當親切，但公會方面只是當作一般的委託處理，因此無須改變應對方式。只是萬一冒險者知道這是騎士團的戰力調查委託，多半會感到不高興，所以委託人身分需要保密而已。提出委託本來就不需要寫明委託人的名字，公會不必多費工夫，還做了一次人情，可說是占盡所有便宜。

「這一次的委託，想必也不會出什麼問題。」歐洛德說。

「可以的話我還真想負責，他們的戰鬥方式光聽描述就很有意思。」

「你是說迷宮品？」

「對我們來說是無緣接觸的東西嘛。」

歐洛德聞言點頭。

騎士團的裝備統一，鮮少有機會見到迷宮品。他們身邊最熟悉的迷宮品，當屬家族宅邸裡擺設的藝術品了。從畫作、雕像到花瓶，這些出自迷宮、獨一無二的藝品價值不菲，然而冒險者總是輕易把這些東西脫手賣出，只有從寶箱裡開到武器和道具的時候，才會留下來作為戰鬥之用。

這些都是未知的武具。即使不使用迷宮品，冒險者也擁有魔物素材打造的獨特裝備，該調查的事情還很多。

「不然我代替你去吧，歐洛德。」

「這是我接下的任務。」

聽見同輩男子這麼說，歐洛德毫不遲疑地答道。

問話的男人早知道他會這麼說，於是聳聳肩膀。歐洛德眼前的這位同輩，是個不太像典型騎士的男人。他的忠誠無庸置疑，實力也與歐洛德不相上下，不過或許是天生氣質使然，總給人一種輕浮的印象，實際上也常看他表現出輕佻的態度。雖然他這種平易近人的氣質相當受部下歡迎，同時也是個值得託付後背的同僚，不過……

「那你最好挑個『最強冒險者』不會想碰的普通委託囉。」

看見對方帶著揶揄色彩的笑容，歐洛德眉間的皺摺加深了些。

眼前這名男子，知道歐洛德與人稱「最強」的冒險者之間有過什麼爭端。他是在建國慶典期間舉辦的宴會上，和歐洛德一起見到利瑟爾他們的騎士；同時也是趁歐洛德不知道的時候，在飲料裡下了毒，最後反而還諸己身的那名騎士。

「萬一見到那名冒險者，你會比我更困擾。」

「怎麼會呢，對方一點也不介意，說不定根本不記得我呢。」

「採取那種卑劣手段，有辱騎士之名。」

「為了我苦惱的朋友而採取行動，不是什麼壞事呀。」

「即使那位朋友沒要求你這麼做？」

歐洛德瞪向他這麼說，對方毫不心虛地聳聳肩膀。

「要把對話帶往有利的方向，讓對方心生動搖是常用手段吧？雖然我想你應該不看小說，但普羅大眾愛看的那些故事當中，貴族本來就常常彼此下毒啊。還不只這樣，即使是彼此相愛的兩個人，也會迎來飲下毒藥的結局呢。」

「……世風日下了嗎？」

「只是有些人喜歡比較刺激的故事而已啦。所以，跟他們對峙的時候，出身貴族的騎士使用毒藥也不是什麼邪門歪道，而是正當手段啊。」

「胡說八道。就算是這樣，下毒這種事……」

「哎呀，我本來就不覺得毒藥對最強冒險者會有什麼效果，假如能稍微讓他動搖就很不錯了……哈哈，結果我只顧著戒備一刀和那個獸人，卻被意想不到的對手反殺了一刀。」

實在太意外了，所以沒能躲開——男人笑著說道，聽得歐洛德皺起臉來。

他就是這種人。絕對稱不上不正經，但在任務之外，總能窺見他遊戲人間般跳躍的想法。在進入騎士學校之前，歐洛德就已經和這人有了交情，因此把他的這一面看作是同時具備優缺點的雙面刃；但在宴會上害到自己實在是自作自受，歐洛德一點也不同情。或許正因為男人是唯一知道內情的人，出於關心才自願與他同行，但那是兩回事。基於他對這男人的信任，歐洛德知道他不會使用致命毒藥，因此當時就先把他丟在一旁不管了。

「……即使提個普通的委託也一樣。」

歐洛德呼出一口氣，重振精神，低頭看向手上的委託單。

騎士團無法指定接取委託的冒險者是誰，而在不知道誰會接取委託的前提下，才能保證公平性。

「我總不能和他們扯上關係。」

「嗯，聽你說是已經斷絕關係了嘛。也不知道是不是這個原因，最近很多人說你更容易接近囉。」

「別人對我的評價如何都無所謂。」

不，假如能夠使得傳令過程更加順利，這應該是喜聞樂見的事情？

歐洛德正經八百地這麼想著，打開近處的幾個抽屜，取出筆和墨水，在一旁的椅子上坐下，面朝著擦拭得晶亮的桌子。同輩的男子似乎正好有空，也不離開，就在桌子對面低頭看著委託單。

「你要是煩惱成這樣，不如拜託公會，叫他們避開最強冒險者吧。」

「這不就等於反過來昭告天下，說我們之間有所關聯嗎？」

「你這種正經的個性，有時候還真是麻煩。」

「我對於這種把美德視為惡習的風潮不以為然。」

左耳進、右耳出地聽著同輩的說話聲，歐洛德兀自苦惱。

不能跟他們扯上關係——不對，那人並沒有這麼說。雖然要他斷絕過去的關係，但今後重新建立起新的關係倒是無妨，那個沉穩的冒險者是這麼說的。

這太難了，歐洛德不禁這麼想。自己對於這種切換並不擅長，這點他有所自覺。既然如此，不如再也別見面還比較輕鬆，但這也只是他的一己私情。

「假如能夠完美達成這項委託的人只有他們，那麼我挾帶私情就不可原諒。」

眼見歐洛德下定決心似地握起筆，靠在桌邊的同輩環起雙臂說：

「不，我看不可能吧。」

語調輕描淡寫，就像說太陽只會從固定方位升起、魔力從濃度高處流到低處一樣，好像他說的只是個人盡皆知的常識。

好不容易提起了幹勁，卻被人從中作梗，歐洛德微微挑起一邊眉毛。

「言下之意是，我無論如何都會挾帶私情？」

「不是，我指的不是那個，而是最強冒險者不可能完美達成這項委託。」

「你打算說那傢伙的能力不足以完成這點程度的委託？」

「倒不如說，你不覺得他是最不適合這項委託的人嗎？」

自己的判斷有什麼錯誤嗎？歐洛德蹙起眉頭。

他心裡並沒有血緣相連的親族遭人非難的不快感。察覺到這一點，歐洛德內心鬆了一口氣，他拿來束縛自己的醜惡枷鎖，毫無疑問已經消失不見。

放輕鬆、減輕自己的負擔——在此之前，歐洛德一向認為這都只是單純的怠惰。然而事到如今，他重新認知到事實並非如此。他身為騎士的覺悟比先前更強，劍法中的遲疑也隨之消失，他有所自覺。

「喂、喂，視野不要太狹隘啦，未來的團長大人。」

聽見同輩笑著這麼說，歐洛德放下筆，皺起臉來。

「……下任團長不一定是我。家族歷代的繼承人也不是每一位都精於武藝、擔任騎士團團長的。」

「喂喂喂，你離題囉。」

「那也是先起頭的人不對。」

「確實，是我失禮了。」

男人熟練地行了個禮，從儀態確實看得出他的貴族身分。雖說騎士團幾乎所有團員都是貴族子弟，這也只是司空見慣的舉止罷了。

「所以說，劫……最強冒險者為什麼不適合？」

「一定的啊，你想想看嘛，萬一接到委託的是他……」

同輩的男人揮了一下手，像在催促他自己想像：

「最強冒險者面對目標魔物，把手伸向劍柄。接下來他會怎麼做？」

「拔劍吧。」

「然後呢？」

「…………啊，原來如此……確實沒錯。」

歐洛德強忍頭痛似地把手放在眉心，將整個身體靠上椅背。

眼前的男人說得沒錯，劫爾貝魯特只消砍一刀，委託就結束了，完全不具備任何參考價值，也無從藉此衡量冒險者的任何能力。騎士團需要的情報，不是這種超出規格外的少數英勇事蹟，而是平凡無奇的冒險者、平凡無奇的實力與戰略。

「果然還是交代公會避開那個隊伍比較好吧？」

「特意避開也不太對，要是公會起疑騎士團為什麼知道這些，那就麻煩了。」

「感覺可以拿『因為他們太知名了』當藉口啊。」

「他們很有名嗎？」

歐洛德對於街頭巷尾的傳言並不熟悉。

確實，騎士聽說過最強冒險者的傳聞，或許也沒什麼好奇怪……還是其實很奇怪呢？和其他團員聊天的時候，歐洛德從來沒聽過這種話題。可是根據眼前這位同輩所言，從前的自己不容易親近，所以才會有人說他變得更平易近人了。既然如此，大家或許不敢找他閒聊也說不定。自己是不是對前輩、後進太失禮了呢？是不是擾亂了團體的和諧？雖然為時已晚，他還是感到有點動搖。不對，察覺到自己的失誤才是最重要的，今後只要懂得記取這些教訓就好。

唉，要不是他打從一開始就認識那個人，面對這件事情一定也能抱持著「原來世上有這麼厲害的冒險者啊」這種事不關己的感想吧。

「是啊，不然我幫你問問吧？」

「什麼？」

「你等一下喔。」

「你不是還要去訓練嗎？」

就在歐洛德藉著腦內會議得出結論的時候，同輩乾脆地拋下這句話，聽見歐洛德的指摘也只是揮揮手回應，就走出了辦公室。他是個辦事有方法又有效率的男人，想必是抓準了空閒時間才會跑來這裡露面，訓練肯定也不會遲到吧。

歐洛德放棄似地搖搖頭。既然對方叫他等，那還是靜靜等待吧，他從位子上起身。距離下一次訓練沒有多少時間，男人多半立刻就會回來，歐洛德邊想邊著手整理辦公室裡無數的抽屜。不過騎士團的成員們品行端正，抽屜也亂不到哪去，他收拾了沒多久，同輩的男人就回來了。

「我問了在隔壁做管理紀錄的三個人，看他們有沒有聽過最強冒險者。」

「你不要打擾別人工作。」

「他們是這樣說的：『聽過啊，他現在好像停留在王都？中心街的小朋友說過哦。』、『他還有個稱號吧，聽說冒險者除了這些綽號之外還有隊伍名稱，感覺真有意思。』、『原來還有所謂的最強冒險者呀，冒險者之間會舉辦友好比試來決定強度嗎？』」

那名同輩男子在空椅子上坐下，邊轉述邊模仿每位發言者的語氣。由於他模仿得太傳神，歐洛德一聽就知道隔壁的三個人是誰。面對上級還敢光明正大地閒聊，看得出眼前的男人有多大膽。

「看來也沒有想像中那麼知名。」

「連騎士團的人都聽過傳聞，已經夠知名囉。」

「確實，我也是聽說了傳聞，所以才像那樣……在宴會上露面。」

「在這層意義上，可以說那位貴族氣質的冒險者才是個例外吧。」

關於冒險者的傳聞，大多都只在冒險者的圈子內流傳。

這麼想來，最強冒險者的稱號就連一部分的騎士都聽說過，知名度可說是相當高。至於那位所有騎士都認識的、貴族氣質的冒險者，就是例外中的例外了……雖然這實在很難說是他身為一名冒險者的知名度。

「哎呀，也很難想像那個隊伍會接這種委託吧，你填寫的時候也不用太介意。」

「嗯……是啊。」

結果在那之後，歐洛德絞盡腦汁想了一整天，最後寫出一張內容與往例同樣平凡無奇的委託單，懷著祈禱的心情，像一般的委託那樣提交給了公會。

為什麼歐洛德如此在意接取委託的冒險者是誰？

提出委託時不會見到冒險者，委託人也可以匿名。不過考量到目的，單純讓冒險者擊殺幾頭魔物是沒有用的，必須請冒險者詳細報告討伐過程。要冒險者提出報告書，他們也交不出比「拿劍砍死的」更詳細的報告，因此提出委託的騎士每一次都得喬裝成一般民眾，巧妙問出冒險者英勇討伐魔物的經過。後續的這些探聽過程，也包含在這項委託之內。

此刻，歐洛德正懷著無比平靜的心情，和接取委託的隊伍見面。

「今天請各位多指教了。」

「你好──」

「多多指教啊──」

「喔，我第一次進到這邊來欸。」

「這房間也太豪華了吧，有這個錢怎麼不給我們多加點報酬啊？」

今天的歐洛德脫下軍服，穿了一身對他來說已經相當休閒的衣服。他從沙發上站起身，迎接那個冒險者隊伍。公會方面知道所有內情，因此為他們準備了冒險者公會的會客室作為談話之用。走進門的是四名年輕冒險者，他們吵吵鬧鬧地環顧室內，大剌剌走了進來。

四名冒險者各自報上名字，也絲毫不介意歐洛德還站著，就直接往他對面的那張沙發椅上擠。

「這啥啊，是椅子？就是那種叫做沙發的東西嗎？」

「唔哇，我的屁股陷下去了！好軟！」

「都可以睡覺了，這根本可以躺在上面睡吧！」

「喂下一個換我啦，快讓開。」

面對在沙發上興奮又激動的冒險者們，歐洛德不知所措地坐下。

這個隊伍的隊長說他叫艾恩，隊伍裡四個人雖然都是年輕男生，但看起來早已超過了小孩子的年紀。他們吵吵鬧鬧、高聲大笑，是歐洛德平常不會接觸到的類型，他不知道該如何起話頭，一直插不上話。畢竟他身邊從來沒有這種從前側、後側同時把體重靠在沙發上，然後把整張沙發翻倒的人。

「對啦，之前是說什麼啊，想聽我們的冒險經過？」

「真拿你沒辦法～」

四名冒險者好像什麼事也沒發生一樣站起身來，把沙發扶好，雖然他們嘴上這麼說，看起來倒也很樂意分享。至於歐洛德，這點程度的粗魯舉動也不至於使他不快。換作是平常的他，或許多少會有點不高興，不過現在的歐洛德光是順利避開利瑟爾他們的隊伍，就已經謝天謝地了，也難怪變得如此寬容。這些人是他得償所願的關鍵，他甚至對他們心懷感謝。歐洛德的心態還是這麼健全。

「所以咧，你想聽什麼？我是怎麼給魔物最後一擊的？」

「嗄？最後一擊明明就是我砍的。」

「哪是啊，明明是我拿劍——」

「要是那樣說，我明明就也拿劍——」

「你們四個人都是劍士？」

「啊？嗯，對啊。」

四名冒險者一人坐在沙發上，一人坐在扶手上，一人靠在椅背上，一人盤著腿坐，你一言我一語地彼此交換著意見。雖然一下子就偏離正題，不過這種自由的作風才是冒險者之所以為冒險者的原因吧。呃，可以這麼說嗎？歐洛德有點遲疑。可以確定的是，他自己的上級和下屬都很有團隊合作精神，對此他心懷感謝。如果說騎士只是被訓練成這樣，那也沒錯就是了。

「我聽說，冒險者組成的隊伍重視的是戰鬥方式的平衡。」

「也是有這種人沒錯啦。」

「用這種思路去跟人家一起接委託，最後找到合拍的人組成隊伍的話，應該很容易就會變成那樣。」

「你們不一樣嗎？」

「我們喔……」

「我們是合作了幾次，覺得很合得來就組隊了，後來人越來越多，才變成四人隊伍。」

「至於為什麼都拿劍喔，就是因為劍很便宜啊。學徒的習作之類的，不是都賤價拿出來賣嗎？」

「聽說要是被他們師傅發現，師傅真的會氣炸，不曉得是真的假的？」

歐洛德聽了大感驚訝。

對於騎士而言，自己的性命幾乎等於託付在劍上了。可是，冒險者居然只因為「便宜」這樣的理由，而使用工房學徒的習作。沒被融掉重鑄，或許已經是比較用心的作品了，但那仍然是無法獲得師傅首肯的武器，冒險者卻願意把性命交託給這樣的劍。萬一劍折斷了該怎麼辦？在與魔物對峙的當下，失去了作戰手段該怎麼辦？冒險者們嘻皮笑臉地這麼說，歐洛德不禁納悶，他們怎麼還笑得出來？

「因為剛入行的時候沒有錢嘛，所以根本不打算用劍以外的武器，也用不起。」

「……劍不會折斷嗎？」

「喔，會啊會啊——」

還真的折斷了？歐洛德愕然。

「這時候就只能逃跑啦，超級死命狂奔。」

「一有人武器折斷，所有人立刻拔腿就跑。」

「真的超爆笑的啦。」

這是該爆笑的事情嗎？歐洛德再度愕然。冒險者們爆出粗俗的大笑聲。

同時，歐洛德稍微明白了一點——不是他們為何面對性命危險還能爆笑，而是他們「逃跑」的這個選項。當騎士拔劍，他們身後必定有著必須守護的人，因此一開始就不存在逃跑這種選擇。然而，對於冒險者而言，頭也不回地逃跑也是一種戰略。

「這種時候，你們不會使用什麼方便的魔道具嗎？」

歐洛德恢復冷靜，繼續收集情報。

「魔道具？喔……我們沒有那種東西。」

「我聽說，冒險者會使用從寶箱當中取得的特殊魔道具。」

「有些人確實會用吧？」

「可是拿去賣掉的人比較多吧，大家都缺錢。」

「即使是用來保護自己的魔道具也一樣嗎？」

「確實是有一天可能會派上用場啦，可是還是把今天的自己餵飽比較重要啊，不然餓著肚子——」

「就睡不著覺了。」

「沒錯。」

不是吧。

歐洛德一瞬間覺得，這次接委託的人是不是找錯了？不過這也是冒險者生活的實情吧。反過來說，這也就代表他們擁有足夠的實力，即使無法做足萬全準備，仍然能順利完成委託。歐洛德這一次提出的委託內容是【取得踏影狼的毛皮】，那是一種專門鑽進獵物的死角，一不留神就出現在你腳邊，張牙舞爪地朝你撲來的可怕魔物。而眼前這個隊伍，確實四人一起討伐了如此強大的魔物。

假如踏影狼出現在街道上，肯定會引起騷動，不過在帕魯特達爾從來沒聽過這種事發生，表示這些冒險者應該潛入了迷宮才對。若是在迷宮取得了實用的魔道具，歐洛德也想探聽一下相關情報，因此才擬定了這樣的委託內容。

「你們今天進了迷宮吧，寶箱裡沒有開到魔道具之類的東西嗎？」

「喏。」

「啊……？」

聽見歐洛德這麼問，冒險者們朝他拋來一根樹枝。

那是一根平凡無奇的樹枝，真要說起來，就是比自然生長的樹枝稍微直了點吧。前端有短短的分岔，握起來稍微細了點，小孩子的手握起來應該剛剛好。

「這是？」

「從第一層的寶箱開到的。」

「這就是……」

「很厲害吧？從來沒看過這麼理想的樹枝。」

「根本傳說等級，拿在手上就能當一天的英雄。」

「回公會之前，我們拿去跟小朋友炫耀，他們還羨慕到大哭咧。」

不要把人家弄哭啊，歐洛德在差點停止的思緒中這麼想。

他完全聽不懂冒險者們在說什麼。理想？哪裡理想？既然是傳說等級，這東西一定相當貴重，但看起來也不像經過特殊加工，只是自然折下的一根樹枝，頂多折得稍微漂亮一點而已。或許是稀有的木材？但市井裡的小孩子想要它，總不可能是因為這種原因吧，所以它應該特別強韌囉？歐洛德試著使力。

「欸等一下，你不要鬧啦！」

「太惡劣了吧，弄壞要你賠喔！」

「對、對不起。」

所有隊員一起出動，把那根樹枝沒收了。

「那是很重要的東西嗎？」

「嗄？說起男人拿在手上的第一把劍，就是這個了吧。」

是這樣嗎？歐洛德不太明白。

他仔細回想，也只想起自己拿起的第一把劍是訓練用的木劍。

「大叔，你一定也為第一把劍取了名字吧？」

「名字……」

「我取的是屠龍斬龍劍。」
「意思都重複啦。」
「蠢欸，你應該要走傳統路線啊，我的叫最強無敵艾恩奧義劍。」
「沒錯沒錯，就是該把自己的名字放進去。」
對於第一把屬於自己的木劍，歐洛德確實也抱有特殊的感情；但他絕對沒替它取名字，那反而是責任感萌芽的瞬間，讓他內心萌生了「想要回應周遭期待」的想法。
「要是現在的話，不知道會取什麼名字。」
「還是取那種聽起來超強的名字最好。」
「無敵最強一刀超級奧義劍。」
「太強啦！」
「絕對無敵！」
歐洛德不禁多看了他們一眼。
既然是「最強冒險者」，其他冒險者自然不可能沒聽過這名號，一刀的名字出現在閒談之中也沒什麼好奇怪。他這麼說服自己，努力控制住差點抽搐的嘴唇。歐洛德是個勤奮努力又能忍耐的男人。
「話說回來，接下來想請問你們是怎麼跟魔物戰鬥……」
「喔，來了！」
「首先是我——」
就這樣，戰力調查順利進行。

交出報告書之後，歐洛德呼出一口長氣。

冒險者們充斥著狀聲詞和效果音的敘事方式讓他苦戰了許久，在他鍥而不捨地問了二十次左右的「這是什麼意思……？」之後，總算是理解了整場戰鬥經過。歐洛德努力把作戰過程統整成文件交了出去，報告書也已經順利受理，可是對於覺得這一連串過程「有趣」的同輩，他實在無法苟同。他並不是對冒險者有什麼意見，只是太疲倦了。

「（……冒險者真的都是群自由的傢伙。）」

他並不感到羨慕，也不想變得那麼自由。但歐洛德也並未否定這些與自己不同的人，只是在自己心目中，把冒險者定義成這樣的群體。

可是過幾天，之前那名同輩跑來問他事情怎麼樣了，聽到同輩談起之前的委託，他又有了不一樣的想法。

「我負責委託那時候遇到的冒險者啊？這個嘛，他好像注意到我這麼問，並不只是一般委託人出於好奇而想要打聽詳情。不過他沒有說破，還用非常幽默的口吻報告了戰鬥經過，是個看起來很有實力的長槍手喔。」

或許是自己沒有冒險者運也說不定，歐洛德認真地煩惱起來。

巧克力店的大小姐也有厭惡之物

討厭辣味，也討厭苦味。

討厭刺痛人的薔薇，也討厭孩子氣的赤紅緞帶。

最討厭的是，一臉自以為是地說「妳這年紀的女生就是喜歡壞男人」的人。

第一次遇見他，是在造訪常去的巧克力專賣店的時候。

那天，是家裡第一次答應讓我在店裡內用。我從來沒在外人面前吃過東西，老侍女擔心得想跟過來，我請她在外面等，還記得自己是怎麼緊張地走進習以為常的店門。

我點了一個熔岩巧克力球。當時我已經光顧過好幾次，女性店員本來還想像平常一樣，幫我把蛋糕包起來。我急忙告訴她說想在店裡吃，聲音緊張得有點破音，好丟人哪。但她完全沒有取笑我，還輕聲告訴我哪一種紅茶最適合配這種蛋糕。從那次開始，她每一次都會為我推薦搭配的紅茶。

店員帶我到位置上坐下，成就感讓我輕輕嘆了口氣。

我是不是成功買了蛋糕呢？有店員幫我，應該沒什麼問題吧。我挺起差點放鬆下來的背脊，忍耐著不把雙腿亂擺，悄悄把袖口藏到桌子底下，將袖子上那顆快要鬆掉的鈕釦扣回繩圈。看一眼就好——我轉動視線，偷偷往周圍看了一下，旁邊都是開心聊著天、品嚐巧克力的淑女。

或許不必顧忌旁人的眼光也沒有關係。她們的注意力都集中在甜美的巧克力，和現在流行的服飾、令人好奇的八卦真相上，一點也不介意旁人的目光，努力享受幸福時光的模樣充滿魅力。我心跳加速地稍微放鬆了併攏在一起的雙腳。

而且，送上桌的巧克力蛋糕讓我心花怒放。

最喜歡端起溫熱的牛奶壺，融化光滑外殼的瞬間了，純白的牛奶醬和黑色的巧克力彼此交融，逐漸露出包裹在巧克力球當中的水果。在我著迷地看著這一幕的時候……

「我也吃那個吧。」

聽見這道聲音，我端著牛奶壺的手稍微抖了一下。

那是至今在這家店裡從沒聽過的聲音。男性顧客並不少見，我也看過幾位紳士來購買送給妻女的禮物。令人感到陌生的是，那道聲音聽起來非常慵懶，彷彿在挑釁什麼人一樣，說得不客氣一點，就是語氣非常粗暴。明明被搭話的人不是自己，我的心臟還是因為害怕而跳得更快了些。

「好的，為您準備一份熔岩巧克力球。」

「那是新產品喔？」

「是的，使用的是甜點師特製的牛奶醬。」

「感覺我可以吃十個欸。」

「可以的話還請您不要這麼做。」

「怎麼馬上就拒絕我啊。」

我連視線都不敢抬起來，女性店員卻習以為常似地接待那位顧客。

我把傾斜的牛奶壺扶好，戰戰兢兢地抬起視線，看見一個陌生的人影倚在展示櫥窗上，看著裡頭的巧克力。一頭紅髮帶有光澤，臉上長著紅色鱗片，至於打扮——雖然這麼說很失禮，但他的穿著比較粗野，看起來不像這間專賣店的客群。他立著一隻腳尖，邊晃著腳踝，一個接一個指著櫥窗裡的巧克力，要店員替他包起來。

沒錯，一開始明明覺得他有點可怕的。

「來，久等啦。」

「伊雷文，你的語氣。」

「讓您久等啦——」

我盯著那塊放在我眼前的蛋糕看。

但即使盯著看，也沒看進眼裡，我的注意力全都集中在此刻端來蛋糕的人身上。腦袋一團混亂，狂跳的心臟好像堵在喉嚨深處一樣，吵鬧的心跳聲在耳朵深處鳴響。我抿緊嘴巴，按捺住大叫出聲的衝動，臉頰和擱在腿上的拳頭說不定都出了汗。

「（為什麼……?!）」

我在內心吶喊。

自從第一次遇見這個人之後，我常常看到他來這家店光顧，從一開始漫不經心地看著這個人，到後來雙眼總是有意識地追隨他的身影。我曾經鼓起勇氣向他攀談，他雖然跟我說了話，卻逗我說如果只是想玩玩，他可以作陪。即使如此，我還是無法不去看他，就連自己都佩服自己怎麼這麼不懂得記取教訓。

而那個人，現在不知為何正在巧克力專賣店裡，做著服務生的工作。

「沒有人會期待冒險者接待客人多有禮貌啦。」

「可是既然接了委託，就要盡可能做好呀。」

「隊長好認真——」

事情是怎麼變成這樣的？我在混亂的思緒中豎起耳朵，聽見淑女們悄聲交談。不曉得是哪裡傳來的消息，也不曉得是誰傳給了誰，但所有人都太過好奇，於是答案就像漣漪一樣，在店裡傳播開來。當然，也傳到了我這一桌。

雖然覺得這麼做很缺乏教養，我還是悄悄豎起耳朵，聽著隔壁桌的說話聲。鄰桌的兩位淑女確實壓低了聲音，不過她們興奮得紅了臉頰，即使湊著臉低聲交談，聲音還是清楚傳到這一桌來。我把嘴唇湊近冒著紅茶香氣的茶杯，盡可能裝出若無其事的樣子，聆聽傳聞中的真相。

「聽說是委託呢，妳記得嗎，以前不是也有過類似的情況？」

「那時候我不在場。不過上次不是發生強盜案，他們才來當警衛嗎？這次發生了什麼事？」

「這一次好像不一樣……」

隔壁的兩名淑女似乎也正在偷聽別桌交談，一陣短暫的沉默。

「……哎呀，有奇怪的客人？」

「是哪位呀？」

「我說不定見過。是位男性，好像非常瞭解甜點……」

聽到這裡，我完全理解了現在的狀況。

畢竟我經常到這裡光顧，是不折不扣的常客了，對這兩位淑女口中「奇怪的客人」當然也有印象。與其說奇怪，那倒不如說是個麻煩的人。

我見過符合描述的那位客人幾次。他好像是曾經出入某貴族宅邸的甜點師傅，對於甜點製作也有自己的一套看法。這間專賣店由於不論男女都能輕鬆踏入，最近生意越來越好，這或許讓他看不順眼吧。每次來到店裡，那個男人總是只點一道甜品，然後抓著店員不斷批評餐點的缺失。

「（太難看了。）」

即使是技術再怎麼精湛的人，人品如此惡劣，也讓人尊敬不來。

原本心跳加速地聽著傳聞，聽見那位男性客人的話題，卻讓我心情跟著低落下來。我從靠在唇邊的杯緣啜了一口茶，振作精神，深吸了一口甜美的櫻桃香氣。只是這樣就讓我心情稍微好了一些，連自己都覺得單純。

「（他們是來解決這件事的吧？）」

我的目光追隨著兩人的身影，他們一個人挺直背脊、一個人身後拖著紅色的馬尾，在店內走動。

兩人穿著借來的制服，看起來完全不像冒險者。一人動作優美，一人腳步從容、毫無破綻。前者境界太高，後者則是體現了一項技能融會貫通就能多方應用的道理，雖然他的舉止還是太隨便了。

巧克力專賣店似乎決定把他們倆當成代罪羔羊。

那位男性顧客曾經出入貴族宅邸，這間專賣店雖然也有許多貴族千金光顧，但不可能在出事的時候成為店家的後盾。因此店家不敢擺出強硬的態度，被拖住的店員非得聽他把話說完不可。店主想必是個好人，所以才沒有命令店員默默忍耐，因此這一次做出這種決定，肯定也是情非得已。

店家想藉著這一次做個了斷，推說對客人有所冒犯的店員，是店裡因為人手不足而雇用的冒險者。

原則上，冒險者公會不接受以暴力、恫嚇為目的的委託，這我稍微調查過。不過如果是代班店員，那就沒問題了。他們對這件事究竟瞭解多少呢？假如知道事情的全貌，又怎麼會接下這個委託？我的內心掠過一抹不安。

「（他們看起來那麼愉快，一定沒問題的。）」

視線另一端，我看見他們倆忽然湊近肩膀，壓低聲音交頭接耳，氣氛彷彿是來玩的一樣輕鬆。只見他們指了指空桌，和女性店員不曉得確認了什麼，接著輕笑幾聲，分別走向不同的方向。

要是那個客人不要來就好了，我忍不住這麼想。這麼一來，他們兩人就能開開心心結束委託……雖然委託約定的時間也可能是到對方來店為止，今天也不一定是他們第一天過來。可是我總覺得，他們一旦見到那個客人、發生了什麼不愉快，或許就不會再光臨這家店了。自己喜歡的店家遇到了難題，我卻只想著這種事，心中立刻湧起懊悔和自責的念頭。

我輕搖了搖頭，裝作沒事似地叉起一口香甜的蛋糕，送入口中。

「歡迎光臨。」

然而，現實總是殘酷的。

聽見女店員熟悉的聲音，我抬起臉，出現在門口的正是傳聞中那位男客人。他帶著無懼的笑容，點了展示櫃中的一個蛋糕。「我很期待喔。」嘴上說著這種違心之論，他走向空著的桌位，是我前方的第二桌。
店內低低的交談聲因為他的登場而中斷了一瞬間，現在已經恢復常態。清亮的女高音、屏住氣息的女低音此起彼落，淑女們不著痕跡地將目光投向那名男客人，小心不讓對方察覺，卻一舉一動都不放過。不知是出於害怕還是好奇，我壓抑著越跳越快的心臟，也仿照她們那樣偷眼去看。
「讓您久等了。」
時機正巧，女店員為那位男客人端來了蛋糕。她把茶具組擺在桌上之後，不失禮貌地迅速離開桌邊。平常就是她被男客人抓著批評個沒完，雖然她表面上總是面帶笑容、誠懇回應，但內心肯定不太平靜吧。
男客人拿起叉子，切下一口大小的蛋糕送入口中。
「……………真是差勁。」
他嘆了口氣，搖搖頭，動作之中滿是嘲諷。
「那邊的服務生，過來一下。」
聽見他傲慢的語氣，店內一陣騷動。
男客人這句話，是對著一名服務生的背影說的。被叫住的服務生回過頭，薄唇勾勒出柔軟的笑容，塞在耳後的細髮隨著動作落下幾縷。紫水晶般的眼中帶著溫雅的眼神，他踏著沉穩的腳步走向男客人。
「您好，有什麼事嗎？」
「不……沒事，您這身裝扮真有特色，很適合您，我忍不住……搭了話……」

「謝謝您的盛讚。」

服務生加深笑容，看男客人似乎沒什麼需要，他就離開了。

我看見隔壁桌兩位淑女的肩膀在顫抖，但我沒資格說別人，端起茶杯的手也在顫抖，紅茶在杯中微微波動。我勉強裝出若無其事的表情，努力憋著不笑，忍得肺都在痙攣，只好用手掌偷偷冷卻發熱的臉頰。

男客人搞錯了，他誤以為的服務生是穿著類似服裝的貴族。

「（啊，太好笑了。）」

好想發出聲音大笑，雖然我從來沒有那樣笑過。

但我這樣的想法也只持續了一瞬間，男客人沒有放棄，這一次叫住了紅髮的服務生。

「很高興為您服務——」

一字一句，都好像只是在模仿別人一樣的語調。

他還是被叫住了。我屏住呼吸，不敢往那裡看，只能低頭看著吃到一半的蛋糕。男客人令人不快的聲音，正在糾正他打招呼的方式，以及穿得太過隨興的服務生制服。然後，客人擺出「姑且放過你」的態度，轉而說起蛋糕這個正題：調溫階段的溫度管控不良、切片方式缺乏品味、鮮奶油打得太隨便，最後就連水果從哪裡採購都有意見。明明不想聽他抱怨，但他洪亮的聲音還是清楚傳入耳中。

我不知道他的指摘有沒有道理。那位客人也是技術精湛的甜點師，這些建言或許都是正確的，也或許不盡然；可是無論如何，都不該在大眾面前大肆談論別人的缺失。這麼做一點也稱不上親切，只是純粹的惡意。

客人得意洋洋的聲音讓人聽不下去，我想著那個正面承受這些話語的人。他會反駁嗎？會生氣嗎？我一直沒聽見紅髮的服務生發出任何聲音，不知道有沒有辦法幫助他呢？我這麼想著，戰戰兢兢抬起視線，眼前看見的是……

「你話好多喔。」

紅髮服務生興味索然地玩弄著自己的指甲，連看也沒看那名客人，語調中摻雜著不帶感情的笑意。

就這麼一句話，他堵得男客人啞口無言。清楚表明了自己沒有興趣，同時彰顯了在這個場合說這些有多麼不合時宜。他不是刻意為之，卻只用了一句話，就把男客人有意義的批評貶得毫無價值。

忽然，某處響起了淑女銀鈴般的輕笑聲。這聲音逐漸在店裡傳開，最後也傳到男客人耳中。愕然噤聲的他聽了，困窘得紅著臉咬緊牙關。

「不吃的話，我收走了。」

紅髮服務生換了一隻腳支撐身體，重新拿好夾在腋下的銀托盤，把它「咚」地斜靠在肩膀上。他沒和大家一起笑，仍然帶著一副興味索然的表情。女店員立刻出聲糾正他，紅髮服務生聽了也不心虛，大剌剌地把托盤重新端好。

「……我吃。」

「請慢用──」

是因為自己也是甜點師，還是因為有骨氣呢？

男客人沒有拋下吃到一半的蛋糕逃跑，而是好好吃完了最後一口，才從位子上起身。走出店門的腳步略顯匆忙，但他那張苦澀的臉沒有朝向任何人，也沒再多說什麼，比想像中更加冷靜地離開了。這位客人一定不會再來找這家店的麻煩了吧。

「四周都是甜的，我越看越餓……隊長，我可以吃一點嗎？」

「不可以。」

「一點點就好！」

「不行。」

紅髮服務生打趣地朝著舉止優雅的服務生靠過去，神情舉止已經完全沒有剛才無趣的樣子。

不是出於恐懼，但我的心臟跳得更快了一點。現在我只覺得安心，看來還能再看著這張側臉更久一些，除此之外，我從來不奢求更多。

所以，這就足夠了。

我還是不喜歡辣味和苦味，但開始懂得樂在其中。

我不再討厭帶刺的薔薇，試著把赤紅的緞帶像尾巴那樣繫在上頭。

但是，那種自以為是地說著「妳這年紀的女生就是喜歡壞男人」的人，果然還是最討厭的了。

魔物研究家的第二次委託

最近，魔物研究家相當熱中於實地考察。

初次邂逅活生生的魔物的經驗非常美妙，但那之後，她向同一個隊伍提出指名委託，對方卻沒再答應。針對這一點，她並不覺得怎麼樣，而且在街上偶然見到那位隊長的時候，她也跟當事人好好確認過原因了。對方露出苦笑，向她致歉：「因為我的另外兩位隊友，本來就不太喜歡護衛委託。」

喜好是個人自由，研究家立刻接受了這件事，並搖搖頭告訴對方不必道歉。說到底，要不要接受指名委託本來就是由冒險者自己決定，他們沒有必要道歉。那就試著向其他隊伍提出委託吧，她於是改變了方針。

研究家與打鬥無緣，但也明白一邊守護手無寸鐵的平民一邊戰鬥是有風險的。不僅她自身有可能遭遇危險，負責戰鬥的冒險者們負擔也更重。不過，冒險者一定也是作好了心理準備才會接取委託，她對於後者倒是不太介意。

問題在於，要採取萬全的措施保障安全，行動就會因此受限。這無所謂，倒不如說委託人理所當然應該配合。只不過，接下她初次委託的隊伍提供了非常理想的條件：戰鬥中不可移動，除此之外做什麼都沒問題。她因此得以全心全意欣賞不斷襲來的魔物，享受至高無上的幸福時光。其他隊伍多半很難做到這樣了，由奢入儉難啊，今天她也憂愁地嘆了口氣。

最後，她還是同樣提出了一般的委託，結果……

「請多指教——！」

「委託人居然是個大姊姊，好幸運啊！」

「單子上說是什麼研究家，還以為來的會是超級老的老爺爺欸。」

「太有動力啦！」

她聽了有點不安，希望對方不要見怪。

到了約定好的冒險者公會，她見到的是C階的冒險者隊伍，名叫艾恩的隊長用霸氣的聲音跟她打了個招呼。精神飽滿當然很好，有禮貌地打招呼也很好，翻轉了他們輕浮的第一印象；但是，研究家平常冷靜的時候算是比較文靜的人，一時間被他們的氣勢弄得有點不知所措。

她露出苦笑，理了理白袍的領子。

「今天麻煩你們了。」

「沒問題！妳的白袍好帥喔！」

「是嗎？謝謝。」

「所以說，妳想要去哪裡？」

「妳想看草原鼠嗎？」

冒險者們聚在冒險者公會門口等她，因此一行人就站在那裡交談，當場決定今天的行動方針。魔物研究家描述了自己的情況：從前也提出過一次同樣的委託，當時前往附近的森林，看了幾種魔物，因此這一次希望能觀察到迷宮裡的魔物。冒險者們一聽，二話不說答應下來。

「迷宮喔，好啊好啊！」

「離這裡最近的迷宮可以嗎？那也是很普通的迷宮。」

「好，沒有問題。」

「那就出發！」

冒險者們笑著說道，意氣風發地邁開腳步，從頭到尾沒露出嫌麻煩的表情。這也算是遇到了不錯的冒險者吧，魔物研究家也跟著笑了，翻動白袍跨出步伐。

對研究家而言不曉得是幸運還是不幸，一路上沒有遇到任何魔物，他們就抵達了迷宮。根據冒險者的說法，這是一座很「普通」的迷宮，通道由石磚砌成，像是某種遺跡，光是這個印象就讓人感受到些許寒意。周遭找不到光源，但不可思議的是環境並不陰暗，能夠一眼看見筆直通道的底端。除非發生什麼狀況，否則不必擔心遭到魔物偷襲。

她沒有進過其他迷宮，不過這裡確實很有迷宮感，是非冒險者的一般民眾想像中的那種迷宮。

「我的想法是這樣啦，我們可以先從這裡的第一層走到第五層。」

「這方面就交給各位決定吧。」

「這裡是新手冒險者也會來的迷宮，我們可以輕鬆保護妳！」

「小生很期待哦。」

要和魔物搏鬥的不是自己，這方面還是交給身為專家的冒險者來判斷。

剛進入迷宮，研究家就看見了地面上的魔法陣。原來真的有這種東西，確實很有魔法風格啊——為此感動是不是很奇怪呢？研究家也會運用魔力進行研究，不能說完全不瞭解相關領域，不過她從來沒有接觸過真正的魔法。

「太厲害了，這個魔法陣是什麼…………怎麼了？」

「沒有啦，只是覺得……」
「好高興……」
魔法陣是做什麼用的？研究家回過頭，正打算這麼問，卻看見冒險者們像在咀嚼什麼感動似地皺著臉，看起來彷彿隨時都要掉下眼淚，她忍不住納悶他們在激動什麼。
「因為平常護衛委託碰到的人都很自大……」
「信任……大姊姊真的信任我們……」
「一見面就抱怨說『你們真的沒問題嗎』的人到底是怎樣……」
「跟這位大姊姊學學好嗎……」
「……你們也很辛苦啊。」
研究家決定把自己一開始也有點不安的事情保密。
「好！我們走吧！」
「出發！」
在莫名充滿幹勁的四人環繞之下，研究家展開了初次的迷宮探索。
兩名冒險者走在前方、兩名走在後方，把研究家圍在中間。他們並非隨時保持整齊的隊形，會各自停下腳步或到前方探路，但只有二前二後的原則會嚴格遵守。迷宮裡好像還有陷阱，他們有時候會故意停下來觸發陷阱，或是選擇不同的路線前進。
「要是遇到魔物，就請妳往牆邊靠，然後會有兩個人負責保護妳。」
「能不能先不主動攻擊魔物，讓小生觀察一下？如果沒辦法的話也沒關係。」
「咦，不知道欸，只要我們一直躲就可以了嗎？」

「當然，沒辦法的話不用勉強。」

看見冒險者們一下子陷入混亂，研究家趕緊再強調一次。

該說不愧是冒險者嗎？魔物是他們每日的工資來源，他們徹底遵循「打得贏就直接上、打不贏就馬上跑」的原則，一抓到破綻立刻揮劍，從來沒想過拖延時間。控制力道是強者獨有的技術，而且還是在護衛對象在場的情況下，除非對自己的實力相當有信心，否則不可能手下留情。

研究家直到現在才終於察覺這點，抓了抓被羽毛搔癢的後頸。

「沒關係，我們試一次看看！」

「真的好嗎？」

「不行的話就立刻放棄可以嗎？」

「當然可以，你們不要讓自己陷入危險就好。」

沒過多久就遇上了蛇類魔物，可是研究家根本沒有高興的空檔。

他們口中「負責保護」的兩個人是迎擊要員，必須保護委託人不受撲來的魔物攻擊。然而，迎擊就等於殺死魔物，因此負責護衛的兩人必須專心躲避魔物，也就必須帶著護衛對象一起閃躲。畢竟研究家無論再怎麼努力，都不可能自力躲開攻擊。

結果，研究家兵荒馬亂地東跑西跑，一下子就沒力氣了。

此刻，研究家在中間休息的空檔失落地垂著肩膀。

「不好意思，提出這種無理取鬧的要求。」

「不會啊，沒想到我們還滿能躲的，有夠厲害啦！」

「該怎麼說，這就是新的啟發嗎？我們獲得了新的啟發！」

「接下來也繼續躲嗎？」

「不，對小生來說有點…………太匆忙了。」

「是喔——？」

冒險者們一臉納悶，不過研究家不打算撤回前言。

來了來了，往那邊、等一下，往這邊——像這樣東奔西跑，她根本沒有餘暇觀察魔物，但冒險者們似乎沒注意到這點。能夠躲開魔物的攻勢，代表他們看得清魔物的動作，或許是因為他們的眼睛完全追得上魔物，因此認為研究家也一樣順利觀察到了吧。她不著痕跡地試著轉換方針。

「接下來你們直接跟魔物打鬥沒關係，這樣小生一樣能夠觀察到牠們的生態。」

「這樣啊。」

「也是啦，大姊姊妳看起來很累了。」

冒險者們看到她筋疲力盡，也認同了這個提案。

研究家坐在地面上，仰望著天花板，呼出一口氣調整呼吸。她體力特別差，自己也有所自覺，畢竟她平常很少外出走動，體力當然不好。她也知道自己動作不靈敏，即使全力衝刺也會跑輸小孩子，基本上不擅長體能活動。雖然這不會帶來任何不便，因此她從來不在意就是了。

然而即使如此，那些冒險者的體力也不正常吧？

眼前的青年們有人仍然站著，有人動作粗俗地蹲在地上。為了引誘魔物，他們活動得比研究家更激烈，卻臉不紅氣不喘，還一臉正經、彷彿得到天啟似地說著：「只要我們迴避技術變好，不就不需要防具了嗎？」、「可以削減經費……」這時候委託人要是插嘴勸他們別這麼做，是不是太多管閒事了？不過冒險者們已經在笑聲中換了另一個話題，她也錯過了插嘴的時機，只好祈禱他們別做傻事。

體力多得彷彿用不完的還不只眼前的這些冒險者，在城裡看見的冒險者也是如此。他們三番兩次拖欠旅費，被旅店老闆追著跑的時候能直接爬上屋頂，拖欠酒錢被酒館老闆追的時候也能翻過運貨車逃跑。說到底，為什麼他們活動了一整天，還能精神飽滿地跑去喝酒？到底是怎麼樣才能練出這種身體？和魔物的戰鬥原來是那麼艱困的訓練嗎？從這種觀點出發，魔物應該也存在體力才對……

「大姊姊，差不多該出發……」

「從根本出發，假如牠們利用魔力強化自身，那麼體力的強化也一樣──」

「大、大姊姊？」

「不對，根據帕瑟登的自體強化理論，魔力代謝方面會出現矛盾，但是──」

「她說這哪國語？」

「不知道。」

由於魔物研究家沉浸於自己的世界當中，他們直到五分鐘後才出發。

在這期間，冒險者們閒得沒事做，所以吃了點零食打發時間。

然後，關鍵時刻終於到來。

來到迷宮第四階層的時候，研究家的體力已經完全透支。沿路上地面還算好走，可是有時候一抬頭就會看到前方無窮無盡的階梯，有時候又為了迴避陷阱一路狂奔。她拿出了前所未有的力氣努力撐下去，但在快要抵達第五層的時候，她還是用光了所有力氣。看到她突然垂直倒地，冒險者們發出慘叫。

到第五層就有魔法陣了，既然距離第五層不遠，那麼與其休息等待委託人恢復體力，還不如抱著她行動比較快。可是，對女性委託人提議這種事情讓人有點忌諱，而且他們也無法否認自己抱著一點點的色心，冒險者們於是擺出誇張到刻意的為難表情，低頭看著大字形躺在地上、全身沒力的研究家。

「如果妳不介意我們抱著妳行動的話……也是可以抱著妳走啦……」

「拜託了。」

「咦？」

秒答。

研究家已經沒有餘力關注魔物以外的任何事物，而且即使還有餘力，她也會馬上這麼回答。畢竟她的首要目的是觀察魔物，要是在被人抱著行動的時候遇上魔物，說不定就能好好觀察了。這麼說不太好聽，不過她確實想要找個袖手旁觀戰鬥的位置。

「咦，真的假的？那這該怎麼……欸，應該怎麼抱啊？」

「背在背上？」

「兩隻手都被占滿有點那個吧，太危險啦。」

「手空出來就可以？」

「那不就是讓她騎在肩膀上？」

就這樣，研究家坐到了冒險者的肩上。

小時候騎在爸爸肩膀上明明興奮得不得了，長大之後騎肩膀怎麼變得這麼恐怖？高度太高，又不穩定，底下的人一走動，身體就失去平衡。她想扶著什麼東西，一把抓住冒險者的頭髮，結果引來一陣慘叫；改成抱住頭部，冒險者一樣慘叫著說這樣看不到路。畫面一點也不可愛，簡直是地獄繪卷。

「這太……恐怖……要掉下去了……」

「背著妳的人也很怕啊！不行不行這樣背會掉下去啦！」

「只在旁邊看的話，是還滿好笑的啦。」

「笑死。」

最後，研究家被他們扛在肩膀上。

要抬起頭，她的腹肌就必須用力，但她從來沒練過腹肌，因此像曬乾的床單一樣癱在冒險者肩膀上，也可以說她是在儲存體力，為了魔物出現的時候預作準備。乍看之下簡直像在搬運屍體，冒險者們露出一言難盡的表情看著她。

「……妳這樣還好嗎？」

「很好，非常輕鬆喲。」

「那就好……」

冒險者們邊走邊這麼問，研究家回答的聲音倒是很有精神。

她被扛在肩膀上動也不動，冒險者們就這麼一邊偷瞄她、一邊走了幾分鐘之後，遇見了今天不曉得第幾批的魔物。覺醒的時候終於到了，研究家也無暇顧及冒險者跑來跑去的時候肩膀陷進她腹部的疼痛，猛地抬起頭來，讓人納悶她怎麼還有這麼大的力氣。她從正面親眼看見了襲來的魔物。

牠擬態成石牆上的石材，一隻四方形的魔物從牆壁上爬了出來，就像一塊石磚從牆上脫落一樣。一掉下地面，牠就長出蜘蛛般的手腳，朝著冒險者們的小腿突擊。這種魔物似乎只有外殼比較硬，用劍從上方突刺可以貫穿，但其中一位隊員不小心吃了魔物的小腿直擊，痛得叫不出聲音，悶聲倒在地上。

「……！…………我要哭了。」

「哇哈哈哈中招啦！」

「這裡還只是第四層欸！小哥你不是C階嗎──」

理應是戰友的冒險者們紛紛起鬨起來。

冒險者躺在地上縮成一團，魔物無情地朝他背後突擊；其他冒險者大聲爆笑，笑到自己的小腿也一樣中招，痛得蹲下身來。全場慘叫聲此起彼落，然而對於研究家而言，這也只是點綴魔物生態、增添其魅力的要素之一。

「太美妙了！！！！」

「嗄？什麼……」

「筆直瞄準冒險者的突進攻擊！明明看不到眼球，牠到底是用什麼方式瞄準的?!還擬態成牆壁這種人工造物，居然有幸看見這種迷宮特有的生態！」

「咦、好吵，咦，怎樣怎樣，為啥在我肩膀上激動成這樣？」

「太好了，太美妙了，哈哈、哈哈哈哈哈哈!!」

「好吵啊————!!」

在迴盪的大笑聲中，冒險者們總算是成功討伐了魔物。

魔物研究家在不減的亢奮中踏上歸途。

冒險者都是豪爽的好人。或許只是兩次都偶然碰上好人也不一定，但真是如此也無所謂。這些冒險者從來不會笑她這個外行人也想親眼看看魔物是不自量力的行為，而是盡可能聽取她的需求，為她帶來美好的觀察體驗。

不知道為什麼，冒險者們在進入迷宮前意氣風發地誇耀自己的冒險事蹟，但離開迷宮後聊到魔物卻有點笑不出來，倒是讓她有點困惑。哎呀，自己或許有點興奮過頭了吧，一直說話說到喉嚨都痛了。總算明白了冒險者們晚上想去喝一杯的心情——她明明累得筋疲力竭，卻還是踏著輕快的腳步這麼想。

「（不過，還是想要看得更仔細一點啊。要完整觀察到魔物的一舉一動……果然還是向隊伍裡有魔法師、可以展開魔力護盾的隊伍提出委託比較好嗎？再跟公會商量看看吧。啊，但是這麼一來，委託費用可能也會提高……）」

學者這樣的職業，總是在和預算搏鬥。

研究家反芻著今天烙印在眼底的情景，立刻規劃起什麼時候能提出下一次委託。那位當藥士的朋友總笑她是「魔物狂」，但魔物就是這麼吸引人，有什麼辦法呢。藥士朋友自己也是個色情狂，根本沒資格說別人……雖然被劃分為同類令她甚感遺憾。

「（好了，等他們回到王都，再委託一次試試看吧。）」

不過，看準了人在阿斯塔尼亞的那群冒險者為目標這一點，她們確實很相像。

後記

正如同上一集後記所說，這一集令人懷念的人物也一個接一個登場！

我是個配角屬性的人，所以故事裡能讓配角大量出場的時候我會非常開心。「絕對不會成為主要人物」才是配角的魅力所在，人氣配角變成主要角色的時候那種熱情瞬間冷卻的現象有沒有正式名稱？難道這麼難搞的人只有我？這就是看見自己喜歡的小眾樂團躍升主流舞台的心情嗎？很接近，但好像又不太一樣。我想寫出更多的配角，可是又因為不想讓他們變成主角而不想寫……我就是癖好這麼矛盾又難搞的人。大家好，我是作者岬，受各位關照了。

這一集是第十三集。說到十三，總給人一種不太吉利的印象。

不曉得是因為不吉利，或者只是單純的偶然，這一集利瑟爾的體驗也相當刺激。在夢中被刺死、間接被凍成冰塊（史萊姆）、被刺穿（史萊姆）、脖子被割斷（史萊姆）、頭被砍下來（史萊姆），被劫爾和伊雷文討厭了一瞬間，還變成了兔子。利瑟爾明明想變成更帥氣一點的動物，不知為何偏偏變成了兔子。他想變成老鷹之類的，卻成了兔子。最終候補當中明明也有貓頭鷹之類的選項，真的不知道為什麼變成了兔子。鼻子抽抽。

只不過像這樣的故事、還有靈魂互換的故事，都是因為一路寫到這裡，確立了利瑟爾他們之間的關係才有辦法書寫的橋段。不僅書寫，他們的故事還得以集結成冊，真的讓我感到非常幸福。對於帶著我走到這一步的各位讀者，我有著無盡的感謝。沒錯，有了各位的支持，利瑟爾才得以堂堂變成兔子。毛茸茸大放送的第十三集，如果各位能夠喜歡就太好了！

這一集也承蒙多方協助，才得以將這本書籍呈現在各位眼前。

感謝さんど老師，除了本篇之外，還費心繪製短篇集的封面。感謝各種領域無不精通的編輯，真是太可靠了。感謝TO BOOKS出版社，你們究竟會把《休假。》系列帶到哪裡去呢？最後，還有翻開這本書的你。

謝謝你願意和利瑟爾他們一起度假!!

二〇二一年九月　岬

國家圖書館出版品預行編目資料

優雅貴族的休假指南。13/岬著；簡捷譯. -- 初版.
-- 臺北市：皇冠文化出版有限公司, 2023.03-
冊； 公分. -- (皇冠叢書第5082種)(YA! ;73)
譯自：穏やか貴族の休暇のすすめ。13
ISBN 978-957-33-3998-4(平裝)

861.57 112001230

皇冠叢書第5082種
YA！073

優雅貴族的休假指南。13

穏やか貴族の休暇のすすめ。13

作　者—岬
譯　者—簡　捷
發 行 人—平　雲
出版發行—皇冠文化出版有限公司
台北市敦化北路120巷50號
電話◎02-27168888
郵撥帳號◎15261516號
皇冠出版社(香港)有限公司
香港銅鑼灣道180號百樂商業中心
19字樓1903室
電話◎2529-1778　傳真◎2527-0904
總 編 輯—許婷婷
責任編輯—張懿祥
美術設計—單　宇
行銷企劃—蕭采芹
著作完成日期—2021年
初版一刷日期—2023年3月

法律顧問—王惠光律師

讀者服務傳真專線◎02-27150507
電腦編號◎515073
ISBN◎978-957-33-3998-4
Printed in Taiwan
本書定價◎新台幣360元/港幣120元